JEAN D'AILLON

L'enlèvement de Louis XIV

précédé de

LE DISPARU DES CHARTREUX

ÉDITIONS DU MASQUE
17, rue Jacob 75006 Paris

ISBN : 978-2-7024-9770-8

LABYRINTHES

Jean d'Aillon est né en 1948 et vit à Aix-en-Provence.
Docteur d'État en sciences économiques, il a fait une grande partie de sa carrière à l'Université en tant qu'enseignant en histoire économique et en macroéconomie, puis dans l'administration des Finances.
Il a été responsable durant plusieurs années de projets de recherche en économie, en statistique et en intelligence artificielle au sein de la Commission européenne.
Il a démissionné de l'administration des Finances en 2007 pour se consacrer à l'écriture.

Du même auteur

Éditions du Masque

Le dernier secret de Richelieu
La conjuration des Importants
Le mystère de la Chambre bleue
Nostradamus et le dragon de Raphaël
L'exécuteur de la haute justice
Attentat à Aquæ Sextiæ
L'obscure mort des ducs
L'énigme du clos Mazarin

Éditions Jean-Claude Lattès

La conjecture de Fermat
Le captif au masque de fer

www.lemasque.com

Le disparu des chartreux

LES PERSONNAGES

Joseph d'Aillane, *prieur du couvent des Chartreux d'Aix*

Honoré de Baratte, *jeune Aixois*

Dominique Barthélemy, *conseiller à la chambre criminelle du Parlement de Provence*

Louis de Cormis, *conseiller au Parlement, ancien président à mortier*

Louis d'Escalis de Sabran, *baron de Bras, président à mortier au Parlement de Provence*

Charles d'Estienne de Saint-Jean, *fils cadet de Jean-François d'Étienne de Saint-Jean*

Jean-François d'Estienne de Saint-Jean, *ami d'Henri de Forbin-Maynier*

Balthazar Fauchier, *orfèvre*

Laurent Fauchier, *son fils, futur peintre*

Claire-Angélique de Forbin-Maynier, *mère supérieure des Dominicaines, sœur du père d'Henri de Forbin-Maynier*

Henri de Forbin-Maynier, *baron d'Oppède, premier président du Parlement de Provence*

Lucrèce de Forbin-Soliès, *dite « la Belle du Canet »*

Hubert de Gallaup, *sieur de Chastueil, avocat général au Parlement de Provence*

François de Gallaup, *ancien capitaine des gardes du prince de Condé*

Gaufredi, *ancien reître, grand-père de Dominique Barthélemy*
Jean-François de Glandevès, *seigneur de Rousset, conseiller au Parlement de Provence*
Gaspard de Glandevès-Niozelles, *cousin du précédent, ancien consul de Marseille*
Jean de Gondi, *père chartreux disparu, oncle du cardinal de Retz*
Jérôme de Grimaldi, *archevêque d'Aix*
Gaspard Guérin, *cellérier aux Chartreux*
Antoine Laurent, *prévôt de la ville d'Aix*
Jacques Le Mérou (Le Maroul), *secrétaire de Forbin-Maynier*
Honoré Peruzzi, *vicaire général*
Pierre de Pontevès, *procureur au Parlement*
Jean Henri de Puget, *baron de Saint-Marc, capitaine des gardes du gouverneur de Provence*
Jean-Baptiste Thomassin, *seigneur d'Einac*, *ami de Forbin-Maynier*
Pasquale Verrazano, *Corse génois, capitaine de Gaspard de Glandevès-Niozelles*

1

Assis à sa grande table de travail, au premier étage de son hôtel, Henri de Forbin-Maynier, premier président du Parlement de Provence, posa la lettre qu'il venait de terminer avec un léger soupir empreint d'une évidente contrariété. Il resta un instant songeur, complètement immobile, fixant machinalement le feu qui pétillait dans l'âtre.

La missive provenait d'un homme qu'il estimait et qu'il connaissait bien désormais, ayant logé chez lui durant plusieurs semaines lors de son dernier séjour à la cour, l'année précédente : Louis Fronsac, marquis de Vivonne. Certainement la personne la plus honnête, la plus courageuse, et surtout la plus perspicace qu'il ait jamais connue !

Et ce qui ne gâtait rien, en ces temps difficiles, un gentilhomme capable de rester fidèle au Premier ministre de la France – le cardinal Mazarin –, tout en conservant l'amitié du prince de Condé, le cousin du roi mais aussi le chef de la *Fronde des Princes*. Condé, longtemps au service de l'Espagne, et qui négociait en ce moment les conditions de son retour en grâce.

Le premier président du Parlement de Provence savait ce qu'il devait à Louis Fronsac. C'est lui qui, quelques années plus tôt, avait su le convaincre de rejoindre le camp du ministre sicilien. Et lui, Forbin-Maynier, après avoir été durant tant d'années le chef des *Sabreurs* – ces frondeurs provençaux hostiles à *Mazarini* –, était maintenant devenu le plus sûr soutien du roi dans la capitale provençale.

Oui, il avait beaucoup gagné en changeant de camp avec son ami Puget de Saint-Marc. Désormais premier président et bras droit du gouverneur, M. de Mercœur, lui, Forbin-Maynier, baron d'Oppède, détenait, en vérité, tous les pouvoirs dans l'ancien comté de Provence [1].

Pourtant, jamais il n'avait eu autant d'ennemis et de difficultés. Jamais il n'avait suscité autant de haine que ce soit des parlementaires ou des plus humbles habitants de ce pays. Désormais, même les Marseillais, pourtant longtemps fidèles au roi et à Mazarin, complotaient pour se débarrasser de lui !

Oui, songeait-il, sa position restait fragile. Il était au sommet, et pourtant si proche de la roche Tarpéienne ! Que Mercœur ou le ministre l'abandonne et ce serait la curée contre lui ! Il pourrait même, un jour prochain, être le personnage

---

1. Le Parlement était la principale institution de la province. Il comprenait, à cette époque, quatre chambres : la Grand'chambre, la Tournelle – chambre criminelle –, la chambre des Enquêtes et celle des Requêtes. L'ensemble était dirigé par huit présidents à mortier et un premier président qui, en l'absence du gouverneur, avait le rôle d'intendant de la province.

principal d'une de ces sanglantes et fulgurantes séditions dont les Aixois raffolaient et se retrouver, avant que ses amis n'aient pu intervenir, écharpé et démembré vivant par une foule d'émeutiers à la solde de ses ennemis factieux.

Il eut une brusque et déplaisante réminiscence de cette bande d'Aixois qui, cent ans plus tôt, se nommaient eux-mêmes : *le parti des bouchers*. C'étaient eux qui, au temps des guerres de religion, n'avaient pas hésité à saisir un honorable magistrat – certes calviniste – réfugié dans le cloître des Prêcheurs et à le démembrer pour le traîner ensuite dans les rues encore vivant ! Le sexe faible ne les avait pas plus arrêtés puisque quelques jours plus tard, et en toute impunité, ils avaient fait de même à la jolie épouse d'un libraire réformé : ils lui avaient coupé les membres, les seins, les oreilles et l'avaient ensuite pendue, encore vivante, à un pin [1] !

Voilà pourquoi la lettre de Louis Fronsac le contrariait.

Il la reprit et la relut avec plus d'attention.

À Mercy,

Monsieur le premier président du Parlement de Provence,

Mon ami,

Je n'ai pas encore eu le temps de vous écrire

1. Voir *Nostradamus et le dragon de Raphaël*, Le Masque.

depuis votre visite à Paris, mais vous savez que l'activité que je mène me prend souvent plus de temps que je ne le désirerais.

Les troubles de cette pénible Fronde sont désormais derrière nous et le calme est revenu dans la capitale…

Un rictus ironique déforma le visage poupin du premier président. La Fronde était peut-être terminée à Paris, mais ce n'était pas tout à fait vrai en Provence ! Et il était bien placé pour le savoir, lui qui avait été l'un des meneurs des frondeurs provençaux avant de devenir un fidèle du roi et le premier adversaire des rebelles, ses anciens amis !

Il poursuivit sa lecture :

… Notre roi est sur le point de pardonner à tous ceux qui se sont dressés contre lui et j'y vois personnellement la marque de notre bien-aimé ministre, qui a toujours préféré le pardon à la vengeance. On dit même que le prince de Condé pourra rentrer en France.

Enfin, ce que je vous écris n'est pas tout à fait vrai. Un homme n'a pas été absous : Jean-François Paul de Gondi, le cardinal de Retz.

Gondi et moi étions élèves ensemble au collège de Clermont. Je l'ai bien connu à cette époque et j'ai quelquefois croisé sa route depuis en lui rendant divers services tout comme lui à mon égard. Sans être des amis, nous pouvons dire que nous nous apprécions et nous respectons. Il est actuellement en exil aux Pays-Bas et, il y a quelques jours, j'ai reçu une lettre de lui.

Il me faisait part de son inquiétude quant à un problème familial qu'il ne pouvait régler, étant interdit de séjour en France. Albert de Gondi, duc et maréchal de Retz, grand-père du cardinal, a eu de nombreux enfants. Le fils de l'un d'entre eux, François, est devenu père chartreux au monastère d'Aix.

Retz m'expliquait avec inquiétude que ses derniers courriers à son oncle étaient restés sans réponse. Il avait écrit aussi au prieur du couvent d'Aix, qui ne lui avait pas plus répondu. Connaissant mes relations avec vous, il me demandait donc s'il vous serait possible de vous renseigner. Vous n'aurez certainement aucune difficulté à savoir ce qui se passe, et dès que j'aurai votre réponse, je la ferai parvenir au cardinal…

Le reste de la lettre était sans intérêt, Fronsac lui donnait des nouvelles de la cour et lui en demandait sur son ancien serviteur Gaufredi, un vieux reître longtemps à son service, ainsi que sur le petit-fils de Gaufredi, Dominique Barthélemy, ancien secrétaire et cousin par alliance du premier président [1].

Oui, ce 13 février 1659, à la veille de la Saint-Valentin, la requête de Louis Fronsac contrariait fortement M. de Forbin. Il savait qu'il ne pouvait refuser d'aider le marquis de Vivonne, mais il ne savait comment faire. Ses relations avec le clergé d'Aix, et plus particulièrement avec l'archevêque Grimaldi, en poste depuis quatre ans, étaient bien

1. Voir *L'Énigme du clos Mazarin*, même éditeur.

trop détestables pour obtenir une assistance de sa part. Jérôme de Grimaldi – dit *Tête de fer* – haïssait Mgr Mazarin et penchait ouvertement – comme le prince de Condé – vers ce jansénisme si séditieux. Non, lui, Forbin, ne devait s'attendre à aucune aide, aucune complaisance de cet homme, et plus généralement de l'Église.

Il grimaça et appela son secrétaire, Jacques Le Mérou, qui arriva aussitôt.

Le Mérou était un grand et solide jeune homme, physiquement très imposant, mais qui gardait en toute circonstance une attitude faussement nonchalante. Sa chevelure épaisse, naturellement bouclée et couleur plume de corbeau, son nez fin et bien proportionné, ses yeux sombres et rieurs, son à-propos et sa vivacité faisaient de lui l'un des hommes les plus appréciés des belles Aixoises. Au service de Forbin-Maynier depuis six ans, le magistrat lui faisait entièrement confiance.

Ce jour-là, le secrétaire était vêtu d'un impeccable pourpoint court vert foncé et d'un haut-de-chausses à canons brodé de dentelles. Car en toute circonstance, Le Mérou restait élégant.

Forbin l'avait rencontré alors qu'il s'était réfugié à Toulon avec ses amis les *Sabreurs*. À cette époque, la guerre civile faisait rage en Provence depuis déjà trois ans entre les *Canivets* de Grimaldi Regusse – des gens fidèles à Mazarin qui tenaient la ville d'Aix –, et les *Sabreurs*, proches du prince de Condé, et rassemblés autour de lui et du baron Puget de Saint-Marc [1]. Et en cette année 1652, même si les *Sabreurs* étaient en train de perdre la partie, ils avaient décidé de se battre jusqu'au dernier.

Seulement, en Provence, ce conflit de parlementaires qui s'éternisait devenait insupportable pour les puissants et riches négociants marseillais, lesquels y voyaient une gêne pour leur commerce.

Antoine de Valbelle, consul et représentant des grandes familles négociantes du port, avait toujours soutenu Forbin contre le gouverneur de Provence, le comte d'Alais, qui voulait réduire les libertés et les franchises de Marseille. Effrayé par les projets sanglants du gouverneur – un homme rancunier qui avait décidé de noyer l'insurrection de Forbin dans le sang –, M. de Valbelle avait négocié son renvoi contre le ralliement des consuls marseillais à Mazarin.

Le maître de la cité phocéenne avait aussi proposé que le duc de Mercœur devienne le prochain

1. Rappelons rapidement les raisons premières de cette guerre civile : Mazarin avait doublé le nombre de charges de parlementaires dans la capitale provençale en décidant que chaque magistrat ne siégerait qu'un seul semestre à tour de rôle. Les charges nouvelles constituèrent le parlement *Semestre*. Les anciens parlementaires refusèrent cette organisation et entrèrent en conflit avec le comte d'Alais, gouverneur de Provence, chargé de faire appliquer la réforme. Ensuite, et malgré la destitution d'Alais, les parlementaires restèrent partagés en deux camps calqués sur la partition de la Fronde qui se propageait dans le pays : les *Canivets* demeurèrent fidèles à Mazarin et au roi alors que les *Sabreurs* soutenaient le prince de Condé.

gouverneur de Provence. Louis de Mercœur, fils du duc de Vendôme – le bâtard royal d'Henri IV – était un homme d'apparence douce et placide mais de substance résolue. Il était désormais très proche de Mazarin puisqu'il avait épousé sa nièce, Laure Mancini.

Mercœur avait donc été nommé gouverneur avec pour instruction de négocier un compromis entre les parties afin de ramener la paix. À la fin de l'année 1652, les tractations avaient enfin abouti. M. de Forbin et ses amis devaient retrouver leurs titres et leurs biens, et le parlement Semestre – une création de Mazarin pour enrichir le Trésor Public –, disparaîtrait. Les offices des magistrats *semestre* leur étant remboursés.

Un soir de septembre 1652, à Toulon, M. de Forbin rentrait chez lui fort tard après une difficile journée de négociations avec les envoyés du duc de Mercœur. Il était satisfait, enfin convaincu que le gouverneur désirait la paix et il songeait déjà à son retour à Aix quand une bande de tire-laine lui barra la route.

Le magistrat était à pied, accompagné simplement d'un serviteur qui portait une lanterne sourde. Leurs adversaires, apparemment des marins déserteurs, n'étaient que quatre, mais féroces et armés de lames et de sabres. Trop gros, médiocre escrimeur, Forbin allait succomber – comme son serviteur qui venait de rendre l'âme –, quand Jacques Le Mérou, véritable *deus ex machina*, surgit et vint lui porter secours. En quelques coups d'épée – c'était aussi un bretteur émérite – il mit en fuite ou tua les agresseurs.

Le Mérou se présenta à M. de Forbin comme un de ces aventuriers que l'on croise dans tous les ports d'Orient, à la fois négociant, trafiquant et aigrefin. Charmeur, agréable, fort cultivé, il disait venir de Perpignan et avoir roulé sa bosse en Méditerranée, où il avait fait fortune. Forbin, encore tremblant, le remercia et l'invita chez lui. En parlant, il découvrit que son sauveur était instruit – il connaissait le latin, le grec et l'arabe – et intelligent. Oppède cherchait un nouveau secrétaire et Le Mérou entra finalement à son service. Depuis, il y était resté et s'était rendu indispensable.

– Jacques, ordonna le magistrat en tapotant des doigts sur son bureau, écrivez une lettre à M. Dominique Barthélemy, mon ancien secrétaire [1]. Demandez-lui de se renseigner sur un père chartreux du nom de François de Gondi. Vous joindrez une copie de cette missive que je viens de recevoir. (Il tendit le courrier de Fronsac.) Barthélemy connaît le marquis de Vivonne et il

1. Pour nos lecteurs qui n'ont pas encore lu *L'Énigme du clos Mazarin*, rappelons brièvement l'origine sociale de Dominique Barthélemy. Alexis Gaufridi, membre du Parlement de Provence et deux fois consul de la ville d'Aix, avait eu un fils naturel en 1584. On l'avait nommé Gaufredi, pour que son nom ressemble à celui de son père. À vingt ans, le jeune homme était devenu l'amant de Claire-Angélique de Forbin-Maynier, la jeune sœur de Vincent-Anne de Forbin-Maynier, marquis d'Oppède. Un jour, un groupe de laquais s'attaquèrent au jeune homme et le rouèrent de coups. Leur chef lui

comprendra. Et puis, l'énigme lui plaira, puisqu'il est conseiller à la Tournelle [1].

Le Mérou se saisit de la lettre du marquis et la parcourut rapidement avant de froncer le front en secouant négativement la tête, ce qui fit gracieusement onduler sa chevelure.

– Le prieur ne le recevra pas, monsieur, déclara-t-il d'une voix chantante mais déterminée. Les chartreux n'acceptent jamais de visite.

Forbin ne répliqua pas immédiatement. Le franc-parler de son secrétaire le hérissait parfois. Pourtant, comme toujours, Le Mérou avait raison. Il opina donc au bout d'un instant de réflexion suffisant pour lui faire comprendre que c'était lui, et lui seul, qui prenait les décisions. Il reprit :

– D'accord ! Vous irez donc avec lui, monsieur Le Mérou. Préparez une lettre pour le prieur des Chartreux, que je signerai. Avec vous, l'abbé hésitera certainement à me faire un affront.

Le secrétaire ouvrit la bouche, hésitant à

---

avait alors jeté : « Ne reviens jamais à Aix. Claire-Angélique n'est pas pour toi ! »

Soigné par des paysans, Gaufredi, seul et sans appui, avait quitté la ville. Il devait s'engager dans les guerres d'Allemagne comme soldat de fortune et ne revenir à Aix que quarante ans plus tard, pour découvrir qui était son ennemi. Entre-temps, Claire-Angélique avait accouché d'un fils et était devenue moniale aux Dominicaines. Ce fils, secrétaire d'Henry de Forbin-Maynier, cousin d'Angélique, mourut de la peste en 1630 laissant comme unique descendance Dominique Barthélemy. Lequel avait repris, un temps, la charge de son père.

1. La chambre criminelle du Parlement.

émettre une autre objection, mais il se retint et hocha la tête.

Il était parti depuis quelques minutes, et Forbin méditait en caressant son gros chat roux, nommé Mazarin, qui s'était couché sur ses papiers comme le font tous les chats, quand un bruyant tintamarre, panachage de claquements de bottes et de cliquetis de ferraille, se fit entendre. Le maître de la ville d'Aix eut un petit sourire. Il venait de reconnaître le pas tonitruant de son ami et compagnon de lutte : Puget de Saint-Marc.

Jean Henri de Puget, baron de Saint-Marc, était pour ses ennemis – très nombreux – un homme violent et imprévisible. Mais pour Forbin, un de ses rares amis, il était *La Fidélité*.

C'est lui qui avait donné le nom de *Sabreurs* aux opposants de Mazarin durant la Fronde Provençale dont il était un des chefs. Il avait toujours eu pour habitude de dire à ses ennemis : « Je te sabrerai avec mon grand sabre [1] ! » Et ce n'était pas une vaine menace, car Puget, contrairement aux aristocrates aixois, ne portait pas une élégante épée de parade à son baudrier, ni même une véritable épee, il arborait un sabre de fer. Une arme avec laquelle il avait déjà tué bien des ennemis à sa cause.

Rentré en grâce en 1653, avec son ami Forbin, Puget était depuis deux ans le capitaine des gardes

1. En réalité, il disait : *Té sabrerai émé moun grand sabre* ! puisqu'il parlait provençal.

du duc de Mercœur, et l'exécutant zélé des ordres du roi et des désirs du premier président.

Car en vérité, depuis la fin des troubles de la Fronde, Forbin-Maynier n'avait plus qu'un unique dessein : devenir le premier personnage de Provence, le seul maître du pays. Et il était pressé, car la guerre du Semestre lui avait fait perdre beaucoup de temps. En revenant à Aix, il avait trouvé tous ses anciens ennemis aux postes les plus prestigieux du gouvernement de Provence. Il avait alors décidé de les éliminer pour les remplacer par ses amis.

Pour cela, outre une prodigieuse habileté, le baron d'Oppède disposait de trois leviers : la gratitude, l'argent et, en dernier recours, la violence.

M. de Forbin-Maynier avait développé une organisation féodale. S'il avait de véritables amis, tels Saint-Marc qui lui devait sa fortune, ou Estienne de Saint-Jean, son voisin, la plupart de ceux qui le soutenaient n'étaient que des affidés. Chacun dans la province, même un ancien ennemi, pouvait venir le trouver et lui avouer ses difficultés ou ses ambitions. Forbin lui portait assistance pour autant que le solliciteur acceptait de le reconnaître comme suzerain.

L'argent était le second instrument du premier président. Et de l'argent, il en avait beaucoup puisqu'il en prêtait même à Mazarin. Certains se demandaient d'ailleurs comment il pouvait se faire qu'il en ait tant !

Mais M. de Forbin d'Oppède savait aussi que la gratitude pouvait être éphémère et que certains hommes, trop vertueux, refusaient d'être achetés. Alors, il lui restait la violence. Et ça, c'était la tâche de Puget de Saint-Marc.

Pour comprendre la façon dont Oppède procédait pour assurer sa primauté dans la province, il nous faut rappeler comment, à cette époque, étaient affectés les postes d'officiers royaux. Quand une charge se libérait, le candidat devait d'abord l'acheter, et souvent elle était vendue au plus offrant. Ensuite, le postulant devait généralement obtenir un vote de confirmation de ses futurs pairs. Enfin, il était évidemment indispensable pour l'impétrant de recevoir l'agrément royal.

En Provence, dès qu'un poste se libérait, Oppède proposait d'acheter la charge – pour lui-même, pour ses amis ou pour un futur obligé – plus cher que les autres postulants. Après quoi, si malgré tout il y avait d'autres candidats, ceux-ci étaient éliminés par Saint-Marc, qui les arrêtait provisoirement ou les faisait exiler de la ville pour quelques mois. Pour les plus rétifs ou les plus obstinés, Forbin-Maynier demandait à la cour un ordre d'exil ou d'emprisonnement sévère en justifiant la sanction par de vagues soupçons de sédition. Enfin, il se chargeait de graisser la patte à quelques intermédiaires à la chancellerie pour que le roi valide la nomination.

Ainsi, en 1657, il avait fait arrêter, devant le Palais Comtal, le conseiller Jean-François de Glandevès, l'un des chefs de file de la rébellion contre le comte d'Alais dix ans plus tôt et candidat malheureux, contre celui d'Oppède, au poste de premier consul de la ville. Bien qu'étant un de ses anciens amis, Glandevès croupissait désormais dans la forteresse de Saint-Tropez.

Quelques mois plus tard, ça avait été le tour du président Grimaldi de Regusse. Lui, c'était un vieil ennemi de Forbin-Maynier. Chef des *Canivets* durant la Fronde, juriste émérite et scrupuleux, il avait toujours été loyal envers Mgr Mazarin. En 1655, la charge de premier président du Parlement s'étant libérée, le fidèle Regusse en avait été le candidat naturel. Mais le possesseur du poste en voulait soixante mille écus ! L'infortuné Regusse avait eu le tort de marchander pendant que Forbin, dans son dos, payait comptant le poste convoité !

Dépité et scandalisé, l'honnête Regusse avait protesté, mais Forbin s'était rendu à la cour, où, après avoir distribué force gratifications et libéralités, il s'était vu confirmer dans la prestigieuse charge. Il en avait profité pour médire sur son adversaire et, alors que le récalcitrant Regusse avait pris la tête des opposants aux méthodes de Forbin, celui-ci l'avait finalement dénoncé à Mazarin comme un probable séditieux.

Puget l'avait donc arrêté quelques mois plus tôt et le trop confiant Regusse avait été exilé quelques mois.

Évidemment, de telles méthodes oppressives inquiétaient de plus en plus les magistrats et les officiers qui avaient pris conscience de n'avoir désormais plus qu'un seul choix : devenir un obligé de Forbin ou quitter le pays ! Un front du refus commençait donc à se dessiner chez les notables et les parlementaires aixois.

Ce conflit larvé n'aurait pas été très important s'il ne s'était immiscé dans un autre plus redoutable : la protestation populaire de plus en plus forte envers une fiscalité royale toujours plus écrasante. Car il fallait toujours financer la guerre contre l'Espagne. Ainsi, tout récemment, Mazarin venait de décider un nouvel impôt : *l'ustensile*, qui servirait à entretenir les garnisons. Chaque famille qui n'hébergeait pas de soldat devrait désormais s'en acquitter. Le peuple, déjà écrasé de dîmes, de tailles et de gabelles, résistait, alors que Forbin-Maynier, en tant que premier président, faisait appliquer l'édit avec la plus grande sévérité. Les protestataires qui refusaient de payer étaient emprisonnés ou envoyés aux galères. Et ceux qui se rebellaient contre les collecteurs étaient roués – ou seulement pendus s'ils avaient de la chance – sur la place des Prêcheurs.

Forbin-Maynier avait encore d'autres soucis avec les amis de M. de Condé, les anciens frondeurs, et donc ses propres compagnons de la guerre du Semestre ! En effet, si M. le prince négociait avec Mgr Mazarin son retour en France, ainsi que son pardon, ceux qui l'avaient soutenu, les anciens Sabreurs, refusaient d'abandonner la lutte et de se trouver à la merci de M. de Forbin-Maynier, ce complice qui les avait trahis. Aussi, ceux-là songeaient à s'allier avec tous les opposants du premier président pour former un parti de malcontents.

Enfin, pour en terminer avec les difficultés de M. de Forbin-Maynier, il nous faut parler de l'éternelle rivalité entre Aix et Marseille. Le grand port de la Méditerranée s'était toujours considéré comme l'égal des grandes républiques marchandes italiennes. Ville fidèle au roi, certes, mais ville libre. La cité négociante se jugeait souveraine ; elle élisait ses consuls et votait ses impôts.

Longtemps, la domination de l'opulente famille des Valbelle avait été tolérée par la France. Antoine de Valbelle, on l'a vu, avait été l'interlocuteur de Mazarin durant la Fronde. Vivant, Valbelle était intouchable, car trop puissant, mais son décès – en 1655 – avait laissé la ville provisoirement sans direction. Le duc de Mercœur avait alors décidé qu'il était temps pour la cité phocéenne de devenir une ville comme les autres. Comme partout en France, ce serait lui qui désormais en nommerait les consuls.

En outre, comme les Marseillais se plaignaient souvent que le royaume ne leur vienne jamais en aide lors d'attaques de pirates – ce qui était pour eux une façon de justifier l'usage de leurs finances : la ville disposant ainsi de ses propres forces – le gouverneur leur avait imposé le financement d'une galère de guerre, chargée de défendre la cité, galère qui serait commandée par son fils, le chevalier de Vendôme, et non par un capitaine marseillais.

Les négociants marseillais avaient compris que le bateau de guerre serait là pour les surveiller et les empêcher d'agir à leur guise.

Car, par lettre patente royale datant du siècle

précédent, les Marseillais disposaient d'un droit unique dans les eaux provençales : en cas de disette – et c'était un terme vague –, les consuls pouvaient faire aborder et confisquer tout navire à condition que le corsaire marseillais possède un huissier à son bord ! Or ce droit, M. de Mercœur le considérait désormais comme illicite.

Les riches Marseillais, jaloux de leurs prérogatives et économes de leurs écus, avaient donc naturellement refusé l'impôt pour la galère, impôt pourtant accepté par des consuls renégats qui avaient fait allégeance au gouverneur de Provence pour conserver leur charge !

Finalement, en juillet 1658, une violente émeute populaire avait éclaté, avec, à sa tête, un jeune et impétueux cousin des Valbelle : Gaspard de Glandevès, seigneur de Niozelles. Les émeutiers avaient envahi l'hôtel de ville en criant « À bas la galère » et s'étaient rendus maîtres de la cité en chassant les consuls partisans de Forbin-Maynier et de Mercœur.

Gaspard, jeune homme riche, beau et téméraire, était devenu l'idole du peuple pour son panache, sa témérité et son insolence. Malgré une interdiction royale, il avait ensuite organisé des élections consulaires et, à l'automne 1658, lui et ses partisans avaient tous été élus.

Le roi avait cassé l'élection illégale et Niozelles avait été convoqué à la cour – qui était alors à Lyon – pour s'expliquer. Ce qu'il avait fait avec beaucoup d'insolence. Bien que publiquement admonesté, Gaspard avait refusé de s'excuser et de prêter allégeance. Et pour aggraver son cas, malgré les instructions du maître de cérémonie, Niozelles avait hautainement refusé de s'agenouiller devant le jeune roi, arguant que :

– … La noblesse a toujours eu le privilège de parler debout à son roi !

Louis XIV, le visage fermé, avait alors replacé son chapeau sur sa tête et avait quitté la salle d'audience sans rien dire.

Trois semaines avant le début de notre histoire, Mercœur s'était alors rendu à Marseille pour y faire reconnaître l'autorité royale et organiser de nouvelles élections de consuls. C'est une foule menaçante qui l'avait reçu et les élections avaient finalement été un nouveau triomphe pour Niozelles. Le gouverneur avait alors vidé les lieux sous les quolibets et les menaces.

En cette mi-février, l'insolent Niozelles restait donc le chef tout-puissant de la cité phocéenne. C'était une situation inadmissible pour un roi particulièrement orgueilleux et rancunier, et pour M. de Forbin-Maynier, qui devinait que l'héritier des Valbelle se dresserait un jour contre lui.

D'autant que Gaspard de Glandevès-Niozelles était le cousin de ce conseiller, Jean-François de Glandevès, qui avait été arrêté par Puget de Saint-Marc et enfermé à Saint-Tropez parce qu'il voulait devenir premier consul de la capitale provençale ! M. de Forbin-Maynier avait d'ailleurs tenté de l'intimider en lui faisant savoir que, s'il persistait dans sa fronde, son oncle pourrait bien voir sa tête tomber. Une menace qui n'avait eu aucun effet.

Pour toutes ces raisons, l'agitation se faisait chaque jour plus forte en Provence et l'émeute couvait désormais contre ce Forbin détesté par les magistrats, par le peuple, par ses anciens amis et par la population marseillaise, et dont on murmurait qu'il ressemblait de plus en plus à son terrible grand-père, Jean Maynier, l'assassin des Vaudois, celui qu'on avait surnommé le *bourreau de Mérindol*. Or comme le duc de Mercœur était trop prudent pour chercher un affrontement avec tant de monde, M. de Forbin-Maynier savait que le gouverneur l'abandonnerait s'il le jugeait nécessaire.

Aussi, quand Puget de Saint-Marc entra dans le cabinet de travail du premier président, les vêtements poudrés de neige et sa barbe mal peignée blanchie de givre, Forbin, impatient, s'était déjà levé. Sans même le saluer, et une ombre d'inquiétude dans la voix, il l'interrogea :

– Que se passe-t-il en ville ?

– Vous êtes déjà au courant des troubles de ce matin ?

Certes. Il y a une heure, Thomassin d'Einac est venu me prévenir.

Jean-Baptiste Thomassin, seigneur d'Einac, était un cousin de Forbin-Maynier. Jeune homme brutal et violent, mais aussi duelliste redoutable et d'une fidélité absolue aux Forbin, il assurait la sécurité de l'hôtel et pour ce faire avait recruté quelques solides laquais, tous anciens soldats. Ces hommes armés étaient placés aux issues et aux fenêtres. Plusieurs fois par jour, Einac passait vérifier s'ils étaient à leur poste, vigilants.

– J'ai fait dissiper quelques rassemblements de séditieux, laissa tomber Puget un rictus aux lèvres. J'ai malheureusement dû arrêter des meneurs. Certains tenaient un discours un peu trop blâmable envers vous et M. le gouverneur. Ils criaient même : *Fouero Forbin* [1] !

– Avec mesure et sans trop de violence, j'espère ! Je ne veux ni sang ni brutalité.

– Vous me connaissez ! s'offusqua Puget. Quelques jours dans un cachot glacial sans nourriture devraient simplement les ramener à la raison. Évidemment, pour les cas les plus récalcitrants, le pilori sera peut-être nécessaire.

– Oui, sourit Forbin. Je vous connais, mon ami ! Mais si, grâce à vous, la ville est redevenue calme, je vais pouvoir me rendre au Palais où l'on m'attend.

– Hum… je ne ferais pas ça si j'étais vous…

– Mais vous m'avez assuré que notre cité était tranquille désormais…

– Je n'ai pas dit ça, grommela le capitaine des gardes. J'ai fait saisir quelques meneurs, mais l'agitation reste vive. Le curé de la Madeleine s'est même lancé dans une violente diatribe contre

1. Hors d'ici, Forbin ! Il ne faut pas oublier que dans la capitale provençale tout le monde parlait provençal, même les magistrats et les officiers. Ce n'est que pour des raisons évidentes de compréhension que nous avons traduit les dialogues.

vous, et je ne peux arrêter et enfermer tous les conseillers du parlement ! Je n'ai tout simplement pas assez d'hommes et M. de Mercœur est à Toulon. Les régiments cantonnés à Aix ne m'obéiront pas sans ordre écrit de sa part. Je pense qu'il est plus prudent que vous restiez ici quelques jours, à l'intérieur. J'enverrai des hommes pour garder votre hôtel au cas où des trublions viendraient manifester sous vos fenêtres. Et Einac devra encore renforcer vos défenses.

– C'est si mauvais que ça ? demanda Forbin en s'approchant d'une fenêtre pour examiner la rue dont le pavé était couvert d'une fine pellicule blanche rayée de deux rubans noirs, traces des roues de voitures.

Quelques carrosses et charrettes circulaient et tout paraissait serein. À la fontaine, devant le four du Chapitre [1], des gens attendaient leur tour pour faire boire leurs mules et les ânes. Des femmes emplissaient leurs cruches et une poignée de chèvres broutaient les maigres touffes d'herbes encore gelées poussant entre les pierres des murs.

– Je ne sais pas. Je pense qu'il convient seulement d'être prudent... d'autant...

– D'autant ?

– Nous avons éliminé Regusse, mais vos

1. Il n'y avait pas de place de l'Archevêché, comme c'est le cas actuellement. Les bâtiments du Chapitre, en particulier le four, occupaient l'espace libre actuel. Après la destruction de ceux-ci, au XVIIIe siècle, on déplaça la fontaine d'Espeluque qui se trouvait place du Bourg.

ennemis sont pires que l'hydre de Lerne. Il y a toujours de nouvelles têtes ! Je viens d'apprendre qu'en ce moment même Hubert de Gallaup et son frère ont réuni chez eux quelques séditieux parmi les pires qui soient !

– Son frère était capitaine des gardes du prince de Condé, c'est lui qui vous inquiète ?

– Oui. Un soldat redoutable. Et une fine lame aussi. Vous savez que c'est lui qui a tué en duel le fils de votre ami d'Estienne de Saint-Jean. Il y a chez lui en ce moment le conseiller de Cormis, le président Louis d'Escalis [1] de Sabran, mais surtout le jeune Gaspard de Glandevès-Niozelles, qui revient tout auréolé de son insolence et de ses succès.

– Glandevès-Niozelles est aussi cousin de Louis d'Escalis, murmura Forbin.

– En effet. Et avec son oncle que nous avons enfermé à Saint-Tropez, tout ce petit monde de séditieux me déplaît souverainement.

Il eut une grimace de dépit ou de menace.

– Vous savez que Sa Majesté envisage de se rendre à Marseille prochainement pour rétablir l'ordre… Une alliance entre Glandevès-Niozelles et vos ennemis du Parlement serait du plus mauvais effet. Le roi ne la tolérerait pas et nous pourrions en faire les frais. Et avec cette populace qui grogne sans arrêt contre les impôts, nous ne sommes pas dans une position bien solide…

– Ils préparent sans doute quelque mauvais

1. Baron de Bras.

coup contre moi, murmura Forbin plein de lucidité.

– Qu'ils essayent ! menaça Puget en élevant la voix et en plaçant la main sur la garde de son arme. Nous répondrons par la force et je les sabrerai !

– Je n'en doute pas, répliqua le premier président en grimaçant. Mais que ferons-nous s'ils ne se dévoilent pas et s'ils utilisent uniquement la populace ? Devrai-je tuer tous les Aixois ?

2

Jacques Le Mérou se rendit sans attendre chez Dominique Barthélemy. La mission que Forbin lui avait confiée le préoccupait et, en marchant, il méditait sur la façon dont il allait la traiter.

Dominique Barthélemy habitait une grande maison – aujourd'hui démolie – dans la rue Sainte-Claire [1], juste en face du couvent de même nom.

C'était une rue étroite, sombre et sale comme la plupart des vieilles rues du Bourg ou de l'ancienne ville comtale. Jean-François Gaufridi,

1. La rue Jaubert actuelle. On sait que le couvent, dont il reste des éléments entre la rue Rifle-Rafle et la rue de Montigny, occupait aussi une partie de l'ancienne prison.

cousin de Dominique, lui avait proposé d'habiter dans l'hôtel des Gaufridi, mais le jeune homme avait préféré avoir sa maison à lui. Avec l'aide de son grand-père – tous deux ne manquaient pas d'argent –, ils avaient pu acheter ensemble une belle maison à deux étages, l'une des plus vastes de la rue. Dominique occupait le premier avec son épouse et sa petite fille, tandis que son grand-père logeait au second niveau. Le rez-de-chaussée étant réservé aux communs et aux cuisines ainsi qu'à une petite écurie pour deux montures.

Ce matin-là, Dominique était chez lui, dans un petit cabinet qui lui servait de bibliothèque, où il instruisait un étrange dossier de fausse monnaie. En effet, des centaines de faux écus sols circulaient en ville, à la grande confusion de l'hôtel des monnaies, et il paraissait impossible d'en déterminer la source. Ceux qui avaient été arrêtés en possession des fausses pièces avaient bien été mis à la question, mais sans résultat ! Dominique devait se rendre à la Tournelle – dont il avait acheté une charge de conseiller criminel – en fin d'après-midi pour faire le point sur cette enquête avec le prévôt et le lieutenant criminel.

Le Mérou fut reçu dès son arrivée ; il expliqua au jeune magistrat la demande de M. de Forbin-Maynier et lui montra même une copie qu'il avait faite de la lettre du marquis de Vivonne.

– Je dispose d'un couple d'heures devant moi avant toute obligation ; la neige ne tombe plus, si vous le voulez, nous pouvons nous rendre aux

Chartreux tout de suite, proposa Dominique, trop content de se changer les idées.

Le Mérou agréa. Dominique aurait désiré que son grand-père les accompagnât, mais celui-ci était sorti s'entraîner à sa salle d'armes. Ils partirent donc à deux en empruntant les chevaux de l'écurie.

Ils prirent la rue des Marchands, puis la rue des Orfèvres et enfin celle des Cordeliers. Dans cette dernière voie, particulièrement engorgée de véhicules, de gens et d'animaux, leurs montures ne pouvaient avancer qu'avec précaution et lenteur sur les gros pavés ronds qu'on extrayait des rivières. Des pavés dangereux car très glissants à cause de l'épaisse couche de paille et d'excréments qui les recouvrait.

Un léger mistral s'était levé lorsqu'ils atteignirent enfin la porte des Cordeliers, simple ouverture au milieu de remparts mal entretenus, au pied desquels rouillaient de vieux canons, et qui servaient trop souvent de murs de soutien à des échoppes ou parfois même à des logements de fortune. Passé la porte, ils laissèrent à leur droite les fossés en partie comblés d'ordures et les tours ruinées, à l'abandon depuis des années, pour suivre l'antique *decumanus maximus* [1] bordé seulement par des enclos et des prés enneigés. Le seul bâtiment devant eux était le couvent des Chartreux, alors en construction.

Le Mérou et Barthélemy s'étaient rencontrés

1. La rue Célony.

plusieurs fois ; Barthélemy ayant longtemps été le secrétaire de Forbin-Maynier – qui était aussi son oncle – connaissait parfaitement les affaires du baron d'Oppède et, souvent, Le Mérou était venu lui demander conseil. Cependant, en dépit de ces contacts, ils n'avaient jamais été proches. D'ailleurs, tout les séparait. Le physique : Barthélemy avait un teint clair hérité sans doute de l'origine écossaise des Forbin, alors que Le Mérou était basané comme un bohémien. La vêture : le jeune magistrat était toujours habillé de drap noir, alors que le secrétaire affectait cette élégance trop voyante qui trahissait l'aventurier. Enfin, le comportement : Dominique menait une vie bien réglée de conseiller et d'époux, alors que Le Mérou avait une réputation – peut-être usurpée – de libertin, de joueur et de duelliste trop querelleur. Durant le trajet, ils n'échangèrent donc que quelques banalités et peut-être aussi leur inquiétude quant à l'agitation et l'hostilité qui se répandaient en ville contre Forbin-Maynier. Sur l'affaire les conduisant au couvent, le seul intérêt que semblait y porter Le Mérou concernait le marquis de Vivonne, mais Dominique connaissait si peu *l'homme aux rubans noirs*.

– Mon grand-père pourrait vous parler plus longuement de lui. Il a participé à tant d'aventures avec Louis Fronsac. Ils ont même été à Rocroy ensemble[1]. Ah ! Nous voici arrivés... au fait connaissez-vous le prieur des Chartreux ?

---

1. Voir *La Conjuration des Importants*, Le Masque.

– Un peu. De réputation surtout. Je l'ai pourtant rencontré une fois à l'archevêché. Il se nomme Joseph d'Aillane. C'est un proche de *Tête de fer*, et pour vous parler sans détour, je doute fort qu'il nous aide. Je crois qu'il a été père chartreux à Avignon avant de venir ici.

Ils passèrent l'église, puis longèrent le mur qui fermait la cour et, à l'angle, prirent à leur gauche un chemin de terre enneigé menant au nouveau chemin d'Avignon [1]. À droite, le chemin d'Avignon conduisait à la bastide des Gaufridi. Ensuite ils longèrent la cour devant l'hôtellerie du couvent et s'arrêtèrent devant le jardin du prieur, où ils laissèrent leur monture.

Une cloche, devant une porte ferrée, permettait d'avertir d'une visite.

Le prieur mit longtemps à venir et, après avoir ouvert et les avoir examinés sans aménité, il leur demanda sèchement ce qu'ils désiraient. C'était un homme au teint jaune et au visage tourmenté par un feu intérieur. Il était vêtu d'un costume de ville entièrement gris et son visage arborait une barbe assortie d'une moustache comme en avait porté feu le roi Louis XIII. Une pilosité qui ne cachait pas ses profondes rides, car il avait largement dépassé la cinquantaine.

– Je suis le secrétaire de M. de Forbin, premier

1. Le nouveau chemin d'Avignon est l'actuel boulevard de la République. L'ancien chemin d'Avignon était parallèle à la rue des Chartreux, puis se prolongeait par l'actuelle rue Gaufredy.

président du Parlement et baron d'Oppède, expliqua respectueusement, mais fort solennellement, Le Mérou. Je dois vous voir en privé et sur sa demande. Je porte sur moi une lettre de lui.

Le prieur médita un instant, hésitant visiblement à envoyer au diable les deux visiteurs. Puis il songea qu'il lui serait peut-être plus utile de connaître les raisons de leur venue. Finalement, il hocha la tête en marmonnant une sorte de « suivez-moi » et rentra dans sa maison. Ils l'accompagnèrent.

Ils traversèrent une sorte de salle, mi-grange mi-cellier, où se trouvaient entreposés quelques barriques et des instruments aratoires. Puis ils entrèrent dans une autre pièce, un grand cabinet glacial. Un jeune moine s'y trouvait, qui les dévisagea, l'air interrogateur.

– Frère Guérin, notre cellérier, expliqua le prieur en désignant le moine. Nous préparions une commande de matériel qu'il doit aller chercher à Avignon. Montrez-moi donc cette lettre…

Le Mérou la sortit de dessous son manteau et la lui tendit après avoir adressé un bref salut au cellérier. La pièce étant sombre, le prieur se rapprocha d'une fenêtre donnant sur la cour de l'hôtellerie et la lut à la lumière du jour.

Le silence était pesant, presque hostile. Le cellérier avait baissé les yeux, mais Dominique était certain qu'il les observait. On ne les avait pas fait asseoir et l'accueil était aussi froid que les lieux.

– Connaissez-vous la règle de saint Bruno,

notre fondateur, demanda finalement le prieur en levant les yeux vers Le Mérou quand il eut terminé de lire.

Il n'attendit pas la réponse et poursuivit d'un ton égal :

– Notre seul but sur cette terre est la contemplation. Notre chemin est la solitude. Il y a chez nous des frères qui sont des moines convers, comme frère Guérin, et des pères du cloître, comme le père de Gondi. Les pères vivent chacun dans un ermitage, une petite maison autour du cloître. Les visites y sont interdites et je suis le seul à recevoir les étrangers. Je suis sincèrement désolé pour vous, mais vous avez fait ce chemin pour rien.

Le Mérou regarda Dominique, le visage sans expression, mais tout dans son attitude indiquait « je le savais, il ne nous reste plus qu'à partir ».

Alors Dominique intervint :

– Mon père, je comprends votre position mais je ne peux l'accepter. Il nous faut une réponse. Nous devons voir le père de Gondi aujourd'hui. Je dois vous préciser que je suis magistrat à la Tournelle et que si vous mainteniez votre refus, M. le premier président demanderait à Mgr de Mercœur d'intervenir. Notre visite se fait à la demande de Mgr le cardinal de Retz, il a beau être en exil, s'il n'avait pas de réponse, ou plutôt s'il suspectait que vous lui cachez quelque fait, l'affaire remonterait jusqu'au roi et surtout jusqu'à Sa Sainteté.

Le prieur Joseph d'Aillane devint écarlate de colère devant la menace du jeune homme. Le Mérou eut l'impression qu'il allait les jeter dehors.

Le cellérier s'était reculé dans le coin le plus sombre de la salle et de nouveau le silence redevint total. Mais Dominique n'était pas impressionné, il avait croisé les bras et attendait. Il était clair qu'il ne partirait pas sans réponse.

Et brusquement, de façon inattendue, le prieur soupira et céda :

– Effectivement, le père Gondi a disparu. J'ai eu tort de penser que sa disparition ne susciterait aucune question. Mais hélas, je ne me l'explique pas. Je vous l'ai dit, en tant que père de notre ordre, il ne recevait aucune visite et ne sortait jamais de son ermitage, sinon pour les repas et les promenades en commun dans le cloître. Son absence est incompréhensible et je ne peux rien dire de plus.

– Depuis combien de temps a-t-il disparu ? s'enquit Dominique.

– Deux mois, peut-être... Un jour, il n'est pas venu à la promenade. Le lendemain, un père s'est inquiété, il m'a prévenu. Sa cellule était vide... il n'y avait aucune trace de lui, comme s'il s'était envolé.

– Comment ça ?

– On ne peut entrer ou sortir du couvent sans passer par mon logis.

Le prieur baissa les yeux. Il estimait en avoir assez dit. Ces visiteurs avaient eu leur réponse et ils devaient partir.

– Je dois me rendre dans sa cellule, décida le jeune magistrat.

– C'est impossible ! gronda le prieur.

– Dans ce cas, ce sera le prévôt ou le lieutenant

du viguier qui viendront vous interroger. On vous reprochera de ne pas avoir signalé cette disparition, on vous accusera peut-être. Nous pouvons encore étouffer cette affaire…

De nouveau, une hostilité palpable s'installa entre eux.

– C'est d'accord, capitula finalement le prieur. Guérin, vous allez les conduire. Uniquement dans la cellule de François de Gondi. Ils ne devront rencontrer personne d'autre.

Il devait juger que ces conditions lui permettaient de sauver la face. Il fit alors un vague signe de la main au cellérier, comme pour marquer la fin de l'entretien. Guérin regarda Dominique et leur dit :

– Accompagnez-moi.

Une porte s'ouvrait au fond de la pièce, à droite. Ils l'empruntèrent. Elle donnait dans un long et glacial corridor voûté. Guérin marchait en tête, silencieux dans sa robe de bure. Sur leur gauche, des soupiraux fournissaient une médiocre lumière. La galerie était fermée à son extrémité par une porte de fer. Le cellérier saisit un trousseau de clefs à sa ceinture et enfonça l'une d'entre elles dans la serrure. La porte ouvrait sur un immense cloître. C'était en réalité un grand jardin bordé d'une galerie couverte sur trois côtés seulement. Le quatrième côté, au sud, était constitué d'une palissade de bois et d'échafaudages [1]. Apparemment cette partie du cloître était encore en construction.

1. Le cloître mesurait environ 350 à 400 mètres de côté !

Guérin s'était arrêté alors qu'ils examinaient le cloître.

– Chaque ermitage a une entrée et une fenêtre sur le cloître, expliqua-t-il. La cellule du père de Gondi est juste à notre gauche, c'est la première.

Il leur désigna la porte, à quelques pieds.

De nouveau, il rechercha une clef à son trousseau et ouvrit.

Ils le suivirent.

L'ermitage était constitué d'une entrée, d'où partait un escalier de pierre. Ce vestibule ne comportait qu'un coffre, béant et vide. Frère Guérin se dirigea vers la porte devant eux. Elle donnait sur une grande salle blanchie à la chaux avec une belle cheminée en gypse. Au fond, une porte était close ainsi que deux fenêtres. La pièce était très sombre. Guérin alla aux fenêtres et ouvrit les volets, puis la porte. Tous donnaient sur un jardin fermé par un mur d'enceinte, sans doute celui de la rue.

La pièce contenait une table, une chaise et un prie-Dieu. Il n'y avait rien sur la table. Seule une simple croix de bois ornait un mur. Dominique fit le tour des lieux. Cette pièce ne pouvait rien révéler. Il sortit dans le jardin, apparemment abandonné et couvert de neige. Le Mérou ne bougea pas. Il ne comprenait pas l'intérêt de l'obstination de Dominique.

– Pouvons-nous monter à l'étage ? demanda Barthélemy.

Guérin hocha la tête.

Dominique sortit et prit l'escalier. Il aboutit dans une chambre contenant un lit, une table avec un peu de vaisselle et une petite armoire qu'il ouvrit. Dans celle-ci se trouvaient quelques chemises et des livres.

Il en prit un et l'examina, se rapprochant de la fenêtre sans volets qui donnait sur le jardin. C'était un texte d'Urbain II. Les autres ouvrages étaient aussi des textes religieux. Il n'y avait aucun papier personnel, et rien pour écrire. Une seconde pièce, séparée de la première par un simple rideau, se situait au-dessus de la galerie fermant le cloître. Elle était minuscule et tout aussi glaciale que la précédente et ne contenait qu'un siège pour prier et contempler le cloître.

Ou Gondi ne possédait rien, ou on avait ôté tout ce qui lui appartenait, songea le magistrat.

Il jeta un dernier regard sur les lieux et redescendit. Le Mérou et Guérin, eux, n'étaient pas montés. Quand il arriva en bas, ils échangeaient quelques mots à voix basse, mais Guérin se tut à son approche et baissa les yeux.

– Je crois que j'ai tout vu, déclara Dominique d'une voix neutre.

Il ne les attendit pas et sortit vers le cloître. Le jardin central était blanc et des rosiers entourant la pelouse ne montraient que leurs branches dénudées et épineuses. Toutes les portes donnant sur le cloître étaient closes et des lueurs apparaissaient par instants aux fenêtres. Il se rendit compte qu'il n'avait pas vu de chandelle ou de bougeoir chez Gondi. Quelqu'un les avait-il ôtés ? Mais pourquoi ?

Il fit un pas sur sa gauche pour examiner la porte de l'autre cellule. Il aurait aimé en interroger le père. Alors il s'aperçut qu'entre les deux portes un renfoncement cachait un escalier qui descendait.

– Êtes-vous satisfait ?

Il se retourna. C'était le prieur qui les avait rejoints et qui s'était glissé derrière lui.

– Oui, mon père. Je n'ai rien vu pouvant nous éclairer…

Guérin et Le Mérou s'approchaient à leur tour.

– Je vous l'avais dit : Gondi a disparu. Nous ne connaîtrons jamais la vérité.

– Où conduit cet escalier ? s'enquit Dominique.

– Il y a quelques pièces souterraines qui constituent une sorte de crypte. Il s'agit sans doute de salles datant des Romains, il semble que le couvent soit construit sur une antique villa ou maison. Mais il n'y a rien à voir, je vous l'assure. Le cellérier y gardait quelques tonneaux jadis, mais nous ne les utilisons plus.

– C'est intéressant… Pourrais-je y aller ?

– Il n'y a rien à voir ! intervint Guérin d'un ton aigu. C'est très sombre et très dangereux.

– Trouvez-moi un bougeoir ! ordonna Dominique, qui descendit l'escalier sans attendre.

En bas des marches, il n'y avait pas de porte ; l'escalier donnait directement sur une salle souterraine fraîche, sombre et assez vaste.

La visibilité étant cependant suffisante, il

avança doucement. Le sol sableux crissait sous ses pas. Une odeur fade et putride émanait des lieux. Il entendit que quelqu'un le suivait et il se retourna : c'était Le Mérou, et, derrière lui, le prieur l'observait.

Dominique reprit son examen en longeant les murs, ses yeux s'habituaient peu à peu à l'obscurité.

– Il n'y a rien ici, déclara Le Mérou qui était resté à l'entrée n'ayant visiblement aucune envie de jouer les terrassiers et ne comprenant guère l'obstination de son camarade.

– Cette visite est inutile, grommela le prieur.

Dominique continua pourtant son exploration. À une extrémité, un passage donnait dans une autre salle. Il s'avança mais là, l'obscurité était totale.

– Voici une chandelle !

Il se retourna et prit, avec précaution pour ne pas se brûler, le cierge de suif fumant que lui tendait le cellérier.

La seconde salle était aussi vaste que la première. Son attention fut attirée par le sol qui crissait, il baissa le cierge : il marchait sur une grande mosaïque noir et blanc dont de petits fragments se détachaient sous ses pas. Il s'approcha d'un mur qui portait encore des traces de peinture pourpre. Une frise couverte de moisissures courait au sommet, on distinguait vaguement des fleurs et des feuilles. Il devait se trouver dans une chambre d'une villa romaine.

Quelques colonnes brisées et des chapiteaux jonchaient le sol. Il distingua une troisième ouverture et s'y rendit. La salle était plus petite que les précédentes mais tout à fait similaire. Les mêmes mosaïques noir et blanc couvraient le sol. Il leva les yeux, le plafond n'était qu'une vaste voûte. Il n'y avait aucune autre ouverture. Ce n'est pas ici que François de Gondi avait pu se cacher, décida-t-il. Il se retourna et il allait revenir sur ses pas quand il aperçut un mur de pierre fermant ce qui aurait pu être une ancienne ouverture. On distinguait parfaitement l'encadrement d'une porte constitué de demi-colonnes. Les pierres qui scellaient l'ouverture interdisaient tout passage. Soudainement, il trébucha ; il baissa les yeux : le mur s'était effondré à sa base et un éboulis s'était constitué. L'effondrement paraissait récent, mais il n'y avait aucun espace libre.

Il revint vers le prieur et les autres qui attendaient en silence.

– C'est un lieu étrange, reconnut Barthélemy.

– Oui, confirma le prieur presque aimablement. Après la disparition de Gondi, je m'y suis rendu aussitôt. Il aurait pu descendre ici, tomber, je ne sais pas… mais il n'y avait rien ni personne. Vous voyez, il n'y a pas d'issue et aucun recoin pour se dissimuler.

– Apparemment, approuva Dominique. N'avez-vous jamais songé à aller plus loin dans la troisième salle, à faire des fouilles. Ces lieux pourraient devenir des catacombes ? Peut-être même y a-t-il un trésor !

– Jamais ! Cela ne nous intéresse pas, déclara sèchement le prieur.

Ils remontèrent dans un silence redevenu hostile. Arrivés dans le cloître, Dominique remercia malgré tout le prieur :

– Je ferai part de votre aide à M. le président.

D'un mouvement de tête, il indiqua le quatrième côté du cloître, alors en travaux.

– Au fait, ces palissades là-bas… Gondi aurait peut-être pu sortir du couvent par là ?

Ce fut le cellérier Guérin qui répondit :

– Oui, il est facile de les franchir. Mais où serait-il allé ensuite ?

– Hélas, son départ est pourtant le plus probable, confirma le prieur d'une voix très basse. Vous comprenez pourquoi je ne voulais pas que cette disparition soit connue. Gondi nous a sans doute quittés. Il a renoncé à ses vœux et c'est terrible pour lui comme pour nous. Il sera damné pour cela.

Il dévisagea Dominique les yeux embués de larmes :

– Pourrez-vous garder confidentielle cette information ?

– Certainement, approuva Le Mérou fort conciliant. Seul M. de Forbin en aura connaissance.

Le prieur les accompagna jusqu'à la sortie, par son logement.

Ils se saluèrent assez froidement et les visiteurs repartirent.

– Je vous l'avais dit. C'était un voyage inutile, fit Le Mérou alors qu'ils passaient devant l'église.

Barthélemy ne répondit pas. Il n'envisageait nullement d'abandonner. Ils se rendirent directement chez Forbin-Maynier.

3

– Je reste persuadé qu'il est encore dedans, conclut Dominique après que Le Mérou eut raconté au premier président leur visite.

Ils étaient quatre dans le cabinet de travail de Forbin-Maynier : le président, nos deux amis, ainsi que le prévôt Laurent qui était venu expliquer au premier président les risques inutiles qu'il prendrait s'il s'obstinait à vouloir se rendre au Parlement durant l'après-midi.

Dès qu'il avait connu leur retour, Forbin les avait reçus bien qu'il fût en conciliabule avec le prévôt. Il avait hâte d'en finir avec cette histoire de disparition et le prévôt, qui était resté, avait écouté le récit des deux hommes avec intérêt.

– Mais où serait-il ? demanda placidement Le Mérou, étonné par l'affirmation de Dominique. Nous avons tout visité… à moins que vous ne songiez qu'on l'ait enfermé quelque part…

– Non !

Dominique se tourna vers Forbin-Maynier.

– Je ne crois guère à la fable de la fuite de

François de Gondi. Son neveu, le cardinal de Retz, l'aurait apprise. Évidemment, notre moine aurait pu partir et subir un mauvais sort, mais alors, on aurait retrouvé son corps. Non, je pense simplement qu'il est mort. Comment ? Je l'ignore. Mais *ils* n'ont pas su que faire du corps au couvent et, à mon avis, *ils* l'auront enterré dans les salles souterraines que j'ai visitées.

– Mais vous avez dit vous-même que le sol était en mosaïque. Vous auriez remarqué un trou, des fouilles… que sais-je, s'étonna Le Mérou.

– J'ai vu un ancien passage muré. Au niveau du sol, il est en partie effondré, il aurait dû y avoir un trou, un appel d'air, or on avait visiblement rajouté récemment des pierres pour empêcher toute visite. C'est là qu'il faut fouiller ! Le corps est derrière, j'en suis certain.

– Fouiller le monastère ! Comme vous y allez ! intervint le prévôt Laurent avec ironie. Vous trouvez qu'il n'y a pas assez de troubles en ville ? (Il haussa les épaules.) C'est impossible ! Il faudrait un ordre du gouverneur et il est à Toulon. Et puis, si on ne trouve rien… Après tout qu'a-t-on à faire de ce Gondi ? Son oncle est un criminel en fuite !

Forbin l'avait écouté, inexpressif. Après quoi, il les examina tous trois à tour de rôle : Dominique, comme toujours certain de détenir la vérité et froidement logique, Le Mérou, circonspect ou simplement un peu excédé par cette affaire, le prévôt, agité et inquiet sous son masque d'ironie.

Tous se turent dans l'attente de sa décision. Finalement, Forbin annonça son verdict en s'adressant à son neveu :

– Qui seraient ces *Ils* qui auraient fait disparaître Gondi ? Et pourquoi ?

Dominique écarta les mains sans ouvrir la bouche, en signe d'impuissance.

Forbin le dévisagea encore un bref instant et trancha :

– Nous ne ferons rien. Dominique, vous êtes peut-être dans le vrai, mais je n'ai pas suffisamment de preuves, ou même de raisons, pour ordonner cette fouille. J'attendrai donc le retour de M. de Mercœur et je lui en parlerai. Mais je suis certain qu'il me conseillera d'abandonner et je répondrai alors en ce sens au marquis de Vivonne.

En s'exprimant, Forbin faisait ballotter son triple menton ce qui, pour tout autre que lui, aurait conféré à ce physique poupin une expression ridicule. Pourtant, son attitude arrogante et glaciale, rehaussée par un col en dentelle immaculé sur un pourpoint de soie bleu foncé, inspirait au contraire la crainte et le respect. Il le savait et il poursuivit, plus sèchement :

– Je vous remercie d'avoir mené cette enquête, Dominique, maintenant laissez-moi avec le prévôt Laurent.

Dominique s'inclina et se retira sans un mot, suivi de Le Mérou.

Dès qu'ils furent sortis, Forbin soupira :

– Je me demande si je n'ai pas eu tort d'envoyer M. Barthélemy là-bas. Il est trop rigoureux, il prend trop les choses à cœur. Il n'a pas encore compris que, dans certains cas, la justice ne doit pas s'approcher trop près de la vérité. (Il haussa les épaules.) Enfin ! Ça lui passera avec l'âge… Nous avons été interrompus, monsieur Laurent…

– Oui. J'ai parlé avec Puget de Saint-Marc, il pense comme moi… vous devriez quitter la ville quelques jours, le temps que les esprits échauffés se calment… Vous pourriez vous rendre dans votre château de La Barben…

– Il n'en est pas question, l'interrompit Forbin. Il y a une audience cet après-midi et je compte bien m'y rendre.

Le prévôt ne dissimula pas une grimace.

– C'est prendre de bien grands risques. Ne voulez-vous pas attendre au moins demain ? J'aurai sans doute réuni quelques archers supplémentaires pour garder le Palais. Souvenez-vous de ce qui est arrivé à Alais, il y a dix ans.

Forbin ne voulait pas céder, mais il savait aussi de quoi une foule déchaînée pouvait être capable ; il opina en bougonnant :

– Je veux bien vous accorder ce délai. J'enverrai Le Mérou prévenir et faire reporter l'audience à demain après-midi. Pour la Saint-Valentin, donc. Mais je vous préviens, demain, rien ne m'arrêtera.

Laurent se leva, salua le président, mais avant de sortir, il émit une proposition sur l'affaire des Chartreux qui le tourmentait :

– Je pourrais me rendre chez Mgr Grimaldi. Lui parler de cette disparition et lui demander l'autorisation d'aller moi-même aux Chartreux... de me renseigner...

– Essayez, accepta Forbin, sans y croire.

Le soir même Laurent revint, piteux. Grimaldi avait refusé toute visite.

L'affaire en restera donc là, décida Forbin.

Il se trompait : lorsque Dominique Barthélemy avait quitté l'hôtel, après avoir été congédié, il avait déclaré abruptement à son compagnon d'expédition :

– Qu'importe ce que pense M. de Forbin d'Oppède ! En tant que magistrat, je veux connaître la vérité. Je me rendrai cette nuit dans le couvent des Chartreux en passant par les palissades. J'explorerai cette crypte dans laquelle il n'y a que quelques pierres à dégager. J'emmènerai une lanterne et je saurai alors à quoi m'en tenir. Voulez-vous venir avec moi ?

Le Mérou fut un instant désarçonné. Mais il se ressaisit vite et il posa une main amicale sur l'épaule de Dominique.

– Je crois qu'on ne trouvera rien, mais l'expédition me tente fort. Je suis votre homme, approuva-t-il placidement.

4

Transportons-nous maintenant quelques heures plus tôt dans l'hôtel de Gallaup, rue Neuve [1].

Hubert de Gallaup, sieur de Chastueil et avocat général au Parlement, était en grande discussion avec son frère François, ancien capitaine des gardes du prince de Condé, et Pierre de Pontevès [2], procureur au Parlement de Provence. Pierre de Pontevès venait d'arriver et ils étaient tous trois debout dans ce grand salon où les Gallaup recevaient depuis plusieurs générations toute l'aristocratie et le talent aixois. N'oublions pas que le grand-père de l'avocat général avait été un ami de Malesherbes et un écrivain renommé.

Pontevès se tenait, craintif, devant l'avocat. C'était un petit homme, râblé, au nez busqué et aux traits marqués comme un croquant. Sa fortune venait justement de ses terres mais, s'il avait pu acheter une charge de conseiller et s'il était un juriste expérimenté, son origine obscure faisait de lui le souffre-douleur préféré du président d'Oppède qui le méprisait ; Forbin-Maynier ne se privant jamais de rappeler que sa noblesse, à lui, remontait aux croisades ! Aussi, Pontevès, plusieurs fois humilié et brocardé publiquement,

1. En montant la rue Granet, vers son milieu, à gauche.

2. Il avait fait construire l'un des premiers hôtels du cours à carrosses en 1650 (23, cours Mirabeau). Ce Pontevès-là n'avait aucun rapport avec les Sabran-Pontevès.

haïssait le premier président. Cette animosité était l'objet de bien des boutades en ville, et c'était probablement la raison pour laquelle le conseiller avait reçu le courrier anonyme qu'Hubert de Gallaup tenait du bout des doigts, comme s'il avait peur de se salir.

L'avocat général relisait encore une fois la lettre de dénonciation que le procureur venait de recevoir et de leur apporter :

Vous voulez connaître l'origine de la richesse de Forbin-Maynier ?

Allez donc voir dans la cave de son hôtel et vous trouverez les caisses de faux écus qu'il fait fabriquer à Avignon !

– Croyez-vous vraiment à cette fable, monsieur le procureur, demanda finalement et sèchement Gallaup de Chastueil en rendant la lettre à Pontevès sans chercher à cacher son dégoût.

L'autre ne la saisit pas et ne baissa pas les yeux. Il les plissa seulement et prit un air chafouin.

– Je n'ai pas à croire ou non, monsieur l'avocat général, se défendit-il. Je vous rappelle seulement les longs débats que nous avons eus depuis deux ans avec le baron de Bras et M. de Cormis. Comment se fait-il que Forbin dispose de tant d'argent ? Il assure que ses biens sont parfaitement gérés par ses fermiers, que sa famille est riche depuis des générations et que son argent est bien placé dans des fermes lucratives. C'est possible, mais je prétends qu'il y a malgré tout un mystère. Et surtout, il y a les faits : depuis deux ans de nombreux écus doubles titrant moins d'or que les pièces royales circulent dans la ville. Oui ou non ?

– C'est exact, répliqua le capitaine de Gallaup. Le prévôt Laurent m'en a parlé. Il s'agit de doublons d'or d'Avignon qui ont été adroitement refrappés de telle sorte que les trois abeilles du cardinal Barberini [1] soient transformées en trois fleurs de lys, comme sur les écus doubles dont ils ont la même taille. Ces pièces titrent dix pour cent d'or en moins, mais il y en a tellement que les commerçants ont fini par les confondre avec les vraies…

L'avocat général interrompit son frère d'un geste de la main.

– Je vous concède qu'il existe un trafic de fausse monnaie et que Forbin en est peut-être le maître d'œuvre, mais que peut-on faire ? Que proposez-vous pour entrer dans son hôtel et fouiller sa cave ? lui demanda-t-il sur un ton de persiflage.

– Cette lettre est pourtant une arme terrible, objecta le capitaine. À la guerre, la fortune ne passe qu'une fois et il faut la saisir.

– C'est certain, mais enfin, mon frère, comment l'utiliser ? Il nous faudrait être assurés de trouver des preuves dans ce maudit hôtel de Forbin. Ce torchon anonyme n'a aucune valeur !

1. Il s'agissait en réalité des trois abeilles du pape Urbain VIII. Son neveu, le cardinal François Barberini, était le légat d'Avignon et battait monnaie.

Les deux frères s'affrontèrent un instant du regard. Le capitaine avait les mains dans le dos, dans une attitude martiale, tandis que l'avocat général avait croisé les bras en un geste tout autant insolent. On aurait presque pu les croire jumeaux, ils avaient quasiment le même âge : Hubert avait trente-cinq ans et son cadet trente-quatre. Et tous deux se ressemblaient étrangement, bien qu'on ne puisse les confondre. Ce qui les distinguait, c'était autant leur façon de s'habiller que leur comportement. L'aîné était vêtu de noir, comme tout magistrat qui se respecte, mais son pourpoint et ses bas étaient en soie parsemés de nombreux galans brodés. Il portait d'élégants souliers de ville et ses cheveux longs étaient bouclés au fer ainsi que sa fine moustache parfaitement taillée. Son frère, au contraire, portait un modeste habit de velours pourpre et des bottes de cavalier à revers. Sa poitrine était barrée d'un vieux baudrier de cuir de Cordoue auquel était accrochée une rapière espagnole à manche de nacre qu'il ne quittait jamais. On aura compris que le capitaine était belliqueux et téméraire, alors que son frère était un légaliste prudent.

Pontevès soupira en les voyant si proches de la querelle :

– Je suis désolé… Je pensais que vous auriez une idée…

– Il y a pourtant une possibilité, proposa alors le capitaine en hochant la tête.

– Quoi donc ? fit son frère malgré tout intéressé et regrettant sa raillerie.

– Une émeute…

– Explique-toi…, approuva prudemment Hubert en plissant les yeux.

– Forbin est haï. Les impôts écrasent les artisans, les boutiquiers, les paysans, tout le monde en vérité. Or, il rôde en ville toute une foule de gueux et de laissés-pour-compte prêts à tout. Des gens fervents de larcins, des clercs en rupture d'Église tenant taverne et toujours désireux d'en découdre, des artisans endettés, des charretiers et garçons d'écurie avinés désireux de quelques violences, surtout… sur les jolies soubrettes d'un hôtel comme celui de Forbin… ! Faisons courir le bruit que d'Oppède envisage d'augmenter encore les impôts et les esprits s'échaufferont vite.

» Dans la journée, nous pouvons lancer sur son hôtel une meute de fauves… Que ces gens attaquent son logis, y pénètrent, molestent et pillent un peu… nous glisserons parmi eux quelques hommes à nous… ceux-là auront pour tâche de fureter dans les caves et de vérifier cette dénonciation, ensuite ils ressortiront et nous avertiront. Si cette accusation est avérée, nous participerons au rétablissement de l'ordre, mais avec le soutien du consul. Celui-ci pourrait annoncer qu'il désire faire fouiller l'hôtel afin de vérifier que personne ne s'y cache, et il découvrirait à cette occasion la fausse monnaie. Et voilà une partie gagnée !

– Séduisant, approuva Pontevès les yeux brillants, fort séduisant… Vous sentez-vous capable d'organiser une telle insurrection ?

– Sans doute, je n'aurai pas de peine à trouver

quelques meneurs et je dispose déjà de deux hommes de confiance pour fouiller le logis de Forbin.

– Il nous faut agir vite…, intervint Hubert, cette fois convaincu.

À cet instant, un laquais pénétra silencieusement dans le salon et fit un signe discret à l'avocat général.

– Nos visiteurs sont là, François, mais vous pouvez rester, monsieur de Pontevès, vous les connaissez…

Cinq hommes pénétrèrent dans le salon. Le premier était Louis d'Escalis de Sabran, baron de Bras, président à mortier au Parlement d'Aix. Un magistrat presque aussi important que Forbin-Maynier, mais dont Hubert de Gallaup savait combien l'assise était précaire : M. de Bras n'occupait que des charges que Forbin lui avait concédées.

Le consul était suivi du conseiller Louis de Cormis, un proche des Gallaup, et d'Honoré de Barrate, un tout jeune adolescent, fier comme Artaban de se rendre chez *le capitaine du prince de Condé*. Derrière eux suivaient deux personnages remarquables.

Le premier était un homme encore jeune, vigoureux, au nez aquilin et au regard perçant et intelligent. Son visage, fier sans être hautain, volontaire sans paraître autoritaire, était agréable et bien proportionné. Ses cheveux foncés n'étaient pas bouclés et se répandaient librement sur ses épaules. Il était chaussé de bottes de cavalier et non de souliers de ville, ce qui trahissait peut-être l'homme d'action. Son compagnon, lui, était visiblement un marin. Un corsaire, ou un capitaine, sans doute, avec ses cheveux nattés, son visage buriné, sa démarche chaloupée et vigilante. Mais si ces personnes étaient remarquables, ce n'était pas tellement pour leur physique, pourtant intéressant, mais plus encore pour ce qu'ils portaient. La houppelande de voyage du premier laissait apercevoir un baudrier alourdi par une longue rapière, et sous le pourpoint trop tendu, on devinait une épaisse protection de buffle. Quant à la rapière, c'était à l'évidence une arme de guerre bien qu'il soit interdit d'en porter dans Aix, sauf pour quelques aristocrates comme François de Gallaup ou Puget de Saint-Marc. Pis encore, le second personnage ne dissimulait même pas, sanglé à sa ceinture, un court sabre d'abordage à manche de cuivre. Et chacun avait, glissé à sa taille, un pistolet à silex. Pourquoi transportaient-ils un tel arsenal ? Et surtout ici, dans la capitale judiciaire de la province ? songeait le procureur Pierre de Pontevès en les examinant à la fois avec intérêt et inquiétude.

Un tel équipage surprit tout autant Hubert de Gallaup, qui fronça imperceptiblement les sourcils, alors que son frère arborait un sourire amical, joyeux même, en voyant entrer les deux inconnus. Le capitaine s'avança vers les nouveaux venus, les bras tendus pour une accolade.

– Gaspard ! Si je m'attendais…

– Je vois que vous connaissez mon cousin, intervint le baron du Bras en ôtant son manteau. Mais peut-être pas vous, monsieur de Pontevès, laissez-moi vous présenter Gaspard de Glandevès. Le maître actuel de Marseille. C'est lui le héros qui a refusé de s'incliner devant le Sicilien !

Gaspard de Glandevès-Niozelles ôta son chapeau de feutre encore couvert de givre et de neige et salua l'avocat général avec un sourire carnassier.

Jusqu'à présent les deux frères Gallaup étaient restés debout avec le procureur Pontevès, car ils attendaient, justement, le président et leur ami de Cormis dans le grand salon de leur hôtel. Les fauteuils et les radassières étaient nombreux. Tous s'assirent sur un signe d'Hubert de Gallaup, alors que François s'entretenait à voix basse avec le laquais qui avait pris les pèlerines de voyage, pour faire porter quelques bouteilles de vin cuit et ajouter des bûches dans la cheminée.

– Vous m'excuserez, mon ami, expliqua M. de Bras à son hôte, d'arriver ainsi à l'improviste avec M. de Niozelles accompagné de l'un de ses capitaines. Il se trouve qu'il est venu me visiter hier au soir, discrètement…

Il prit une martiale expression de vieux guerrier en désignant de la tête les armes que les deux hommes avaient conservées et précisa d'un ton offensif :

– … Je vous rassure, elles sont habituellement dissimulées sous leur manteau ! Niozelles, qui est mon cousin comme vous le savez peut-être, venait me faire une proposition et je désirais m'en entretenir avec vous. Je l'ai donc gardé la nuit chez moi et lui ai demandé de m'accompagner ce matin.

– La venue de votre cousin ne pouvait pas mieux tomber. Il nous donnera une opinion certainement pertinente sur le sujet que nous traitions : M. de Pontevès m'a apporté une étrange lettre anonyme qu'il vient de recevoir.

Il tendit la lettre au président qui, chaussant ses bésicles, la lut avec attention. Le baron de Bras avait la cinquantaine passée ; trop gros et souffrant de la goutte, il chercha une position confortable sur le fauteuil car ses hémorroïdes le faisaient cruellement souffrir et sa panse rebondie l'encombrait. Au bout d'un instant, il fit une grimace, sans que ses voisins ne sachent si elle provenait de ses douleurs ou de la lecture de l'anonyme missive, puis il tendit le pli au jeune Glandevès-Niozelles et demanda à l'avocat général d'un ton perplexe :

– Croyez-vous cette histoire vraisemblable ?

– Tout est possible, intervint François de Gallaup qui revenait vers eux, les talons de ses bottes martelant le parquet marqueté. Tout est possible avec le diabolique Forbin !

– Ceci est fort grave et pourtant bien intéressant, remarqua à son tour Niozelles en tendant la lettre anonyme à de Cormis après l'avoir parcourue.

– Juste avant votre arrivée, nous échafaudions une ouverture pour exploiter cette histoire, expliqua doucement Hubert de Gallaup : une petite émeute pourrait avoir lieu dans la ville, et cette échauffourée aboutir à un pillage en règle de l'hôtel de Forbin. Un homme à nous irait discrètement vérifier les caves, et s'il trouvait le corps du délit, il nous avertirait. Nous vous préviendrions alors, ainsi que le prévôt. Ensuite, le forfait étant avéré, sous couvert de rétablir l'ordre, vous ordonneriez une perquisition générale.

Le silence tomba un instant dans la pièce. M. de Bras soupesait les risques encourus. Il n'aimait pas Forbin, mais le craignait encore plus. Il proposa prudemment :

– Nous pouvons en reparler. Peut-être même n'aurions-nous pas à organiser d'émeute tant la situation est grave dans la province. Je voulais vous en entretenir avant d'aborder la proposition de M. de Niozelles ; depuis une quinzaine, les troubles s'aggravent partout. On touche même à la rébellion armée. Plus un collecteur d'impôts ne peut circuler sans risquer de se faire écharper. Il y a quelques jours, à Brignoles, deux commis au recouvrement des aides ont été battus. Les receveurs des impôts et les gabeleurs refusent d'œuvrer s'ils ne sont pas protégés par la troupe. Forbin nous met dans une situation impossible ! Nous allons assister à une explosion populaire au moins aussi grave que celle des nu-pieds de Normandie ou des croquants du Périgord. Et si une telle révolte a lieu, nous serons immanquablement rangés dans le camp des nantis avec Forbin. Nos biens et nos propriétés seront mis à sac, nos gens molestés, violentés.

– Que proposez-vous ? demanda froidement le capitaine de Gallaup qui avait bien senti la réticence du consul.

M. de Bras se tourna vers Niozelles et le désigna avec une emphase un peu ridicule.

– Les Marseillais n'ont pas cédé. Et le roi a reculé, car il n'est pas si puissant. Gaspard nous propose une alliance. Une réunion commune des officiers et des magistrats du Parlement, des consuls des principales villes de Provence et de ceux de Marseille pourrait être organisée. Nous représenterions alors une telle force que Mercœur nous écouterait…

– Peut-être, peut-être… Mais Forbin n'est pas seul, ne l'oubliez pas. Il a de puissants et de nombreux appuis dans cette ville, ainsi qu'à Marseille. Votre assemblée ressemblerait un peu trop aux états de Provence, et Forbin pourrait malheureusement y faire la loi. Songez que si nous pouvions prouver qu'il fait de la fausse monnaie, tout n'en serait que plus facile…

M. de Bras ne répliqua pas, il se frotta le menton – qu'il avait triple – durant un moment, plongé dans une profonde méditation. Il connaissait parfaitement le sort désagréable que le roi pouvait réserver aux séditieux. Finalement, que risquait-il si Gallaup organisait l'émeute ? Il lui suffisait de rester à l'écart et d'intervenir seulement au bon moment…

– L'idée de l'émeute me paraît séduisante,

intervint alors Louis de Cormis. Et réalisable immédiatement.

– Je peux m'en occuper rapidement, proposa François de Gallaup qui brûlait d'en découdre.

– Ce qu'il faut, proposa son frère, c'est bien coordonner ces deux actions. La réunion des consuls, des officiers et des magistrats devra exploiter au mieux les raisons et les conséquences de cette émeute sans toutefois y apparaître liée de quelque façon. Ces deux événements conjoints devraient immanquablement faire vaciller Mercœur et fléchir Mazarin.

– Je vous laisse l'échauffourée, décida M. de Bras dans un sursaut d'énergie. Mais je veux bien intervenir à la fin de celle-ci pour aider Forbin-Maynier à ne pas se faire écharper. Si, à cette occasion, et par le plus grand des hasards, quelqu'un attire mon attention sur ce qui se trouve dans sa cave, j'agirai en conséquence… En ce qui concerne notre assemblée de magistrats et d'officiers, Niozelles s'occupe de Marseille et, avec de Cormis, nous nous répartirons le reste de la province.

– Vous allez devoir mettre plusieurs personnes dans la confidence, remarqua le capitaine de Gallaup en se levant pour faire quelques pas – il avait beaucoup de mal à rester immobile. Ce peut être dangereux…

– Non, rassurez-vous. M. Honoré de Baratte, qui nous a accompagnés, sera chargé de la liaison entre Niozelles et moi. Il va partir à Marseille avec eux. Quant au capitaine Verrazano, ici présent, il traitera avec les grandes familles négociantes de Marseille. Il a toute la confiance de M. de Niozelles.

– Ainsi que son frère, ajouta Niozelles. Les frères Verrazzano sont comme des membres de ma propre famille, précisa-t-il. J'ai déjà préparé les contacts nécessaires avec mes cousins Valbelle, sauf avec Philippe qui nous a trahis [1].

Glandevès-Niozelles se leva en terminant ses explications :

– Je crois que nous nous en sommes dit suffisamment. Il est inutile pour moi d'en savoir plus. Je retourne à Marseille avec votre jeune ami. (Il désigna Baratte.) N'oubliez pas qu'il nous faut agir vite. On parle d'une visite du roi à l'automne, ou même avant. Il pourrait se rendre à Marseille ensuite. Forbin devra avoir été éliminé à ce moment-là.

Le capitaine lui demanda, en se levant à son tour :

– Rentrez-vous aujourd'hui même ?

– C'était mon désir, expliqua Niozelles avec un sourire. Mais c'est impossible. Toutes mes cousines veulent me voir. Je crois avoir deviné que mon oncle d'Escalis a organisé un grand repas familial, suivi d'une petite fête, ce soir.

– À laquelle vous êtes bien sûr conviés, annonça M. de Bras en haletant, car il tentait d'extraire sa bedaine du fauteuil, ce qui lui était difficile. Bien que mon épouse s'y soit prise au dernier

1. Philippe de Valbelle était resté fidèle au roi.

moment, il y aura sans doute les plus belles femmes de notre ville…

Et ajouta-t-il avec un air libidineux :

– J'espère même la présence de la Belle du Canet !

– Si Lucrèce est là, tonna François en bombant le torse, j'y serai !

5

En fin d'après-midi de ce même jour, l'archevêque Mgr Grimaldi travaillait avec le père Honoré Peruzzi, son vicaire général, dans le grand cabinet de l'archevêché ; une pièce haute de plafond et entièrement lambrissée de panneaux peints représentant des scènes de l'Évangile. Mgr Grimaldi, grand amateur d'art et ancien gouverneur de Rome, les avait fait réaliser par les plus grands artistes de la cité pontificale.

Malgré le feu vif dans la cheminée, le cabinet restait glacial et Peruzzi soufflait régulièrement dans ses doigts pour les réchauffer. Dehors, le mistral s'était levé et le froid s'insinuait partout.

Mgr Grimaldi était un homme profondément religieux – il avait été chartreux –, et il tenait son surnom de *Tête de fer* de sa rigidité sur tout ce qui concernait la foi. Cette intransigeance ne l'empêchait pas d'être très aimé des Aixois pour sa charité et sa bonté et, chaque année, il dépensait des fortunes en aumônes pour les pauvres.

Son vicaire était fort différent. Non que l'on puisse lui faire des reproches sur son comportement ou sur sa sincérité vis-à-vis de la religion, simplement, chez Grimaldi, le prêtre et l'homme de Dieu primaient sur l'archevêque, alors que Peruzzi se considérait avant toute chose comme l'administrateur du diocèse et même des états de Provence.

Il faut avoir en mémoire qu'à cette époque l'archevêque d'Aix avait le premier rôle dans la province. Premier procureur, il présidait les états, c'est-à-dire l'assemblée générale des communautés, et il assumait bon nombre de tâches publiques et judiciaires. Son vicaire, lui, était simplement chargé du fonctionnement de l'archevêché et du diocèse.

Seulement, comme l'archevêque était surtout à l'aise dans un lieu de prière, particulièrement s'il était beau, le vicaire assumait avec gourmandise une partie des obligations politiques – et mondaines – du président des états de Provence. Il était le plus heureux des hommes dans une assemblée de consuls et d'assesseurs, et il se croyait au paradis dans une de ces brillantes fêtes qu'organisait parfois le gouverneur. Certes, Mgr Grimaldi s'y rendait aussi, mais il désapprouvait – et ne le cachait pas – le luxe et la débauche qui accompagnaient fatalement ces festivités. D'ailleurs, pour montrer son austérité, l'archevêque n'avait-il pas interdit l'entrée de son archevêché aux femmes, jugeant sans doute que ces poitrines un peu trop dénudées n'avaient pas leur place en ce lieu ? Et il ne cachait guère ses penchants vers ce jansénisme si intransigeant.

Le père Peruzzi, lui, n'était pas aussi sévère et une paire de jolis seins ne pouvait ni le choquer ni l'indisposer. Au contraire. Encore jeune, le visage lisse et aimable, bon cavalier et agréable danseur, il était très apprécié de la bonne société aixoise. Charmeur et entreprenant, même avec les femmes, il était par contre beaucoup plus dur lorsqu'il s'agissait de discuter de droits, de tailles ou de dîmes.

Et justement, ils traitaient, ce jour-là, des revenus de différentes terres ; Grimaldi proposant d'abandonner quelques maigres taxes aux plus malheureux qui ne pouvaient les payer et son vicaire s'y refusant par principe.

On frappa à l'huis et un laquais entra.

– Le père prieur des Chartreux est là, monseigneur. Il désire vous voir.

– Qu'il entre ! ordonna jovialement Grimaldi, heureux de cette récréation dans sa difficile discussion avec son vicaire.

Joseph d'Aillane, les yeux baissés et l'air sombre dans sa robe de bure, pénétra dans le cabinet.

– Cela fait des mois que je ne vous ai pas vu, s'étonna l'archevêque en se levant pour accueillir le père. J'avais même envisagé de me rendre chez vous ; vous savez combien j'ai à cœur notre couvent. Assoyez-vous et réchauffez-vous.

Peruzzi s'était levé de son côté et disait quelques mots au laquais, qui s'empressa de partir chercher le vin chaud demandé.

– Le froid est perçant ce soir, remarqua simplement le prieur en s'approchant du feu. Le mistral s'est levé. Ce sera une dure nuit pour les sans-logis qui dorment dehors…

Grimaldi et Peruzzi échangèrent un regard silencieux et attendirent la suite. Si le prieur était là, la raison de sa venue devait être d'importance, car il sortait rarement de son prieuré.

– … J'avais besoin de vous voir pour vous demander conseil, poursuivit-il après un silence qu'il jugea suffisant.

– Allez-y ! Vous savez que mon aide vous est acquise.

– Je suis dans un affreux tourment, soupira Joseph d'Aillane, son visage ridé était encore plus tourmenté qu'à l'habitude. L'un de mes pères est parti…

– Parti ?

Il opina :

– Oui, il a disparu. Sans doute a-t-il rompu ses vœux.

Grimaldi ne répliqua pas sur-le-champ. Rompre ses vœux, pour un père, c'était se condamner à la damnation éternelle. Mais le prieur en était-il responsable ?

– Cela m'est déjà arrivé, avoua finalement l'archevêque avec compréhension. L'homme est faible. Nous prierons pour lui. Comment s'appelait-il ?

– Justement. C'est bien là le problème. Il s'agissait de François de Gondi.

Peruzzi ouvrit la bouche pour parler puis se ravisa. Gondi ! L'oncle du cardinal de Retz ! Le seul à qui le roi refusait tout pardon ! Un mauvais procès en perspective si l'affaire s'ébruitait !

Mgr Grimaldi, qui était resté debout, ne cacha pas, lui aussi, son inquiétude. Il eut une grimace de désagrément qu'il tenta de rattraper.

– Que s'est-il passé exactement ?

– Je l'ignore ! Il ne s'est pas rendu à la promenade ; son voisin est venu voir s'il était malade, et il n'y avait plus personne.

– Il aurait quitté le couvent sans prévenir personne ? s'offusqua le vicaire.

– Apparemment.

Grimaldi méditait. Que faire ? Le mieux n'était-il pas de ne rien faire… le cardinal de Retz était aux Pays-Bas. Qui s'inquiéterait pour ce Gondi ? Il était peut-être déjà oublié. Il allait donc rassurer le prieur quand celui-ci ajouta :

– Et ce matin, deux hommes se sont présentés de la part de M. de Forbin-Maynier. Voici la lettre qu'ils m'ont remise. Ils désiraient rencontrer M. de Gondi !

En parlant, il tendait à l'archevêque le courrier du premier président qu'il avait sorti de sa robe. Celui-ci s'en saisit avec réticence et inquiétude. Il la déplia, la lut rapidement et la fit passer à son vicaire.

– Et ensuite ? demanda-t-il.

– J'ai d'abord refusé de répondre, mais l'un d'entre eux m'a menacé de porter l'affaire devant le prévôt, devant la Tournelle même, et j'ai dû céder. Je leur ai fait visiter la cellule – vide – du père de Gondi et je leur ai avoué qu'il était parti.

– Comment ont-ils réagi ?

– Ils sont rentrés à Aix, ils m'ont simplement déclaré qu'ils feraient un rapport fidèle au premier président.

Le feu crépitait et chacun se taisait à présent. Grimaldi méditait sur le salut du père de Gondi. Il ferait dire des messes pour lui dans les jours qui viennent, décida-t-il.

Peruzzi songeait, lui, uniquement à Forbin-Maynier. Que préparait le redoutable président contre eux ? Se pouvait-il qu'il s'agisse d'une perverse manigance contre Grimaldi ? Il se promit de percer le jeu de ces gens-là.

– Comment dois-je me comporter ? supplia finalement le prieur en se serrant machinalement les mains. S'ils reviennent, ou si le prévôt intervient ?

– Vous direz la vérité, décida l'archevêque. Vous n'avez rien à cacher, n'est-ce pas ?

– Non… non… évidemment…

– Et nous prierons tous pour le salut du père de Gondi, précisa Grimaldi. Nous ferons même dire quelques messes.

Il fit signe au prieur qu'il pouvait se retirer. Celui-ci salua profondément et humblement l'archevêque et le vicaire. Alors qu'il passait la porte, Peruzzi lui lança sèchement :

– Si quelque fait nouveau parvient à votre connaissance, même un incident apparemment sans importance pour vous, monseigneur veut en être informé sur-le-champ. Vous avez bien compris ?

L'autre s'inclina un peu plus sous la menace à peine voilée.

Après son départ, Grimaldi resta songeur un moment, puis il dit à son vicaire :

– Vous aussi mon ami, tâchez de savoir ce qui se passe. Que trame donc le diabolique Forbin contre nous…

Un peu plus tard, le prévôt vint demander l'autorisation de faire une enquête sur la disparition du père de Gondi du prieuré des Chartreux. Grimaldi lui opposa un refus.

6

Rentré chez lui, rue Sainte-Claire, Dominique grimpa quatre à quatre les marches de l'escalier central de sa maison et se rendit directement au deuxième étage, où logeait son grand-père. En réalité, Gaufredi n'utilisait qu'une partie du second étage. Il vivait seul, avec une grosse servante et un laquais efflanqué, et comme il prenait ses repas chez son petit-fils, il n'avait conservé que trois pièces à ce niveau. Le reste des chambres permettait de loger – étroitement – deux autres servantes, une cuisinière et une nourrice.

La servante qui accueillit Barthélemy avait son visage contrarié des mauvais jours.

– Il est là ! glapit-elle sèchement les mains sur les hanches, mettant en avant son gros ventre et sa lourde poitrine comme une barrière.

Elle le prit à témoin :

– Il a encore recommencé !

Le jeune homme dissimula un sourire. Elle le laissa finalement entrer dans la grande chambre, que le vieux reître avait transformée en atelier. Plusieurs pistolets à silex démontés, ainsi que diverses pièces métalliques non identifiables, étaient répandus sur une vénérable table de noyer, où le vieux soldat avait installé une presse ainsi qu'une petite meule. Il était justement en train de limer un mécanisme, répandant des copeaux de fer sur un tapis de soie taché de graisse.

Gaufredi avait largement dépassé les soixante-dix ans. Avec ses longs cheveux blancs, sa barbe et sa moustache embroussaillées, il aurait pu apparaître – de loin – comme un vieux sage. Mais si l'on prenait le temps d'examiner son visage brique ravagé et couvert de cicatrices ou si l'on croisait son regard impitoyable et sardonique, le doute s'insinuait.

Et si on approchait le vieillard dans la rue et de jour, aucune méprise n'était plus possible.

Gaufredi ressemblait au capitan du théâtre italien, tel qu'on le montrait sur les scènes parisiennes. Été comme hiver, il était toujours vêtu d'un vieux pourpoint de buffle lardé de coups d'épées et mal rapiécé ainsi que d'un manteau écarlate l'enveloppant jusqu'aux chevilles. Un feutre ramolli, informe et tombant sur les épaules complétait cet habillement plus courant chez les reîtres que chez les honnêtes gens. Chaussé, quel que soit le temps, de bottes râpées qui lui montaient jusqu'aux cuisses, il marchait habituellement à grandes enjambées en faisant tintinnabuler bruyamment ses gros éperons de cuivre. Une longue rapière pendait en toute circonstance à son baudrier. L'homme avait été, durant quarante ans, mercenaire en Allemagne, et il en avait conservé l'allure inquiétante.

– Vous m'avez cherché, Dominique, sourit-il à son petit-fils en levant les yeux, quelques brèves secondes, de son travail.

– Oui, grand-père. Mais je vous dérange, peut-être…

– Pas du tout. Je viens d'acheter pour cinq louis cette carabine pliante fabriquée par Lazzarino Cominazzo – un maître – mais dont le mécanisme du rouet était brisé. Regardez-la, c'est une arme magnifique ! J'ai fait forger les pièces abîmées et je suis en train de les installer. Ce sera mon cadeau pour la naissance de votre prochain fils !

Barthélemy s'approcha. Son grand-père avait

pris la carabine en main et lui faisait une rapide démonstration.

– Laissez-moi vous montrer ! Ce poussoir en haut de la poignée verrouille et déverrouille la crosse. Pliée, notre carabine peut s'accrocher avec une lanière dans le dos et être invisible. Dépliée, c'est une arme de grande précision avec son canon à facettes et son rouet en losange.

Dominique se saisit à son tour de l'arme et la manipula plusieurs fois. Le fin canon ciselé était effectivement admirable, le mécanisme souple et précis.

– Une arme de Venise ? s'enquit-il, intéressé.

– Non, Breccia ! Et signée de Cominazzo ! Vous vous rendez compte ! C'est un modèle introuvable !

– Mais ces armes sont interdites en ville, non ? rappela le jeune magistrat en plissant les yeux.

Le reître haussa les épaules et eut un rictus, faisant comprendre qu'il n'était pas concerné par ce genre d'interdiction.

– C'est vrai, on peut trop facilement les dissimuler. Mais elles sont bien pratiques. Une fois remise à neuf, je vous l'ai dit, je l'offrirai à votre fils.

– Seulement je n'ai qu'une fille, objecta Dominique tout sourire.

C'était une vieille plaisanterie entre eux. Gaufredi attendait avec impatience ce garçon à qui il apprendrait le métier des armes.

– Vous en aurez bien un, un jour, grommela-t-il

presque menaçant. Bon, parlez-moi plutôt de votre problème.

Il abandonna son établi de fortune, essuya ses mains noircies à sa jaquette et s'affala dans un fauteuil tapissé. Barthélemy resta debout mais s'appuya sur la table.

– Le marquis de Vivonne vient d'écrire à M. de Forbin-Maynier…

– Mon chevalier de Fronsac [1] ?

Gaufredi se leva, incapable de maîtriser sa joie.

– Vient-il à Aix ? poursuivit-il.

– Non, hélas ! Mais laissez-moi plutôt vous raconter…

Et Dominique narra toute l'histoire.

Quand il eut terminé, Gaufredi resta méditatif un long moment. Finalement, il demanda avec un mélange de curiosité et de doute :

– Mais pourquoi croyez-vous que ce Gondi – ou son corps – se trouve derrière ce mur de crypte ?

– Ma conviction de magistrat criminel, répliqua le jeune homme avec assurance. Il ne peut tout simplement être ailleurs.

Gaufredi écarta les mains pour éviter de prendre parti.

– Je crois cependant que M. de Forbin-Maynier est de bon conseil. Il est prudent d'attendre le

1. Sur les relations de fidélité entre Gaufredi et le marquis de Vivonne, on pourra lire *Le Mystère de la Chambre bleue* et *La conjuration des Importants*, Le Masque.

retour du gouverneur. J'étais à la salle d'armes du cours à carrosses [1] aujourd'hui, et on ne parlait que de Forbin. Les esprits s'échauffent contre lui et la révolte gronde partout ; il suffirait d'une étincelle pour que la ville soit mise à feu et à sang. Que Forbin envoie des gens fouiller ce couvent, et tout ce qui compte comme homme d'Église ici appellera la populace à la vengeance ! Or elle n'attend qu'un tel prétexte !

– Peut-être, reconnut Dominique avec gravité. Seulement, je n'ai besoin de personne. Je ne comprends pas ce qui se passe aux Chartreux, je sais cependant que ceux qui ont fait disparaître Gondi iront chercher le corps dès qu'ils auront eu connaissance de ma visite. Il faut donc que j'y aille avant eux, s'ils ne l'ont pas déjà sorti de là !

– Mais comment comptez-vous vous y prendre ?

– Je vais m'y rendre cette nuit… avec M. Le Mérou.

Embarrassé, Gaufredi ne répondit pas. Plus jeune, il aurait sans doute agi ainsi, mais la décision de son petit-fils lui paraissait bien hâtive. Il eut pourtant une moue d'approbation et s'approchant de lui, il lui prit l'épaule.

– Je vais avec vous.

– Non ! À deux, c'est bien suffisant. Je voulais juste que vous sachiez ce que j'allais faire.

---

1. Cette salle se situait sans doute à côté du jeu de Paume, au 31-33, cours Mirabeau.

– Vous avez peur que je ne puisse vous suivre ? persifla le reître avec un soupçon de dépit.

Dominique haussa les épaules en souriant.

– Vous savez que ce n'est pas ça, mais déjà, à deux, cela manque de discrétion. À trois nous nous ferions certainement repérer.

– Soit ! soupira Gaufredi. Mais soyez prudent. Cette histoire ne m'inspire guère.

Il se dirigea vers un coffre dans un coin de la pièce, l'ouvrit et le fouilla un instant, puis en sortit une sorte de chemise en mailles de fer.

– Tenez, c'est une brigandine d'acier. Mettez-la sous votre chemise. Elle peut arrêter un coup de dague sans se briser.

Dominique prit le vêtement de fer et le soupesa un instant. La brigandine paraissait bien lourde et inconfortable.

– Croyez-vous que je puisse en avoir besoin ?

– Comment croyez-vous que je suis resté vivant ? répliqua le soldat. Portez-la ! C'est un ordre.

Dominique eut un sourire de tendresse envers son grand-père.

– Je la porterai.

Le Mérou vint le chercher après l'angélus. Dominique avait prévenu son épouse de son absence pour une partie de la nuit, mais sans lui dire où il se rendait, sinon que c'était pour une affaire judiciaire. Il préférait qu'elle ignore tout en cas de difficulté imprévue.

Il s'était muni d'une lanterne sourde à clocheton contenant une bougie de suif et, ignorant le temps qu'il passerait dans la crypte, il en plaça quelques autres supplémentaires dans la poche de son manteau.

Ils partirent ensemble, à pied évidemment, car abandonner les chevaux sur place, devant les Chartreux, les aurait trahis. Dominique remarqua que son compagnon avait emporté son épée et s'en étonna, lui-même n'étant jamais armé.

– La nuit, les rues d'Aix ne sont pas si sûres, avait rétorqué le secrétaire en riant, tout en balançant la lanterne qu'il tenait à la main et qui diffusait une médiocre lumière.

Et c'était vrai ! Dominique regretta un instant de n'avoir pas pris au moins un pistolet. Les jeunes gens – parfois même des officiers du Parlement ! – qui circulaient en bande n'hésitaient pas à s'attaquer aux bourgeois isolés – et plus encore aux bourgeoises – pour les bousculer et parfois s'amuser à les dénuder ! Ce n'était jamais bien grave, sauf pour les femmes qui y perdaient souvent leur vertu. Mais il y avait aussi les jeunes messieurs de la basoche ou de l'université, parfois plus violents, car souvent pris de boisson. Dominique se souvenait avoir été l'un des leurs ! Enfin et plus rarement heureusement, on pouvait aussi faire une fâcheuse rencontre avec quelque maraudeur qui userait plus franchement du couteau, ou avec quelque moine paillard, gibier de cabaret en rupture de couvent, prêt à tout pour quelques louis. Et ce n'était pas la petite compagnie d'archers du guet circulant rarement dans les ruelles sombres qui pouvait inquiéter cette faune nocturne.

Leur destination était les remparts du côté des Chartreux. En effet, à cette heure, les portes de la ville étaient closes, mais il y avait bien des moyens pour entrer et sortir de la cité.

Certains avaient les clefs des poternes. D'autres connaissaient quelques brèches à mi-hauteur dans les vieux remparts. Pourtant, le plus simple était d'utiliser les maisons adossées à l'enceinte. En effet, au cours du temps, quelques bâtisses s'étaient élevées contre les fortifications et – en toute illégalité – des fenêtres avaient été percées dans le mur de défense. Plusieurs de ces maisons étaient connues pour leur activité autant nocturne que clandestine : jeu, prostitution, mais surtout contrebande, car passer discrètement par là évitait de payer certains droits. Ce n'était évidemment intéressant que pour les marchandises chères et de faible volume.

Dominique, en tant que magistrat, connaissait quelques-unes de ces maisons louches dont l'activité douteuse était tolérée, soit parce qu'elles étaient fréquentées par une aristocratie qui y trouvait ses plaisirs, soit lorsque le taulier était un précieux auxiliaire de police.

Les deux compagnons traversèrent le nouveau quartier Villeverte et prirent la rue Sainte-Baume (la rue Entrecasteaux actuelle) pour rejoindre les lices.

– Nous passerons par la maison du Maure,

avait décidé Le Mérou. Je le connais et il laissera une échelle à la fenêtre pour notre retour.

Dominique avait opiné, préférant ne pas chercher à connaître les relations entre Le Mérou et cette fripouille qu'était le Maure. La maison en question était juste à côté de la porte Valois. Cette nouvelle porte ouverte vingt ans plus tôt en l'honneur du gouverneur de Provence de l'époque, Louis de Valois, le fameux comte d'Alais et petit-fils d'Henri II. Le Mérou frappa à l'huis avec assurance et se fit connaître. Il devait être un habitué car on lui ouvrit aussitôt et un homme, basané et défiguré, s'inclina servilement.

Malgré son expression obséquieuse, le portier affichait un pistolet à la ceinture. C'était le Maure, lui-même. Dominique en avait entendu parler et l'examina discrètement en songeant à lui comme à un futur client pour le gibet. L'homme était affreux, n'ayant plus de nez et plus d'oreilles. On murmurait qu'il avait passé dix ans aux galères et qu'il avait subi le sort de ceux qui tentaient de s'en évader.

– Nous avons besoin de sortir, expliqua Le Mérou avec négligence tout en lui glissant un écu d'or. Nous reviendrons dans un couple d'heures. Vous laisserez l'échelle…

L'autre opina sans poser aucune question et les conduisit à l'étage par un escalier aux tomettes descellées. Quelques portes étaient entrebaîllées, par où ils entendaient des gloussements. La maison étant avant tout un lieu de prostitution.

Le Maure les laissa dans une pièce vide où

seule une longue échelle était posée contre l'un des murs. Le Mérou ouvrit la fenêtre et, avec l'aide de Dominique, fit glisser l'échelle au-dehors. Quelques instants plus tard, ils étaient de l'autre côté. À partir de là, ils rejoignirent le chemin d'Avignon et s'arrêtèrent devant les palissades du couvent en travaux.

Ils cherchèrent un instant un passage. Une partie de la palissade s'ouvrait pour laisser passer les tombereaux de pierres et, sans aucune difficulté, ils purent se glisser entre deux planches mal clouées. Devant eux s'étendaient les trois côtés du cloître. La lune n'était pas levée, mais quelques lumières dans les cellules permettaient de se repérer. Ils avaient éteint leur lanterne et traversèrent en courant la vaste pelouse.

Arrivés devant la cellule du père de Gondi, ils trouvèrent aussitôt le renfoncement qui cachait l'escalier vers les cryptes. Dominique descendit quelques marches, puis ralluma la chandelle de son lumignon. Le Mérou le suivit et fit de même.

Ils débouchèrent dans la vaste salle souterraine et se dirigèrent vers le passage conduisant à la seconde salle. Ils ignorèrent les mosaïques et les fresques ruinées ainsi que les fûts de colonnes et les chapiteaux abandonnés. Dominique conduisit directement son compagnon à la troisième salle. Là, il lui désigna immédiatement la probable ouverture murée avec son encadrement de demi-colonnes. Sans perdre de temps, il s'accroupit et commença à déplacer les pierres de l'éboulis condamnant la base de l'antique ouverture.

Le Mérou posa une des lanternes sur le sol et s'agenouilla à son tour pour aider son compagnon. C'était un travail facile, car les pierres étaient juste empilées. Ils les saisissaient, parfois à deux lorsqu'elles étaient trop lourdes, et les déposaient à l'écart. En quelques minutes, un passage de moins de deux pieds de haut fut dégagé, par où un homme pouvait se glisser en s'accroupissant. Ce que fit Dominique en emportant sa lanterne à clocheton.

Le Mérou le suivit en silence.

Ils débouchèrent dans une nouvelle salle plus grande que la première et jonchée de débris divers. Un passage semblait distribuer plusieurs pièces. Au début de ce couloir, une plaque de marbre était encore fixée au mur. En approchant sa lanterne, Dominique y jeta un œil distrait, mais il avait perdu l'habitude de lire le latin de l'époque d'Auguste et n'y prêta pas d'attention. Pourtant la plaque commençait par ces mots :

Ex decreto decuriorum...

– Écoutez ! chuchota brusquement Le Mérou en lui touchant l'épaule.

Dominique se figea.

– Quelqu'un est descendu dans la crypte, ajouta son compagnon. Restez là, je vais voir.

Il revint en arrière. Dominique hésita un instant, puis décida de poursuivre son exploration. Il prit le couloir, la lanterne à bout de bras. Deux pièces ouvraient, à droite et à gauche. Il choisit celle de gauche et y pénétra. À peine avait-il passé le seuil qu'il trébucha, il avait heurté quelque chose de mou. Il se pencha et fut saisi par l'odeur fade, un peu écœurante. Il baissa sa lampe et il sut qu'il avait trouvé ce qu'il cherchait : c'était le cadavre d'un père chartreux encore dans sa robe. Sans doute François de Gondi.

Il allait examiner le corps quand une série de bruits sourds se fit entendre ; il hésita de nouveau puis décida de revenir sur ses pas.

Il n'y avait personne dans la grande salle. Le Mérou était donc ressorti en passant par le trou. Il s'y glissa à son tour après avoir posé devant lui sa lanterne. Il passa sa tête en avant et pratiqua un difficile mouvement de reptation.

Il heurta alors quelque objet, peut-être une pierre, et perdit connaissance.

Quand il reprit conscience et qu'il ouvrit les yeux, Barthélemy se rendit compte qu'il était dans le noir. Il crut un instant être devenu aveugle, puis il se souvint de ses derniers instants dans le souterrain. Il sentait le sang coagulé collant sur sa joue et une abominable douleur le serrait dans la poitrine. Il se tâta machinalement les cheveux, tout poisseux de sang, et se dit qu'il avait dû heurter une pierre. Avec difficulté, il s'assit dans le noir. La douleur au thorax était presque insupportable. Il essaya de retrouver une respiration normale tout en s'interrogeant sur ce qui venait de lui arriver. S'il avait heurté une pierre, il aurait dû être dans le boyau qu'ils avaient dégagé. Où était-il ?

À tâtons, il essaya de trouver quelque indice lui permettant de comprendre ce qui s'était passé quand, soudainement, il sentit la lanterne sous ses doigts. Il était donc toujours dans la pièce principale de la crypte. Il fouilla ses poches malgré les élancements, trouva son briquet et ralluma la lampe.

Que lui était-il arrivé ? Il éclaira le trou et ressentit un choc. Il n'y avait plus de trou ! Le passage était comblé par de grosses pierres. Il posa la lampe et tenta d'en tirer une. C'était impossible, il avait trop mal à la poitrine. Il poussa, et obtint la même absence de résultat.

Avec la lanterne, il examina alors ce qui provoquait cette douleur dans son thorax. Son pourpoint était déchiré par une estafilade bien nette. Au-dessous, on apercevait la chemise d'acier de son grand-père sur laquelle brillait une longue rayure.

Progressivement, il prit conscience de l'effroyable vérité : alors qu'il se glissait dans l'orifice, quelqu'un l'avait assommé, poignardé et repoussé dans la pièce, puis avait bouché le trou derrière lui. La cotte d'acier avait fait glisser la lame et il lui devait la vie. Quant à l'assassin, c'était sans doute le même qui avait tué Gondi. Brusquement, il songea à ce pauvre Le Mérou. Son sort ne devait pas être plus enviable que le sien. Sans doute gisait-il de l'autre côté, mort peut-être. Le secrétaire de Forbin-Maynier avait effectivement entendu quelqu'un descendre dans la crypte et, malgré sa prudence, avait dû être surpris par l'inconnu. Après s'être débarrassé de lui, l'assassin s'était ensuite attaqué au second visiteur qui tentait de sortir par le passage.

Il hésita à appeler à l'aide. Son agresseur devait penser l'avoir tué, mais si celui-ci l'entendait et revenait, il ne pourrait rien faire pour se défendre puisqu'il n'avait aucune arme. Il se décida donc finalement pour tenter de trouver une autre sortie.

Avec prudence il se leva et reprit son exploration. Une main serrait la lanterne et de l'autre il se tenait le thorax, terriblement douloureux, peut-être avait-il une ou plusieurs côtes brisées.

Il revint au corps de Gondi et l'examina. Le cadavre ne s'était pas décomposé, sans doute l'air de la crypte l'avait-il protégé. Il le fouilla, mais le moine ne possédait rien qui pût l'aider. Il remarqua alors qu'une autre salle ouvrait au fond de celle dans laquelle il se trouvait. Il enjamba le corps et s'y rendit. La nouvelle pièce possédait encore quelques débris de meubles, dont certains partaient en poussière. Il s'avançait vers l'un deux, sorte de grande chaise curule, quand il se figea, brusquement épouvanté.

Quelqu'un était assis sur la chaise. Un fantôme ou un revenant.

– Qui êtes-vous ? demanda Dominique d'une voix presque hystérique. Que me voulez-vous ?

L'être ne répondit pas, continuant à le fixer de ses orbites vides. Barthélemy, bien que terrorisé, s'avança.

L'apparition n'était qu'une momie desséchée. Une femme d'après sa longue chevelure et son visage fin et décharné. Le corps de la momie était encore recouvert de lambeaux d'étoffe verte.

C'est en se rapprochant qu'il découvrit l'arme : un poignard était planté sous le sein de la femme.

L'inconnue ne portait aucun bijou. Rien qui permette de l'identifier et elle le regardait avec un sinistre sourire dévoilant ses dents, comme pour lui dire : « Tu te demandes bien qui je suis et ce que je fais là ! » Il faillit se saisir du couteau mais finalement, trop impressionné, il n'osa pas y toucher. Il l'examina seulement : c'était une arme de bronze, quelconque, certainement romaine ou gauloise.

Il médita un moment et songea qu'on aurait dû trouver cette femme depuis longtemps. Sauf si elle avait été emmurée là depuis des siècles. Il examina plus longuement la salle. Le sol, comme dans les pièces qu'il avait traversées, était en mosaïque noir et blanc. Les murs étaient peints en pourpre avec une petite fresque en partie effacée au sommet.

Cette femme était une Romaine. Il en était certain. On l'avait tuée et enfermée ici. Pourquoi ? Et quel rapport tout cela avait-il avec Gondi ? Toute cette aventure restait incompréhensible [1].

Il revint vers le moine mort, l'examina à nouveau avec attention mais sans rien trouver d'intéressant. Il se souvint alors qu'une autre pièce ouvrait à droite du couloir par où il était arrivé. Il s'y rendit.

La salle était minuscule et paraissait vide. Son plafond n'était qu'une voûte de pierres massives. Il

---

1. Le récit de cette terrible histoire est fait dans *Le Complot des Sarmates*, à paraître aux éditions du Masque.

n'y avait là aucune issue apparente. Il allait revenir en arrière quand il remarqua un objet dans un coin. Il s'approcha. Une solide table de bois supportait un petit fourneau à charbon de bois et une machine de fonte. Celle-ci possédait un lourd balancier. Il le remua et devina aussitôt pourquoi on avait tué ce pauvre Gondi. Un objet brillait au sol. Il se baissa et le ramassa, puis l'examina longuement. Oui. Désormais il savait ce qui se passait aux Chartreux. Mais il comprit aussi qu'il était condamné et qu'il allait mourir dans cette crypte comme ses deux compagnons.

7

En ce jour de la Saint-Valentin, Gaufredi se leva bien avant l'aube crevant. Il avait travaillé très tard pour terminer les réparations de la carabine et, ensuite, il avait mal dormi, tout habillé, hanté d'une sourde inquiétude pour son petit-fils.

Son logis était silencieux, bien qu'il entendît vaguement les vociférations de son arrière-petite-fille au-dessous. Il décida d'aller voir si Dominique était bien rentré.

– Non, expliqua avec anxiété son épouse Françoise. Je suis même un peu inquiète. Il m'avait assuré hier au soir qu'il n'en avait que pour deux ou trois heures.

Le bébé hurlait dans les bras de la nourrice, certainement terrorisé par l'aspect farouche du vieil homme.

– Je vais attendre encore un peu, assura le reître. Ensuite, je partirai à sa recherche. Mais ne vous alarmez pas inutilement : là où il est allé, il ne risque rien et il était avec un homme sur qui on peut compter.

Il remonta chez lui en réfléchissant sur les raisons de l'absence de son petit-fils. Dominique et Le Mérou pouvaient avoir été surpris par les moines. Dans une telle conjecture, on avait pu les enfermer quelques heures pour leur donner une leçon. Ou même avoir prévenu le prévôt, mais cette dernière hypothèse était peu probable, car le prieur n'avait certainement pas envie que la justice s'intéresse à ses affaires, et après tout Dominique était magistrat. Seulement, se rendre au couvent et s'enquérir de Dominique, c'était aussi le dénoncer s'il n'avait pas été pris ; d'ailleurs, il pouvait très bien avoir été retenu ailleurs pour d'autres raisons. À l'aube, décida finalement le vieux soldat, j'irai voir M. de Forbin-Maynier. Il me dira au moins si Le Mérou est rentré.

Pour s'occuper, il prépara la carabine de Brescia, la chargea soigneusement et la replia. Il choisit ensuite, dans une sorte de râtelier empli d'armes blanches, une solide rapière à la Papeinheim avec une garde entièrement protégée par un entrelacs de ferrures de cuivre et dont la lame avait près d'un demi-pouce de large. Après quoi, il disposa son vieux manteau rouge et son chapeau de feutre qu'il traînait depuis vingt ans. Puis il attendit l'aube, assis dans un fauteuil.

À la première luminosité, il sortit après avoir serré son baudrier et dissimulé la carabine dans son dos.

La ville commençait à s'animer. Il descendit la rue Sainte-Claire, ignorant le grand bas-relief, au carrefour, qui représentait deux chevaliers du Temple [1], armés et cuirassés, et poursuivit son chemin par la rue des Marchands [2] en évitant les excréments jonchant le sol. Les tombereaux qui ramassaient les déchets et le fumier ne circulaient que deux fois par semaine.

Il passa devant la maison où se réunissaient, cent ans plus tôt, les sinistres *Chevaliers de la Foi* [3], puis traversa la place aux Herbes, où les commerçants installaient leur étal, soufflant dans leurs mains pour les dégeler et s'interpellant bruyamment. Plusieurs avaient allumé des feux et s'y étaient regroupés, échangeant quelques rumeurs. Il s'approcha d'un des foyers, autant pour se réchauffer que pour entendre les derniers racontars circulant en ville. Et puis il était encore

1. Ce bas-relief – qui serait encore dans une cave – nous rappelle que la commanderie des templiers se trouvait un peu plus bas.

2. La rue Chabrier.

3. Voir *Nostradamus et le dragon de Raphaël*, Le Masque.

un peu tôt, pensait-il, pour déranger M. de Forbin-Maynier.

Mais personne ne plaisantait comme c'était l'habitude. Aujourd'hui, les visages étaient fermés, les esprits s'échauffaient et la colère grondait.

– Deux sols de plus par jour ! glapissait une matrone édentée. Et c'est la troisième augmentation des consuls ! Pour financer l'*ustensile*, qu'ils disent ! mais on le trouve où, nous, l'argent ? Dans le cul des poules ?

– Sans compter les cinq sols d'octroi pour le blé à la porte Saint-Jean, grommela un paysan, nu-pieds dans ses socques, qui déchargeait des sacs de grain de sa charrette à bras.

– Et nous, il nous reste à manger les *regardelles*, ironisa tristement une fille sèche comme un tronc d'olivier en empilant ses œufs sur un tréteau.

– Mais qu'est-ce que tu veux y faire, La Drouillarde ? répliqua un débonnaire paysan, noué comme un nerf de bœuf.

– Qu'il passe, le collecteur, ce *fiüu de puto* ! fanfaronna la matrone acariâtre. Et je te les lui arracherai, moi !

Tous s'esclaffèrent.

– Vous ne devriez pas rire ainsi, protesta un marchand de volaille en blouse de toile qui s'était approché. Vous savez ce qui est arrivé à Gaspard ? Celui qui a refusé de payer sa taxe, il y a trois jours…

– Et alors ? C'est vrai qu'il est pas là aujourd'hui, remarqua la matrone – qui se nommait donc La Drouillarde – en soufflant dans ses mains rougies d'engelures – de véritables battoirs – pour les réchauffer.

– On l'a saisi hier, à la porte d'Acrota, alors qu'il rentrait en ville pour apporter son miel. Les gens de Puget de Saint-Marc, pas ceux du prévôt. Il paraît qu'il passera en jugement demain ou après-demain.

– *Tron de Dièu* ! Mais on va pas le condamner pour ça !

– Tu crois ? Eh bien si, justement ! Forbin-Maynier veut faire un exemple, c'est pour ça que Puget est intervenu. Il paraît qu'il désire que Gaspard écope de dix ans de galère !

– Dix ans ! *Péchère* ! Mais il mourra avant ! Il est bien trop vieux !

– Oui. Alors, comme je veux pas subir le même traitement, moi je payerai. Les dîmes, les cens et les gabelles. Tout ce qu'ils veulent.

– Moi, non ! glapit la mégère avec alacrité. Si Forbin veut la guerre, on n'a qu'à aller le chercher, là-bas ! Ce *gari* !

D'un doigt monstrueusement boudiné, elle désignait la rue Droite, là où se situait l'hôtel de Forbin. Gaufredi s'éloigna discrètement. Ces vociférations ne lui disaient rien de bon.

Un peu partout dans le reste du marché, les mêmes petits groupes de protestataires et de frondeurs se formaient et conspuaient, souvent avec violence, le premier président. Non seulement il y avait les vendeurs et les colporteurs, mais leurs clients se mêlaient volontiers à leurs plaintes.

– *Capoun de Dièu* ! murmura-t-il, le temps est à l'orage pour ce *pôvre* M. de Forbin !

À l'hôtel de Forbin effectivement, la grande porte à carrosses était close, ce qui était rare. Gaufredi frappa et se fit connaître. Un judas s'ouvrit pour l'examiner, ensuite le portail s'entrebâilla. Il reconnut Thomassin d'Einac, qui le connaissait, en compagnie du portier de l'hôtel.

– Que cherchez-vous ici ? demanda sans aménité le gentilhomme avec un air féroce.

– Voir M. le président. C'est urgent et cela concerne son neveu.

L'autre hésita un instant, puis accepta :

– Je vous accompagne. Mais vous n'avez que quelques minutes, il attend M. de Saint-Jean.

Ils prirent le grand escalier. En montant, Einac remarqua les armes du reître.

– Pourquoi cet arsenal ? menaça-t-il sèchement.

Gaufredi le toisa avec effronterie et ne répondit pas.

Einac ressentit une bouffée de colère et eut soudainement envie de provoquer le vieillard, puis il se souvint des derniers engagements qu'il avait eus avec lui dans la salle d'armes de la Longue-Rue-Saint-Jean. Il avait été touché à chaque fois par ce bonhomme, agile comme un diable et mauvais comme une teigne. Il se maîtrisa donc.

Au palier, il frappa à la porte de son parent et attendit respectueusement l'autorisation d'entrer. Mais ce fut M. de Forbin lui-même qui vint ouvrir.

– Saint-Jean est là ? demanda le joufflu magistrat en entrebâillant la porte, puis il eut un bref mouvement de contrariété en reconnaissant Gaufredi. Qu'y a-t-il ? Que voulez-vous ?

Gaufredi avait son chapeau en main et s'était confectionné un air respectueux.

– C'est votre neveu. Dominique. Il n'est pas rentré chez lui cette nuit.

– Dominique ? Je l'ai vu hier…

– Oui, je sais.

Gaufredi hésitait devant Thomassin d'Einac.

– Parlez ! Einac est un autre moi-même.

– Bien, si vous le désirez : Dominique avait décidé de se rendre cette nuit aux Chartreux explorer une crypte.

– Aux Chartreux ? Le fou !

M. de Forbin médita un instant avant de suggérer :

– Il a dû être retardé. Il rentrera dans la journée.

– Il était avec votre secrétaire, M. Le Mérou, insista Gaufredi en plantant son regard dans celui de M. de Forbin.

– Le Mérou ? Où est-il celui-là ? demanda le président à Einac.

– Il m'a avisé qu'il allait voir sa mère, qu'il serait absent quelques jours, répondit le jeune homme. Je ne l'ai pas revu depuis hier.

– Prévenez-moi dès qu'il rentrera, j'aurai à lui parler…, menaça sèchement le magistrat.

Forbin était à la fois mécontent et sourdement

inquiet. On entendit alors des cliquetis et des bruits de voix dans l'escalier.

– … Mais je pense que mes invités arrivent, poursuivit-il avec agacement.

Oui, l'obstination de Dominique le contrariait, mais plus encore l'absence – sans qu'il en soit informé – de son secrétaire le fâchait. Il fit signe à Gaufredi qu'il en avait terminé avec lui et qu'il pouvait vider les lieux.

Le reître aurait pu faire l'insolent, comme il en avait le goût, mais il se sentait trop désemparé. Il salua machinalement les deux hommes et fit demi-tour. En descendant, il croisa trois personnes dans l'escalier : Puget de Saint-Marc, Jean-François d'Estienne de Saint-Jean et son fils Charles.

Puget jeta au vieux reître un regard noir, alors que le fils d'Estienne de Saint-Jean le saluait amicalement.

Puget avait été menacé par Gaufredi dix ans plus tôt lors de l'affaire du clos Mazarin et, depuis, il ne lui avait jamais pardonné. Il l'aurait volontiers sabré si deux bonnes raisons n'avaient retenu sa main : Forbin-Maynier le lui avait interdit, et surtout Gaufredi était réputé comme une trop fine lame. Même un Saint-Marc n'était pas certain de le toucher.

– Je viens de croiser cet homme que vous estimez un peu trop, ironisa Puget en entrant dans le bureau de Forbin, où se tenait toujours Thomassin d'Einac.

– Gaufredi, sans doute ? Oui, il venait me parler de son petit-fils, mon neveu Dominique, qui a découché. Je lui ai dit que je n'avais pas le temps de m'en occuper. Dominique est assez grand désormais pour se débrouiller sans moi.

– Je connais ce Gaufredi, expliqua aimablement le jeune Saint-Jean d'une voix empreinte d'admiration. J'ai souvent tiré avec lui dans l'académie de la Longue-Rue-Saint-Jean et je dois reconnaître qu'il m'a battu dans presque tous les assauts. Rude bonhomme !

Einac se renfrogna. Le jeune Saint-Jean venait de lui faire comprendre que lui, avait réussi à toucher ce vieux fou.

– Évitez donc de le provoquer, conseilla ironiquement Forbin à Puget. Je le connais trop bien aussi. Personne n'est aussi fort que lui ici. Mais parlons plutôt de nos affaires.

– J'aimerais bien le voir se battre avec Gallaup, murmura sombrement Einac qui ruminait toujours son affaire.

Saint-Jean blêmit. Son fils aîné avait été tué en duel quelques années plus tôt par le capitaine de Gallaup et il vouait depuis une haine implacable à cette maudite famille.

– Il faudrait peut-être y penser, approuva Saint-Marc songeur. Mais dans l'immédiat, il nous faut savoir ce que préparent les Gallaup et Glandevès-Niozelles.

– Niozelles est donc rentré à Marseille ? s'intéressa Forbin.

– Non, justement pas. Il y a eu une fête hier au soir chez M. de Bras et il y est resté. Sans doute partira-t-il ce matin. J'aimerais le faire suivre subrepticement, mais si j'envoie un de mes hommes, on court le risque d'une indiscrétion… j'aurais préféré que cette histoire restât entre nous…

– Je pourrais le pister, moi, proposa subitement Charles de Saint-Jean.

Forbin l'examina un instant, puis opina lentement du chef :

– Pourquoi pas ? Vous le reconnaîtriez ?

– Je l'ai rencontré une fois, mais il ne peut se souvenir de moi, c'était à Marseille il y a deux ans et l'assistance autour de nous était tellement nombreuse…

– Il est peut-être déjà parti, s'inquiéta alors Saint-Marc tout à fait acquis à la proposition du jeune homme.

– Vous avez raison, reconnut Charles de Saint-Jean. Je vous quitte et je me rends tout de suite rue Droite. Je resterai à flâner là-bas en attendant qu'il sorte.

Il partit.

– Vous n'avez rien dit, remarqua Forbin en jetant un regard perçant à Estienne de Saint-Jean qui avait gardé un visage de marbre. La proposition de votre fils ne vous a pas contrarié, au moins ?

– Non, rassurez-vous mon ami, répondit le vieil homme. Mon fils est un bretteur hors pair. Personne ne pourrait le toucher, sauf, peut-être, ce Gaufredi. J'espère sincèrement que Charles aura sa chance, qu'il rencontrera Gallaup et qu'il l'enverra en enfer. Mais parlons de ce qui m'amène. Saint-Marc m'a assuré que vous vouliez vous rendre au Palais aujourd'hui. Je crois sincèrement que c'est folie.

Forbin prit un air solennel :

– Il n'y a pas d'asile plus sûr pour moi que le lieu où le roi m'a placé. Je suis le premier président de ce parlement, et ma place est là-bas.

– Nous sommes arrivés par le souterrain, annonça Saint-Marc [1]. Souffrez au moins de l'utiliser. Vous sortirez par l'hôtel d'Estienne de Saint-Jean et prendrez discrètement un carrosse à partir de là.

– Nous verrons, répliqua Forbin. Mais je ne crains pas le trajet. Et Einac sera avec moi.

– Parfaitement, approuva le jeune homme. J'ai une dizaine d'hommes solidement armés. S'il le faut, ils tireront sur ceux qui nous arrêteraient.

– Et je serai là aussi, approuva Saint-Marc la main sur son sabre. Je ferai aussi venir une dizaine de dragons que j'ai à ma disposition.

– Non ! grimaça Saint-Jean. Je suis certain que votre hôtel est surveillé. Qu'une émeute éclate et vous serez balayés… ce sera un carnage !

Il s'approcha de la fenêtre, examinant les petits groupes de protestataires qui rôdaient dans la rue. Certains d'entre eux désignaient parfois telle ou telle fenêtre de l'hôtel et crachaient devant la porte solidement close.

---

1. Un réseau de souterrains reliait alors les principaux hôtels de la ville. Entre autres l'un d'entre eux reliait probablement l'hôtel d'Estienne de Saint-Jean, l'actuel musée du Vieil Aix, à l'hôtel Maynier d'Oppède.

– Ils sont là. Ils vous guettent. Avec des hommes armés, vous vous ferez encore plus remarquer et s'ils sont suffisamment nombreux, ils vous écharperont, c'est certain. Voici ce que je propose : préparez votre carrosse et vos hommes armés. Qu'ils se rendent au Palais avec un de vos laquais à l'intérieur ; si votre voiture y arrive, tant mieux, mais si elle est attaquée, les assaillants découvriront que vous n'êtes pas dedans et ils abandonneront la partie sans effusion de sang. Pendant ce temps, vous viendrez avec moi par le souterrain. Vous savez que mes écuries sont en sous-sol. Un petit carrosse vous y attend et nous sortirons, discrètement, par la rue Brémondi pour nous rendre au Palais.

Forbin médita un instant la proposition. Il est vrai qu'ainsi, il ne perdrait pas la face et ne courrait aucun risque. Finalement, bien qu'à contrecœur, il y consentit.

Alors que se déroulait cet échange, Gaufredi avait regagné la rue Droite, ne sachant trop que faire. Ses pas l'avaient mené vers la rue de la Prévôté et son errance le conduisait en direction de la rue Saint-Sulpice [1]. Il suivait, inconsciemment, le chemin des condamnés à mort qui, après avoir fait amende honorable à Saint-Sauveur, étaient conduits au supplice sur la place des Prêcheurs, là

1. La rue Montigny que les Aixois appelaient la rue Saint-Soupir !

où avait été construit, en solides et belles pierres, ce magnifique échafaud qui avait remplacé le vieux pilori de la place du Bourg, bien insuffisant avec tout ce monde qu'il fallait pendre, rouer ou écarteler.

Il songea alors au couvent des Dominicaines et à sa mère supérieure : la grand-mère de Dominique. Elle saurait lui donner les conseils dont il avait tant besoin. Tierce [1] n'avait pas sonné et il devrait pouvoir la rencontrer s'il se pressait. Il se dirigea rapidement vers la rue Sainte-Claire, toute proche, pour vérifier si Dominique n'était pas rentré – mais son petit-fils n'avait pas reparu – puis il revint sur ses pas par la place des Trois-Ormeaux et descendit la rue Saint-Sulpice.

Le monastère des Dominicaines faisait l'angle entre la rue Bellegarde et la rue Saint-Sulpice. Constitué de jardins, de cloîtres et de bâtiments conventuels [2], il occupait une immense surface, de la place des Prêcheurs jusqu'à la place des Trois-Ormeaux.

Il se présenta à la conciergerie et demanda à rencontrer la mère supérieure. La vieille sœur qui était là le connaissait bien, car Gaufredi venait régulièrement voir celle qu'il avait toujours aimée.

Il attendit dans le petit jardin, au milieu duquel trônait une élégante fontaine d'où coulait

---

1. Vers dix heures.

2. Au fond d'un magasin, au sept de la rue Mignet, on peut voir des éléments du cloître du couvent.

joyeusement une eau fraîche et limpide, et qui précédait le parloir.

Au bout de quelques minutes, une femme très âgée arriva doucement. C'était la mère supérieure, Claire-Angélique de Forbin, la tante de Forbin-Maynier. Elle portait, comme d'habitude, le costume traditionnel des sœurs dominicaines : un tablier sur une robe immaculée, un grand chapeau – plutôt une coiffe – relevé en avant avec une voilette noire et un foulard clair noué autour du cou.

Il se leva et s'approcha d'elle en ne pouvant se retenir de lui annoncer :

– Je viens pour Dominique…

Elle devint livide et murmura :

– Il lui est arrivé malheur…

– Non… Je … je ne sais pas. Il faut que je te raconte tout.

Ils s'assirent l'un près de l'autre sur le banc de pierre et il narra ce qu'il connaissait de l'histoire du père de Gondi. Elle l'écouta en silence et quand il eut terminé, elle ne posa que cette étrange question :

– D'où vient ce Le Maroul ?

– Non, pas Le Maroul. Il se nomme Le Mérou.

Elle eut une expression de contrariété.

– Qui est cet homme ?

Gaufredi écarta les mains en haussant les épaules.

– Je l'ignore, Dominique pourrait mieux te répondre, je sais seulement que c'est le nouveau secrétaire de ton neveu.

– C'est ce nom qui m'a brusquement alarmée. Te souviens-tu du massacre de Mérindol ?

– Oui, vaguement, c'était il y a plus de cent ans, s'excusa-t-il.

– En 1545 exactement. Mon arrière-grand-père Jean Maynier, le baron d'Oppède, était à cette époque le maître de la ville, tout comme mon neveu aujourd'hui. Il était riche, mais il voulait être encore plus riche. La Réforme tentait alors beaucoup de malheureux et notre roi François[1] ainsi que l'Église voulaient y mettre fin. On nommait alors les réformés « hérétiques ». Jean Maynier, qui était, lui aussi, le premier président du Parlement, proposa donc d'exécuter un ordre du parlement de Paris : faire disparaître l'hérésie. Il rassembla autour de lui quelques fidèles, dont Guillaume Guérin, qui était avocat général à Aix, et le président Lafond. À la tête d'une petite armée de quatre cents brutes avides de pillage, ils se rendirent de l'autre côté de la Durance, là où vivait la plus forte population d'hérétiques. Ces réformés se nommaient les Vaudois. Jean Maynier les connaissait bien, car leurs terres jouxtaient les siennes et il avait tout simplement décidé de les leur prendre.

Gaufredi se taisait maintenant, d'abord parce qu'il se souvenait effectivement de la terrible histoire, mais surtout parce qu'il avait honte. En quarante ans de guerre en Allemagne, combien de fois s'était-il conduit comme la soldatesque de Jean Maynier ! Claire-Angélique de Forbin poursuivait, les yeux dans le vague :

– Arrivés sur place, ils rassemblèrent les gens

1. François Ier.

dans chaque village. Oppède donna les femmes et les filles à ses troupes ; toutes furent forcées puis éventrées par les soudards, souvent dans les églises mêmes. Les rares survivantes furent enfermées dans leur lieu de culte et brûlées vives avec leurs enfants ou jetées du clocher des églises. Les hommes furent pendus ou vendus pour les galères. Huit cents hommes furent ainsi monnayés comme du bétail.

» L'expédition devait durer quelques semaines, car de nombreux villages étaient à réduire et surtout à piller. Mais très vite, les habitants s'organisèrent pour se défendre. Un chef, un simple paysan, conduisit le soulèvement et la résistance. Il se nommait Le Maroul.

– Qu'est-il devenu ?

– Je l'ignore, mais je crois qu'il trouva la mort à Cabrières ou à Mérindol [1]. Dans ce dernier village, les femmes résistèrent avec les hommes. Tu imagines leur sort quand le village fut finalement pris [2]. Et puis, il y eut Murs, La Coste, Villelaure… Partout les mêmes meurtres, les viols, les massacres, les tortures, les femmes et les filles vendues comme esclaves. Dans un des villages, mon

1. Le Maroul, nommé aussi Le Marron, fut en réalité brûlé vif avec les pasteurs des différents villages. Il s'était rendu sur la promesse de Forbin que les femmes seraient épargnées. Elles ne le furent pas.

2. Citation d'un témoin : « la plupart des laboureurs furent tués et meurtris, femmes et filles violées, femmes grosses et petits enfants tués, les mamelles de plusieurs femmes coupées… tout y fut brûlé. »

arrière-grand-père était en procès avec certains notables pour de riches terres. Il les fit saisir et les envoya aux galères après avoir fait violer toutes leurs filles ! Il agit de même avec ses propres parents, les Forbin-Janson. La rage de pillage fut si violente que, lorsqu'il n'y eut plus de Vaudois, les soudards s'attaquèrent aux catholiques !

Elle pleurait maintenant.

– Devant de telles horreurs, Maynier fut finalement mis publiquement en accusation quelques mois plus tard. C'est qu'il y avait eu plus de quatre mille morts ! Il y eut des enquêtes, le roi François, qui l'estimait malgré tout, le protégea de son vivant, mais, à sa mort, son fils, le roi Henri [1], convoqua le *Bourreau de Mérindol* à la cour pour y être jugé. Oppède réussit à éviter les sanctions en abandonnant l'avocat Guérin, son complice, lequel fut condamné à mort, principalement pour avoir présenté de faux documents. L'avocat général fut pendu comme faussaire et sa tête exposée sur une porte d'Aix. Quant à mon aïeul, il mourut dans d'affreuses douleurs, quinze ans plus tard, sans doute tué par un médecin réformé qui le traita avec une sonde empoisonnée. Sa fille, Anne de Maynier, était ma grand-mère. C'est sa fille, Claire, qui épousa mon père, Jean de Forbin.

– Curieux, en effet, cette concordance des noms entre Le Maroul et Le Mérou, médita Gaufredi à haute voix. Mais je ne vois pas quel rapport

1. Henri II.

pourrait exister entre ces crimes et la disparition du père de Gondi…

Claire-Angélique ne répondit pas. On entendait les cantiques qui montaient dans l'église proche.

– Que dois-je faire ? poursuivit-il. Me présenter aux Chartreux ? Je ne sais même pas où chercher !

Elle se leva.

– Essaye de voir le vicaire général Peruzzi, à l'archevêché. Il saura te conseiller. Je le connais et j'ai confiance en lui.

– Mais comment ? Il ne me recevra pas.

Elle ne répondit pas tout de suite, cherchant une solution.

– Je pourrais te faire une lettre, proposa-t-elle finalement, mais il vaut mieux que les dominicaines ne soient pas mêlées à ça. Et il est inutile que l'on sache que Dominique est mon petit-fils. J'ai une meilleure idée : connais-tu Lucrèce de Forbin ?

– Oui, la Belle du Canet !

– On m'a dit que son époux et le père Peruzzi se connaissaient bien. Elle pourra te le faire rencontrer. Va la voir.

8

Gaufredi se rendit rapidement à la rue Venel, où logeait Lucrèce. De plus en plus préoccupé par l'étrange disparition de son petit-fils, il ne prêta aucune attention à l'agitation qui se répandait dans la ville. Partout des cohortes de gens virulents et exaltés discouraient et vociféraient ; quelques-uns brandissaient des couteaux ou des bâtons ferrés.

Arrivé à l'hôtel de Rascas alors que tierce sonnait à l'église de l'Oratoire proche, il expliqua en haletant à un portier éberlué qu'il désirait voir tout de suite la maîtresse de maison [1]. On fit venir le majordome, à qui le vieux soldat répéta sa demande. Mme de Forbin-Soliès, lui répliqua-t-on, poliment mais fermement, recevait quelqu'un et n'était pas disponible. Surtout s'il s'agissait d'un inconnu furieusement armé.

– Faites-lui donc savoir que je suis envoyé par le baron d'Oppède, mentit Gaufredi avec assurance. Elle me recevra.

Mots magiques ! Le majordome partit avertir l'intendant et revint presque aussitôt. Il demanda fraîchement à l'ancien reître de le suivre.

Lucrèce était dans le salon du premier étage. Son intendant, sur le palier, les attendait. Il ouvrit la porte du boudoir. Deux personnes étaient avec

1. M. du Canet était mort quelques années plus tôt durant les troubles du Semestre.

la belle ; Gaufredi ne les connaissait pas mais à leur vêture, il devina des artisans aisés. Lucrèce dévisagea son nouveau visiteur d'une expression autant curieuse que calculatrice.

– Madame, fit-il en bredouillant, je dois vous rencontrer sans délai et sans témoin.

En parlant, il faisait nerveusement rouler son chapeau de castor entre ses mains.

Elle l'examina encore un instant, s'intéressant à ce visage bouleversé qu'elle reconnaissait. Elle remarqua aussi la lourde rapière, le large et démodé baudrier de cuir, les bottes à revers comme on n'en faisait plus, le manteau rapiécé et le pourpoint de buffle traditionnel des reîtres allemands. Puis elle l'interrogea d'une voix chaude et agréable :

– Vous êtes Gaufredi, n'est-ce pas ? Je me souviens de vous, et surtout de cette fameuse soirée au Palais Comtal lorsque vous avez menacé Saint-Marc avec vos amis. J'avais beaucoup apprécié votre attitude courageuse face à ce bellâtre. Comment vont le marquis de Vivonne et son ami, le rouquin commissaire si charmant ?

La Belle du Canet n'oubliait jamais un visage.

– Bien, madame. Je vous remercie. Mais je viens en réalité vous parler de mon petit-fils.

– Que je connais ! Dominique Barthélemy. Il a, je crois me souvenir, épousé la fille du secrétaire de ce pauvre M. de Beaumont [1].

1. Le fils de M. de Beaumont fut écharpé et égorgé par une populace en furie menée par un boucher car les Beaumont

– C'est exact, madame, et elle est folle d'inquiétude.

Lucrèce eut un geste charmant à l'attention de ses visiteurs.

– Maître Fauchier, revenez me voir demain avec les bijoux que vous m'aurez préparés.

L'homme s'inclina bien bas. Celui qui l'accompagnait devait être son fils, car il lui ressemblait étrangement et ne devait pas avoir plus de quinze ans. La Belle du Canet lui fit un magnifique sourire, presque une œillade. L'adolescent devint brusquement écarlate.

À peine étaient-ils sortis que Lucrèce expliqua dans un gloussement :

– Balthazar Fauchier est mon orfèvre et ce jeune enfant est son fils. Il peint magnifiquement et je crois qu'il est amoureux de moi. Je lui demanderai peut-être un jour mon portrait en Vénus [1].

» Maintenant, expliquez-moi votre émotion, et que se passe-t-il pour votre petit-fils ?

– Il a disparu, madame. Depuis hier.

---

avaient pris parti pour le comte d'Alais durant les troubles du Semestre.

1. On sait ce qu'il advint. Fauchier devint un grand peintre. Il décéda mystérieusement à trente ans. La légende – certainement trop belle – dit qu'il mourut de saisissement le jour où Lucrèce posa pour lui en tenue d'Ève. Il est vrai que Lucrèce était très belle et je ne peux que conseiller au lecteur d'aller admirer son portrait à la salle des états (mairie d'Aix) ou au pavillon Vendôme. Pour être honnête, et en ce qui concerne Fauchier, d'autres disent qu'il est mort plus prosaïquement de colique !

Elle eut un sourire de complaisance et haussa les épaules.

– Il est jeune, mais il reviendra, sa femme est trop jolie.

– Non, ce n'est pas ce que vous pensez. Laissez-moi vous expliquer. Mon ancien maître, le marquis de Vivonne, désirait savoir ce qu'est devenu un père chartreux qui aurait disparu, il y a quelques semaines. Dominique s'est rendu au couvent à la demande de M. de Forbin, mais le prieur n'a pas voulu répondre à ses questions. Alors, souhaitant régler sa dette vis-à-vis du marquis, mon petit-fils a décidé de se rendre de nuit là-bas et de faire des recherches dans un souterrain. Et il n'est pas rentré…

– C'est étonnant, concéda-t-elle pensivement. Mais… que puis-je faire pour vous ? Je doute que le prieur des Chartreux me laisse fouiller les cellules de ses frères…

Elle éclata d'un rire cristallin à cette idée.

Gaufredi hésitait maintenant, devant cette femme si railleuse. Finalement, il réunit tout son courage.

– J'ai une amie, madame, qui m'a dit que vous connaissiez le vicaire général Peruzzi et que lui pourrait m'aider.

Lucrèce cessa de sourire et rougit légèrement. Effectivement, elle avait connu, de fort près et durant quelque temps, le vicaire général. Mais c'était du passé et elle préférait l'oublier maintenant que le duc de Mercœur était veuf et s'intéressait à elle [1].

– Qui est cette amie ? s'enquit-elle froidement.

– La mère supérieure des Dominicaines, madame.

Lucrèce se détourna et s'approcha de la fenêtre. Elle connaissait la mère supérieure. Pouvait-elle craindre quelque chose de Claire-Angélique de Forbin-Maynier ? C'était tout de même la tante du redoutable Forbin-Maynier, et elle n'oubliait pas que l'épouse du premier président la jalousait et ne l'invitait jamais.

Le silence se fit et Gaufredi attendait. Finalement, Lucrèce murmura :

– La tante de Forbin-Maynier ?

– Oui, madame.

– Très bien ! Je vais faire chercher M. Peruzzi, décida-t-elle en se retournant vers Gaufredi. Nous lui parlerons ensemble.

– Mais viendra-t-il ? demanda-t-il, inquiet. Ne vaudrait-il pas mieux aller chez lui ?

– Oh ! Il viendra, soyez-en sûr ! Mais je ne désire pas qu'il se méprenne sur ma demande. Je vais lui écrire quelques lignes. Quant à aller le voir, ce serait impossible s'il se trouve à l'archevêché. *Tête de fer* en a interdit l'accès à notre sexe. L'ignorez-vous ? persifla-t-elle avec quelque aigreur.

1. Le duc de Mercœur avait épousé Laure Mancini, une des Mazarinettes, ces innombrables nièces de Mazarin. Elle était morte en couche en 1655. Et depuis quelque temps, Lucrèce avait remplacé Laure dans le cœur du gouverneur.

Malgré son inquiétude, le vieux soldat ne put cacher un sourire. C'est que la Belle du Canet n'était pas ce que l'on nomme en Provence un cul cousu !

Elle se dirigea vers une petite écritoire placée à côté d'une des fenêtres du salon, s'assit et fit courir une plume durant un bref instant. Puis elle se leva et sonna au cordon.

Un laquais apparut aussitôt.

– Portez cette lettre chez M. le vicaire général. Immédiatement, et s'il n'est pas chez lui, trouvez-le.

Le laquais se saisit du pli et partit en silence.

– Il ne nous reste plus qu'à attendre. Si le vicaire est chez lui – il habite rue de la Prévôté –, ou à l'archevêché, ce qui est plus probable, il sera là avant midi. Maintenant, assoyez-vous et contez-moi toute l'histoire, et surtout quel rôle joue la tante de M. le président dans votre histoire.

Et Gaufredi, mis en confiance, raconta sa vie.

Une heure ne s'était pas écoulée quand un fracas d'attelage retentit dans la rue. Gaufredi en avait presque terminé de son histoire. Lucrèce, qui était assise à côté de lui, se leva et se rendit à la fenêtre, une expression de surprise sur le visage. Sa rue était plutôt calme et les voitures choisissaient généralement la rue Droite, plus large, pour se rendre vers le nouveau cours à carrosses.

Pourtant un véhicule venait de s'arrêter devant sa porte.

– Je crois que le vicaire Peruzzi vient à nous, murmura-t-elle avec un sourire narquois.

Quelques instants plus tard, on frappa à la porte et un valet entra. Il n'eut pas le temps de parler. Derrière lui pénétra un homme majestueux dans sa robe de prélat pourpre. C'était Mgr Grimaldi, l'archevêque d'Aix, *Tête de fer* en personne. En l'apercevant, Lucrèce devint tout autant écarlate que la robe du prêtre et, machinalement, plaça sa main gauche pour couvrir sa poitrine, ce qui était inutile, la main étant minuscule et la poitrine immense.

Honoré Peruzzi, le vicaire général, suivait son maître, le visage grave et fermé.

– Monseigneur…, bafouilla Lucrèce, en s'agenouillant.

– Relevez-vous, madame, fit Grimaldi, fermement mais avec bienveillance. Je n'ai guère de temps. Vous venez d'envoyer ce mot à mon vicaire, qui me l'a porté aussitôt.

Il l'avait en main et le lut :

Monsieur le vicaire général,

Je me jette à vos pieds pour vous demander un grand service, celui de recevoir dès aujourd'hui un vieil ami à moi, monsieur Gaufredi. Il doit vous parler de toute urgence d'une affaire d'importance, peut-être capitale, concernant le couvent des Chartreux.

– Quelle est cette affaire, madame ?

Le ton était déjà plus sec et la menace perçait dans le discours poli.

Gaufredi s'avança.

– Je suis l'homme dont il est fait état, monseigneur. Et je vous demande de me pardonner et de pardonner à mon petit-fils…

Grimaldi l'examina avec intérêt.

– Qu'a votre petit-fils à voir ici ? intervint Peruzzi, en s'avançant d'un pas.

– Mon petit-fils est Dominique Barthélemy, conseiller à la chambre criminelle. M. de Forbin lui a demandé… Mais laissez-moi vous conter l'histoire en entier ainsi que la demande de mon ancien maître…

– Nous ferez-vous l'honneur de vous asseoir, monseigneur ? intervint Lucrèce avec un respect peut-être un peu trop accentué.

Grimaldi s'installa sans façon dans un fauteuil alors que le vicaire restait debout près de la fenêtre et ne quittait guère des yeux son ancienne conquête.

Alors Gaufredi, qui était aussi resté debout tandis que Lucrèce était retournée sur sa radassière, narra une nouvelle fois la requête du marquis de Vivonne auprès de Forbin-Maynier. Pris par le récit, il se lança dans une diversion sur ce qui s'était passé à Aix dix ans plus tôt lors de l'enquête sur le clos Mazarin et il conclut finalement par l'obstination de son petit-fils qui n'était pas rentré de son expédition nocturne aux

Chartreux. Il tut par contre tout ce qui concernait la mère supérieure des Dominicaines.

Grimaldi écoutait attentivement, totalement concentré, en gardant les extrémités des doigts de ses deux mains jointes. Parfois, il rongeait nerveusement l'ongle de son index gauche.

Quand le récit fut terminé, l'archevêque resta un moment, les paupières mi-closes, à méditer. La disparition de Gondi pouvait s'expliquer – plus ou moins –, mais celle d'un conseiller au Parlement, à la Tournelle qui plus est, et parent plus ou moins avoué de Forbin-Maynier, était plus inquiétante. Surtout avec les événements qui se produisaient devant l'hôtel de Forbin : lorsqu'ils étaient sortis de l'archevêché avec Peruzzi – ce dernier étant venu l'avertir dès qu'il avait reçu la lettre de Lucrèce – une petite foule menaçante s'agitait, hurlait et vociférait devant un hôtel de Forbin barricadé comme une forteresse. Ils avaient eu quelques difficultés à passer et, si les armes de l'archevêque n'avaient pas été reconnues sur les portières, leur voiture aurait peut-être été secouée et eux-mêmes pris à partie ou molestés. Quelle était l'origine de cette soudaine émeute ? Grimaldi l'ignorait et Peruzzi, dès leur retour, devrait se renseigner. Mais dans l'immédiat, il leur fallait connaître ce qui se passait vraiment aux Chartreux.

– Peruzzi, j'ai besoin de vos conseils, proposa Grimaldi un peu hésitant sur la marche à suivre.

– Nous pouvons être aux Chartreux avant midi, avec la voiture, déclara fermement le vicaire général. Si M. Gaufredi accepte une place à côté du cocher, notre laquais pourrait se tenir à l'arrière, sur le marchepied. Nous verrons aussitôt le prieur et nous ne repartirons pas sans savoir ce qu'est devenu ce Dominique.

Il se tut un instant et ajouta cette remarque :

– Je ne sais pas ce qui va survenir devant l'hôtel de Forbin, mais si cette affaire tourne au vinaigre, il faut que rien ne puisse nous être reproché.

– Que se passe-t-il donc à l'hôtel de Forbin ? demanda Lucrèce, intriguée.

– La populace se presse devant son porche, lançant des menaces et quelques pierres contre les fenêtres du premier président qu'elle traite d'assassin, expliqua le vicaire en fronçant le front. Rien de bien neuf, mais Puget pourrait fort profiter de cette émeute pour utiliser la force contre ses ennemis et régler quelques comptes comme il l'a déjà fait l'année dernière.

– Je suis prêt à vous accompagner, monseigneur, décida Gaufredi.

Grimaldi regarda Peruzzi, puis Gaufredi, et finalement se leva à son tour.

– Je pourrais venir avec vous, proposa Lucrèce, qui bouillait de connaître la fin de l'histoire.

– Non, madame, lui répondit le vicaire en s'avançant vers elle et en la saluant avec une œillade suggestive. Au contraire, restez chez vous et faites plutôt barricader vos portes. Ces troubles pourraient bien s'étendre à toute la ville. Je suis persuadé que seul Mgr Grimaldi pourra passer au travers des émeutes.

Gaufredi s'assit à côté du cocher, sur le siège extérieur du carrosse. La voiture, fort confortable avec ses coussins de velours, n'avait pourtant que deux places à l'intérieur et le laquais grimpa à l'arrière, debout sur le marchepied extérieur. Le cocher fouetta les deux chevaux et le carrosse se mit en route.

Le véhicule rejoignit rapidement l'étroite rue des Cordeliers, par l'arrière du nouvel hôtel de ville en construction, mais arrivé dans la voie conduisant à la porte des Cordeliers, la foule et le trafic des chariots étaient tels qu'ils furent arrêtés.

Le laquais fut contraint de descendre de son marchepied, à l'arrière du carrosse, et d'aller dégager la rue devant eux. Plusieurs fois, il dut même faire relever les *escoffages*, les tablettes et les hucheauts des boutiques lorsque ceux-ci s'avançaient trop sur la voie et gênaient le passage. Tout cela ne se faisait pas sans protestations, grondements et chicanes, heureusement bon enfant car les gens, nous l'avons dit, aimaient leur archevêque et le saluaient avec affection dès qu'ils le reconnaissaient.

Lentement, à l'aide de son bâton aux armes de Mgr Grimaldi, le laquais guidait le véhicule, vociférant auprès des badauds pour qu'ils s'écartent afin de le laisser passer et repoussant ceux qui s'approchaient de trop près pour tenter de toucher la voiture de leur archevêque bien-aimé.

Ils arrivèrent finalement à la porte, Gaufredi ayant, entre-temps, dû descendre à son tour pour pousser ou écarter les charrettes à bras, les mules, les bourricots ou encore les chaises à porteur qu'ils rencontraient.

Ils passèrent la muraille. Enfin à l'extérieur de la ville, la voiture put reprendre un peu de vitesse et midi sonnait lorsque le carrosse s'arrêta devant le logis du prieur. Au bruit de l'attelage, celui-ci sortit de sa maison. En apercevant l'archevêque qui descendait, il ne cacha pas sa surprise et tomba à genoux.

Le vicaire lui fit signe de rentrer chez lui. Le père obéit, mal à l'aise et inquiet de la tournure des événements. Grimaldi pénétra à son tour dans le logis, suivi de Gaufredi. Le laquais et le cocher, tous deux de solides Suisses armés, restèrent dehors, ayant ordre d'empêcher toute sortie.

Une fois seuls tous quatre dans le cabinet du prieur, Grimaldi l'interrogea sans amabilité :

– Que s'est-il passé cette nuit ? Je vous avais ordonné de me prévenir si un fait nouveau se produisait.

L'autre le regarda, ahuri ou feignant de l'être.

– Cette nuit ? Je l'ignore, monseigneur… il ne s'est rien passé… rien que je sache…

– Rien ? s'étonna Peruzzi sans cacher son scepticisme. Dans ce cas, nous allons vérifier. Conduisez-nous donc à la cellule de Gondi… et prenez avec vous quelques lanternes.

Le prieur déglutit et, tout en tremblant d'émotion, parvint à se saisir d'un trousseau de clefs. Déjà Gaufredi avait repéré deux lanternes et un bougeoir dans une niche et se les était appropriés. Voyant cela, le prieur leur fit signe de les suivre.

Ils prirent le couloir au bout duquel il ouvrit – difficilement compte tenu de son émotion – la porte fermée à clef.

– La cellule est là… un instant, je vous l'ouvre…

Au fond du cloître, quelques frères travaillaient dans le jardin.

– C'est inutile, dit Peruzzi, nous désirons, en premier lieu, voir la crypte.

– La crypte ?

Mais déjà le vicaire avait saisi l'une des lanternes que lui tendait Gaufredi sous l'œil impassible de l'archevêque. Le reître battit son briquet, alluma la bougie de suif qu'il avait gardée et la tendit au vicaire pour qu'il en fasse de même avec le bougeoir. Après quoi, il alluma la deuxième lanterne et la donna à Grimaldi.

Finalement, tous descendirent, Peruzzi à leur tête. Gaufredi ressentait une sourde et douloureuse angoisse l'étreindre. Et s'il trouvait là le corps de son petit-fils ? Il ne lui resterait plus qu'à mourir.

La première salle était heureusement vide, néanmoins ils l'examinèrent avec attention. Le prieur restait en arrière. Ils passèrent ensuite dans la seconde, tout aussi déserte.

– Il n'y a plus qu'une pièce, expliqua le prieur dans une grande confusion.

Ils s'y rendirent.

La salle était aussi nue et vide que les précédentes.

– Il n'y a rien ici, murmura Grimaldi avec déception.

– Dominique m'a parlé d'un trou, d'un passage, insista Gaufredi qui se pencha pour faire le tour de la salle profondément obscure.

Il repéra très vite le tas de pierres et le désigna.

– Oui, reconnut le prieur. Il s'agit d'un éboulement dans un mur qui a été comblé il y a très longtemps. Nous ne sommes jamais allés au-delà.

Tous s'approchèrent pour examiner le passage fermé.

– Regardez comme c'est curieux, remarqua le père Peruzzi, on dirait qu'on a empilé ici des troncs de colonne, comme pour boucher l'orifice.

Le prieur se baissa à son tour.

– Effectivement, ces colonnes n'étaient pas là auparavant, me semble-t-il. Elles étaient dans l'autre pièce. C'est étrange.

– Dégageons tout, ordonna Gaufredi qui ne se maîtrisait plus.

Bousculant les autres, il entreprit de soulever les énormes pierres cylindriques. Mais la première était déjà trop lourde pour lui et il n'arriva pas à la bouger.

– Aidez-le ! commanda Grimaldi au prieur qui regardait, immobile.

Celui-ci se plaça à une extrémité de la roche,

le vieux soldat à l'autre et ils parvinrent à ébranler, puis à pousser le bloc. Les suivants furent plus faciles. Mais à l'intérieur du passage, d'autres moellons étaient coincés. Ils travaillèrent à les dégager durant un long moment. Finalement, un petit espace vide se fit. Gaufredi s'allongea et introduisant sa tête dans le trou cria :

– Dominique ?

Il n'y eut pas de réponse ; le cœur du vieil homme battait à tout rompre. Son petit-fils adoré était mort. Il en était maintenant certain. Et soudainement, alors qu'il ne s'y attendait plus, une voix d'outre-tombe résonna :

– Je suis là, c'est vous grand-père ?

Gaufredi crut alors mourir tant le choc fut violent. Son petit-fils était donc vivant ! Il se glissa hors du trou et s'assit à même le sol, tout tremblant ; il se mit à pleurer.

Mais déjà Peruzzi avait engagé à son tour sa tête dans le trou et criait :

– Nous allons agrandir le passage et vous pourrez sortir.

– Non ! lança Dominique. Je ne sais pas qui vous êtes, mais c'est à vous d'entrer. J'ai trop de choses à vous montrer.

Tous se mirent au travail, même l'archevêque s'accroupit et se mit à la tâche, couvrant de poussière sa belle robe pourpre et ses dentelles amidonnées.

Au bout de quelques minutes, ils purent passer à croupetons. Ce qu'ils firent à tour de rôle.

Le petit-fils et le grand-père s'étreignirent,

alors que les trois autres hommes jetaient des regards curieux autour d'eux. Peruzzi et le prieur tenaient leur lanterne à bout de bras et tentaient de deviner où ils se trouvaient. Grimaldi s'intéressait à tout autre chose. Il déchiffrait une plaque de marbre scellée dans un mur.

– Qui vous a enfermé ici ? demanda alors Peruzzi à Dominique.

– Je ne sais pas. Je suis venu avec M. Le Mérou, le secrétaire de M. de Forbin. Il m'a quitté et, peu après, j'ai été assommé et poignardé. Avez-vous retrouvé son corps ?

– Non, dit Gaufredi. Nous n'avons rien vu ni personne.

– J'étais certain que vous me rechercheriez ici, mais malgré tout, le temps a été bien long, surtout dans le noir et avec ce silence. Et j'ai atrocement soif. (Il frotta machinalement sa poitrine douloureuse.) En tout cas, mon expédition a été utile et je sais au moins pourquoi on m'a enfermé. Suivez-moi !

Il les guida jusqu'au corps de Gondi.

– Père prieur, demanda-t-il à Joseph d'Aillane en montrant le cadavre, je suppose qu'il s'agit de François de Gondi.

Le prieur s'accroupit, la lanterne que Grimaldi lui avait donnée à la main, et examina le livide visage du mort.

– Oui. C'est lui, fit-il finalement avec émotion. Mais qui l'a tué et transporté ici ?

– Celui qui a aussi essayé de me meurtrir, fit sombrement Dominique.

– Mais pourquoi ?

– Ça, je vous ai dit que je le savais. Venez donc par ici.

Il les conduisit dans la petite pièce voûtée, à droite du couloir, et là il leur montra la presse.

– Qu'est-ce que c'est ? demanda l'archevêque Grimaldi, intrigué.

– Une presse à balancier, expliqua sévèrement Dominique.

– Oui, une presse à fausse monnaie, reconnut Peruzzi qui en avait déjà vu et qui l'examinait en tenant sa lanterne en avant.

– Vous voulez dire qu'on fabriquait de la fausse monnaie ici, dans mon couvent ? s'insurgea le prieur.

– Non ! dit Dominique. On ne fabriquait pas. On transformait ! Regardez !

Et il sortit de sa poche la pièce d'or qu'il avait trouvée près de la presse.

Grimaldi la saisit et la scruta à la lumière de sa lanterne.

– C'est un double écu aux armes de Barberini, conclut-il. Un écu aux trois abeilles qui vient d'Avignon.

– Oui, approuva Barthélemy. Cet écu a la même taille et la même forme que le double écu aux trois fleurs de lys. Mais il titre dix pour cent d'or en moins. Les faux-monnayeurs l'utilisent souvent pour le transformer, d'abord en le chauffant, ensuite avec une telle presse à balancier qui modifie les abeilles en fleurs de lys [1] et refrappe sommairement les faces. J'étais justement en train d'instruire une telle affaire pour la Tournelle, car des centaines de faux écus similaires circulent en ville en ce moment.

– Mais qui agissait ainsi ? s'exclama le prieur. Personne ne sort de ce couvent !

– C'est faux ! lui jeta Dominique vaguement menaçant. Vous m'avez dit vous-même que votre cellérier Guérin se rend souvent à Avignon. C'est lui qui vend aussi la production de vos jardins et de vos terres à Aix et qui achète pour le couvent. Ce ne peut être que lui, votre faux-monnayeur !

– Guérin ? murmura Gaufredi.

– Remontons, proposa sévèrement le vicaire totalement convaincu par les conclusions du magistrat. Il nous faut entendre ce Guérin sur-le-champ et le saisir s'il est l'assassin.

– Il est en ce moment au marché, expliqua le prieur en plein désarroi. Il ne rentrera qu'un peu après midi.

– Attendez ! intervint Grimaldi. M. Barthélemy, puisque vous êtes ici depuis quelques heures, n'avez-vous rien trouvé d'autre dans ces cryptes ?

Malgré l'obscurité, Dominique considéra Grimaldi un instant. L'archevêque avait une expression passionnée sur le visage. Et le jeune conseiller se doutait bien que ce n'était pas la fabrication de

1. Cette méthode était très courante à cette époque.

la fausse monnaie qui l'intéressait ainsi. Grimaldi recherchait autre chose.

– Oui, reconnut le jeune homme après une brève hésitation. Il y a un autre corps. Je songeais à vous en parler plus tard.

– Un autre crime ? s'enquit Peruzzi interloqué.

– Non, pas un crime, expliqua doucement Grimaldi… Il s'agit certainement de Mesie Divina. Jeune homme, conduisez-moi à elle, ajouta-t-il avec émotion.

– Elle est par là, fit Dominique. Mais comment connaissez-vous le nom de cette femme ?

– La plaque de marbre, à l'entrée. L'avez-vous vue ?

– Oui, mais je ne l'ai pas lue.

– Vous auriez dû… Allons-y d'abord. Je vais vous la traduire, proposa-t-il avec bonté.

Ils revinrent à l'entrée et Grimaldi approcha la lanterne de la plaque.

– *Ex decreto decuriorum*…, commença à lire Grimaldi, qui poursuivit ensuite en traduisant au fur et à mesure :

Par ordre des décurions de Colonia Julia, Mesie Divina, coupable de crime de trahison envers l'Empire, a été enfermée vivante dans cette pièce pour y mourir de faim et de soif.

Lucius Gallus, duumvir de Colonia Julia

Puis, il se tut. Priait-il pour Mesie Divina ?

– Je comprends maintenant… pauvre femme, murmura finalement Barthélemy. Quel crime terrible avait-elle pu commettre pour mériter un si effroyable châtiment ? En tout cas, quelqu'un aura eu pitié d'elle. Venez, je vais vous la montrer. Vous verrez, on lui a fait parvenir une arme avec laquelle elle s'est poignardée pour éviter une trop longue agonie.

Ils reprirent le couloir, enjambèrent le pauvre Gondi et pénétrèrent dans la grande salle où Mesie Divina reposait depuis seize siècles. Tous s'approchèrent du corps avec respect et l'examinèrent. Au-delà de la mort, Mesie conservait une attitude majestueuse et énigmatique.

– Regardez... je ne l'avais pas relevé, on dirait qu'il y a un nom ciselé sur le manche de ce glaive..., remarqua Dominique.

Peruzzi se pencha, éclairant l'arme avec sa lanterne et lut difficilement sur le manche :

– *Beryllus*...

– Beryllus ! Qui diable pouvait être cet homme ? s'interrogea l'archevêque à haute voix.

– Peut-être était-ce son fils ? suggéra Barthélemy.

– C'est Possible. En tout cas, quelqu'un qui l'aimait. Mais nous ne le saurons jamais...

Il se tourna vers le prieur.

– Vous ferez enterrer Gondi dans votre église, ordonna-t-il, et j'écrirai au cardinal de Retz. Quant à Mesie Divina, vous lui donnerez aussi une sépulture. Dans le sol de la maison où elle a vécu.

Ils sortirent ensuite de la crypte en silence et retournèrent au logis du prieur.

9

Alors que Gaufredi, Grimaldi et le vicaire se rendaient aux Chartreux, le carrosse de Forbin était préparé par ses laquais et son cocher. Dehors, la foule s'agitait et devenait menaçante. Nous l'avons dit, des pierres fusaient déjà contre la façade.

Après que les premiers jets eurent brisé la plupart des carreaux, Forbin-Maynier s'était finalement laissé convaincre d'emprunter le souterrain. Il avait été convenu que Puget et Thomassin d'Einac sortiraient avec la voiture, accompagnés par une dizaine d'hommes en armes ; ils attireraient sur eux la vindicte populaire, puis révéleraient que M. de Forbin n'était pas avec eux. Forcément, l'émeute se calmerait, ce qui donnerait du temps à Oppède pour prendre le souterrain, et ensuite se rendre discrètement au Palais.

Henri de Forbin, muni des attributs de sa charge, simarre rouge et manteau d'hermine, quitta donc son grand cabinet de travail. Il était suivi d'Estienne de Saint-Jean et ils descendirent rapidement le grand escalier. Sous celui-ci, un second escalier de bonne dimension conduisait aux caves qui se trouvaient sous la petite cour de l'hôtel. Le premier niveau de celles-ci comprenait principalement des communs où l'on rangeait, entre autres, des tonneaux de vin. Il s'y trouvait aussi une petite pièce, fermée à clef, réservée au maître. Enfin, au fond d'une grande salle voûtée, une porte en fer ouvrait sur un escalier en colimaçon qui conduisait vers les caves les plus profondes, lesquelles communiquaient avec le fameux souterrain.

Ce souterrain courait sous la rue Droite et desservait plusieurs maisons ainsi que l'archevêché. Sa construction remontait aux périodes les plus troubles et les plus anciennes de l'histoire du bourg, sans doute au neuvième siècle. Il avait été à peu près entretenu, bien que certaines issues aient été murées [1] et sur ses parois étaient fixées, par des crampons de fer, de grosses canalisations de terre cuite qui conduisaient l'eau de fontaine en fontaine et d'hôtel en hôtel.

Les deux hommes s'étaient munis de lanternes à chandelle et avançaient rapidement sur le sol sableux. Saint-Jean avait l'habitude du passage et ils débouchèrent bien vite dans les sous-sols de son logis.

Les sous-sols de l'hôtel de Saint-Jean [2] s'étalaient sur deux niveaux comme à l'hôtel de Forbin. Le niveau le plus profond – où débouchait le souterrain – était le plus ancien et était utilisé en caves et en celliers. On y conservait le vin et le bois des cheminées en hiver. Au niveau supérieur, qui devait remonter au Moyen Âge, étaient installées les cuisines de l'hôtel. Un couloir central, où se

1. Ces souterrains, utilisés pour le passage de canalisations, reliaient un grand nombre de maisons de la ville par les caves. Un plan d'Aix de 1721 les détaille.

2. Actuel musée du Vieil Aix.

trouvait le puits, desservait plusieurs salles et permettait d'accéder aux niveaux supérieurs de l'hôtel par deux passages, un à chaque extrémité du couloir : au nord, on retrouvait la grande entrée de l'hôtel par un bel escalier de pierre, et au sud on débouchait dans les écuries ainsi que sur un escalier de service en colimaçon qui desservait discrètement tous les étages. Les écuries, qui étaient donc en sous-sol [1], ouvraient dans la rue Brémondi et non dans la rue Droite.

Forbin suivait son ami et ne répondait pas à ses paroles ni même à ses questions. Il restait maussade et préoccupé.

Arrivé au couloir central, Saint-Jean proposa à Forbin de prendre l'escalier principal et d'attendre dans ses appartements que le cocher ait préparé la voiture.

Ils grimpèrent le grand escalier en silence. Forbin restait totalement distant, ignorant toujours les paroles de son ami.

Dans la grande salle du premier étage, il se tint à la fenêtre, regardant distraitement le jardin en contrebas. Pendant ce temps, Saint-Jean, fort soucieux, donnait des ordres pour que l'on prépare rapidement son carrosse.

En quelques minutes, la voiture fut prête. Pour éviter de repasser par les cuisines, les deux hommes traversèrent les appartements jusqu'à l'escalier de service en colimaçon qu'ils descendirent, Forbin

1. Et qui existent encore, avec leurs mangeoires d'origine !

toujours enfermé dans son mutisme. Les écuries ouvraient directement au pied de l'escalier et la voiture, un petit carrosse à deux places sans vitre, les attendait. Ils s'installèrent et le cocher sortit par la rue Bremondi, où deux laquais aidèrent à faire tourner le véhicule tant la ruelle était étroite.

Ils débouchaient dans la rue Droite quand Forbin se décida à parler, tout en secouant la tête :

– Mon ami, je ne peux poursuivre plus avant. Les Forbin n'ont jamais agi ainsi. Je ne me cacherai pas et, si je dois tomber, ce sera les armes à la main. J'ai eu tort d'accepter de venir avec vous. Demandez au cocher de retourner à mon hôtel et je partirai avec Thomassin et Puget.

Saint-Jean le regarda avec tristesse tant il se doutait que Forbin allait agir ainsi, et tant il en redoutait les tragiques conséquences. Il murmura ces mots :

– C'est votre décision. Et je la comprends. Mais dans ce cas, je resterai avec vous.

Il donna alors l'ordre au cocher de monter la rue Droite au lieu de la descendre. Déjà celle-ci était fort encombrée de toute une populace qui la remontait en braillant des menaces contre Forbin-Maynier. Beaucoup étaient armés de fourches et de bâtons, mais aucun ne portait d'armes à feu. La distance était très courte entre les deux logis. Personne ne remarqua que l'exécré Forbin était dans le carrosse qui montait la rue et la voiture s'arrêta un peu avant l'hôtel ; la voie étant alors complètement bouchée par les émeutiers.

Devant ce barrage humain, le premier président sortit, seul, et fit face aux frondeurs.

Au même instant et au couvent des Chartreux, cinq hommes réunis dans le logis du prieur attendaient Guérin. Un frère, à l'extérieur, avait été prévenu : dès que le cellérier et ses aides arriveraient, Guérin avait ordre de se présenter chez le prieur qui l'attendait.

Les cinq hommes étaient tous dans un état d'esprit différent. Joseph d'Aillane s'était retiré dans son oratoire et priait pour l'âme de Gondi. Mgr Grimaldi avait hâte d'en finir pour rentrer à l'archevêché, où il ferait des recherches qui s'annonçaient passionnantes sur ce mystérieux *duumvir* Lucius Gallus et sur cette étrange Mesie Divina. Peut-être percerait-il leur secret !

Le vicaire Peruzzi songeait au meurtre et au faussaire. Il restait préoccupé et questionnait parfois Dominique sur Le Mérou, n'arrivant pas à se faire une opinion sur le rôle du secrétaire de M. de Forbin-Maynier. Dominique, lui, s'était attablé devant un poulet et quelques bouteilles de vin. Il se gavait sous le regard ému de son grand-père, qui ne pouvait cependant s'empêcher de songer à ce que lui avait raconté Claire-Angélique. Il avait hâte d'être seul avec son petit-fils pour lui faire part de ses inquiétudes. Se pouvait-il qu'il y ait un lien entre Le Mérou et Le Maroul ?

On entendit le tintamarre d'une voiture. Tous s'approchèrent des fenêtres aux minuscules carreaux. Guérin revenait de la ville sur une grande charrette tirée par deux mules. Deux moines suivaient à pied.

Le cellérier sauta au sol avec agilité et fut interpellé par le frère qui attendait. Il parut un instant surpris mais entra malgré tout avec une certaine insouciance dans le logis du prieur.

Gaufredi s'était placé près de la porte, l'épée sortie du fourreau, dès qu'il avait vu la voiture, alors que Dominique, à qui l'ancien soldat avait remis sa carabine à silex, condamnait l'autre issue.

Au moment où il pénétra dans la pièce, le cellérier reconnut Barthélemy. Avait-il connaissance de la tentative de meurtre du jeune magistrat ? En tout cas, pas un muscle de son visage ne bougea. De même, il ne parut pas autrement surpris par la présence de l'archevêque.

– Asseyez-vous, frère Guérin, ordonna le père Peruzzi avec sévérité.

Le cellérier pâlit légèrement mais obtempéra, ayant remarqué la manœuvre de Dominique et de son grand-père ainsi que les armes qu'ils portaient ostensiblement.

– Que se passe-t-il ? interrogea-t-il pourtant avec un étonnant sang-froid.

Ce fut Dominique qui parla :

– Vous êtes accusé de fabrication de fausse monnaie, frère cellérier. Vous ignorez peut-être le châtiment des faussaires… le voici : vous serez bouilli vivant dans un chaudron en place publique. Je vais vous conduire auprès du prévôt et prévenir le lieutenant criminel qui va vous faire appliquer la question. Je vous accuse aussi du meurtre du père de Gondi et de la tentative de meurtre contre moi. Vos épreuves vont être longues et douloureuses. Vous pouvez espérer une certaine indulgence si vous avouez tout, ici et maintenant, et si vous nommez vos complices devant nous.

À mesure que Dominique parlait, le cellérier Guérin perdait de sa superbe et commençait à trembler. Il prenait conscience des tortures abominables qu'il allait endurer. Non pas la question ordinaire de quatre pintes d'eau pratiquée par un tourmenteur-juré, ni même celle, plus pénible, de huit pintes d'eau. Ces deux supplices étaient désagréables, mais restaient supportables. Non, ce serait les coins de bois qui éclatent les jambes et brisent les membres. Et ces tortures ne seraient pas suivies du châtiment presque acceptable de l'ordonnance de 1535, à savoir, les bras brisés et rompus en deux endroits, tant en haut qu'en bas, ainsi que les reins, jambes et cuisses, tout ceci pratiqué sur une roue. Non, le châtiment serait inimaginable : cuit et bouilli dans une grande marmite.

Il se recula, cherchant désespérément où s'appuyer pour finalement s'effondrer sur un banc.

– Ce n'est pas moi ! Je vous le jure ! Ce n'est pas moi !

Brusquement, il hurla encore plus fort, les yeux pleins de larmes et ayant perdu tout contrôle de lui-même :

– Ce n'est pas moi !

Il ne maîtrisait plus ses sanglots.

– Nommez donc vos complices, lui recommanda le vicaire général d'une voix chaude et apaisante. Il en sera tenu compte.

Le cellérier le contempla avec un mélange d'effroi, d'espérance et de dévotion. Et il murmura :

– C'est… c'est M. Le Mérou…

Dominique ne se faisait guère d'illusion. Il savait que, puisqu'on n'avait pas retrouvé le corps du secrétaire de Forbin-Maynier, celui-ci était sans doute le coupable. Mais pourquoi ? Pourquoi cet homme s'était-il engagé dans une telle ignominie ?

– Expliquez-vous ! ordonna Peruzzi plus sèchement, mais intérieurement fort satisfait à l'idée que Forbin-Maynier allait être éclaboussé par le scandale.

– J'ai… rencontré Le Mérou il y a deux ans, à Aix. Il venait de devenir le secrétaire du premier président. Je… je l'avais connu… quelques années auparavant…, bredouilla le moine.

Il se tut un instant, hésitant à poursuivre.

– À Avignon… avant de devenir frère… nous avions fait des études ensemble… j'avais eu maille avec la justice là-bas… il le savait… j'ai dû lui obéir…

– Je croyais que Le Mérou venait de Perpignan ? s'étonna Dominique.

– Non… il est né à Avignon… d'ailleurs son vrai nom n'est pas Le Mérou…

– C'est Le Maroul, intervint alors Gaufredi.

Tous le regardèrent avec curiosité.

– Comment le savez-vous ? demanda Grimaldi saisi d'une soudaine méfiance.

– Je ne l'ai appris que ce matin, rétorqua le reître, très fier de son effet. Et je commence à deviner l'infâme complot qui se trame. Mais continuez, frère Guérin…

– Le Maroul pratiquait depuis de nombreuses années de la fausse monnaie, uniquement en petite quantité et pour son usage personnel, car il lui était difficile d'obtenir des écus aux armes des Barberini et de les écouler ensuite comme des écus de France, et en outre la fabrication est très difficile. Après notre rencontre à Aix, quand il a su que j'étais cellérier aux Chartreux et que je me rendais souvent à Avignon, il m'a contraint à participer à son trafic. Sinon, il m'aurait dénoncé au prévôt.

– Quel crime aviez-vous donc commis ? s'enquit Grimaldi avec douceur.

– J'avais fabriqué de faux documents. Je suis assez adroit de mes mains.

– Mais le châtiment pour les faussaires n'est pas tel qu'il ait pu vous contraindre à un crime aussi grave que faire de la fausse monnaie, s'étonna Dominique.

– Si. Pour moi c'était le cas, hélas !

Peruzzi regarda Dominique assez étonné de la réponse. Que voulait dire le cellérier ?

Une fois encore, ce fut Gaufredi qui parla :

– À cause de votre grand-père, ou plus probablement de votre arrière-grand-père ; vous devez descendre de l'avocat général Guérin.

– Oui… comment le savez-vous ? Seul Le Maroul en avait connaissance…

– Non, personne n'a oublié l'avocat Guérin. L'histoire est trop cruelle pour être pardonnée…

– L'avocat Guérin, murmura Dominique… et ce nom : Le Maroul… je commence à comprendre moi aussi. Comment se fait-il que je n'y aie pas pensé ?

– Mais expliquez-vous donc ! protesta Grimaldi que le rébus irritait.

– Attendez ! dit Dominique en faisant un signe de la main, j'entrevois aussi toute la vérité…

Il se tourna vers son grand-père.

– Mais comment aviez-vous deviné ? lui demanda-t-il brusquement.

Celui-ci secoua la tête avec un triste sourire.

– Ce n'est pas moi. Je n'ai rien deviné. Quelqu'un qui m'est proche m'a simplement fait remarquer l'étrange consonance entre Le Mérou et Le Maroul. Avec Guérin, cela faisait une coïncidence de trop.

– Mais expliquez-vous donc ! clama à son tour Peruzzi, lui aussi excédé par ces apartés.

– Je n'ai plus en tête tous les détails, s'excusa Dominique, mais voici ce dont je me souviens.

Et il narra l'expédition du boucher de Mérindol – son ancêtre ! – et de ses complices, parfois interrompu par Gaufredi qui apportait une précision au récit.

Le cellérier écoutait, accablé, sur son banc.

– Je comprends mieux, maintenant, lui dit Mgr Grimaldi quand Dominique eut terminé. L'avocat Guérin était donc votre parent, il a été condamné à mort non seulement pour les crimes de Mérindol mais aussi pour avoir fait de faux documents. Je suppose que vous craigniez le même châtiment si on apprenait que vous étiez son descendant… Et Le Mérou – pardon Le Maroul – savait tout cela ?

– Oui. À Avignon, nous nous étions connus au collège du Roure [1]. Il y avait été admis car sur les trente-six enfants, quelques-uns étaient choisis par les chanoines pour leur vivacité et leur esprit. Et il était de ceux-là. Déjà il connaissait dans tous leurs détails les massacres de Mérindol, que sa mère lui avait plusieurs fois racontés. Elle était la petite-fille de ce Le Maroul qui avait dirigé la résistance des Vaudois contre d'Oppède.

– Mais comment savait-il que vous étiez aussi un descendant de l'avocat Guérin ?

– Sa mère ! Sa mère connaissait tout ! Elle avait dû se convertir, mais elle l'avait élevé dans la haine des massacreurs, dans l'exécration d'Oppède, de Guérin, de Lafond et des autres responsables. Et puisqu'ils étaient morts depuis longtemps, elle ne vivait que pour faire payer les descendants de ces assassins qui n'y étaient pourtant pour rien. Elle lui avait fait jurer de venger les victimes vaudoises. Mais moi, à Avignon, j'ignorais tout de cette abominable histoire. Peut-être même mon père l'ignorait aussi. Il ne m'en avait jamais parlé. Comment cette femme avait-elle appris notre origine ? Je l'ignore encore, mais il est vrai

1. Collège de droit fondé par le cardinal Julien de la Rovère.

que mon père avait quelques biens et il était connu.

Il soupira :

– J'avais du talent pour imiter les écritures et, un jour, Le Maroul m'a proposé de copier un ancien document de propriété pour un procès d'héritage dans le Comtat. Le faux devait faire gagner l'un des chicaneurs. Il me proposait une grosse somme et j'ai accepté. Quelque temps plus tard, il a quitté le collège et je ne l'ai plus vu. Et peut-être six mois après, le prévôt d'Avignon est venu m'arrêter. J'avais été dénoncé et on m'a conduit en prison. Par une chance extraordinaire, j'ai pu m'enfuir durant le trajet. J'ai quitté le Comtat, j'ai traîné un peu partout, terrorisé à l'idée d'être repris. Et puis, un jour, j'ai travaillé à la chartreuse de Villeneuve. Le prieur s'est intéressé à moi, je savais lire et écrire, je jonglais avec les chiffres. Grâce à lui, je suis devenu frère. Et on m'a transféré ici, il y a quatre ans, quand l'ancien cellérier est mort. J'ai pris sa place.

– Et que s'est-il passé quand vous avez revu Le Maroul à Aix ? demanda Dominique.

– Je vous l'ai dit : il m'a reconnu et surtout menacé. C'est là que j'ai compris que c'était certainement lui qui m'avait dénoncé à Avignon. Je lui ai rétorqué que c'était une vieille affaire et c'est alors qu'il m'a raconté l'histoire de Mérindol. Et il m'a déclaré avec aplomb : « Tu es à Aix, tu es un faussaire et ton ancêtre l'avocat Guérin en était déjà un. Si le prévôt t'arrête, Forbin-Maynier voudra faire un exemple de toi pour qu'on oublie ce qu'avait fait son arrière-grand-père, crois-moi, tu es bon pour les galères, peut-être pire. »

Il les regarda à tour de rôle, les prenant à témoin :

– Avais-je le choix ?

Puis il prit un ton plaintif.

– En vérité je ne commettais pas un grand crime : je ramenais seulement des écus Barberini d'Avignon. C'est Le Maroul qui faisait tout. Il connaissait l'existence de la crypte – je ne sais pas comment, mais il savait tant de choses ! – et il m'avait demandé de la lui faire visiter.

» Quelque temps plus tard, il décida de creuser un passage. Il était persuadé qu'il y avait d'autres salles derrière un mur et il avait raison. Moi, je refusais de m'y rendre, j'avais trop peur de la morte, mais lui se moquait d'elle, il la saluait en plaisantant ! Il ne respectait rien. Il avait installé sa presse là-bas. Il venait une fois par semaine, en passant par la palissade, la nuit, et il transformait les écus. J'étais seulement chargé de les faire passer au marché, de les changer.

– Et le père de Gondi s'en est aperçu ?

– Oui.

Maintenant, le cellérier était intarissable.

– Je ne connais pas exactement les circonstances. Il y a deux mois, Le Maroul m'a dit en plaisantant qu'un père chartreux l'avait surpris et qu'il tenait maintenant compagnie à la morte. Depuis, il ne venait plus, il avait bouché le trou. Il m'avait dit qu'il préparait sa vengeance finale.

– Sa vengeance ? s'enquit Dominique de plus en plus inquiet.

Depuis que le cellérier parlait, il ressentait confusément que l'histoire ne se résumait pas à ce sordide crime de fausse monnaie. Le Mérou avait une tout autre envergure.

– Bien sûr ! rétorqua Guérin. Sa vengeance contre Forbin ! Il voulait le dénoncer ! Il fallait que l'on croie que c'était lui le faux-monnayeur ! Et que seule la fausse monnaie était l'origine de sa fortune ! Le Mérou avait tout préparé ! C'est pour ça que je devais ramener tant de pièces d'Avignon. L'argent que j'écoulais était ensuite changé pour de nouveaux doubles écus Barberini. Et le surplus en pièces d'or était caché chez Forbin ! Dans sa cave !

– Mais comment ? intervint Dominique à son tour livide et affolé par le diabolique procédé. Il aurait fallu qu'on découvrît cet or chez lui, qu'il fût suspect, que l'on fouillât son hôtel ! Je ne sais pas... C'est impossible ! Jamais on n'aurait cru à une dénonciation anonyme...

– Ce n'est pas certain, intervint Peruzzi presque amusé par l'histoire. Une fois Forbin suspecté, il aurait suffi que quelqu'un vérifiât la dénonciation en fouillant discrètement l'hôtel... Après la découverte de l'or, il aurait été facile de convaincre les consuls ou le viguier de faire perquisitionner les lieux...

– Mais qui aurait pu entrer dans l'hôtel pour

chercher cet or ? Avec les mesures de M. Thomassin d'Einac, c'est impossible ! martela Dominique pour se rassurer.

– C'est vrai, renchérit Gaufredi. Même moi, j'ai eu du mal à entrer dans l'hôtel ce matin, et M. d'Einac ne m'a pas quitté. Je n'aurais certainement pas pu aller fouiller les caves !

– L'émeute ! lâcha Mgr Grimaldi qui n'avait rien perdu de la controverse. L'émeute qui a lieu actuellement n'est qu'un prétexte ! Ils vont l'utiliser pour saccager l'hôtel comme ce fut fait, il y a dix ans, à l'hôtel du président Gaufridi. Quelqu'un se glissera parmi les assaillants et vérifiera la dénonciation ! Ensuite, des magistrats accuseront M. de Forbin et ils disposeront de solides preuves.

– Quelle émeute ? s'affola Dominique qui ignorait les récents événements en ville.

– Quand nous sommes partis, il y avait une sorte d'échauffourée devant l'hôtel de Forbin, expliqua l'archevêque.

Il se tut un bref instant et reprit :

– Il n'y a pas de temps à perdre. Rentrons immédiatement ! Espérons seulement que nous arriverons à temps !

– Cela ne nous regarde pas, objecta calmement le vicaire, qui ne bougea pas.

Grimaldi s'approcha de lui, le visage fermé, presque hostile.

– Monsieur le vicaire général, M. de Forbin et moi sommes des adversaires. De rudes adversaires. Mais nous nous battons loyalement, et je ne le laisserai pas être accusé à tort par un assassin. Je viens de vous le dire, rentrons à l'hôtel de Forbin et avertissons-le.

– Attendez encore un instant ! intervint Gaufredi en se retournant vers le cellérier. Qui a tenté de tuer Dominique dans la crypte ?

– C'est lui ! glapit Guérin. C'est Le Maroul ! Il est venu me chercher peu après, dans la nuit, il savait où était ma cellule. Il m'a dit qu'il l'avait poignardé et m'a ordonné de venir l'aider à murer le passage.

– Et où est-il, maintenant ?

– Il est parti dénoncer M. de Forbin chez M. le baron de Bras !

– Partons ! décida Dominique. Père prieur, faites enfermer votre cellérier en attendant le prévôt que nous vous enverrons.

– Je vous laisse mes laquais, proposa Grimaldi. Ils sont armés et ne le perdront pas de vue. M. Gaufredi, pouvez-vous conduire mon carrosse ?

Le reître opina silencieusement bien que la suite de l'aventure ne le concernât plus. Il avait retrouvé son petit-fils et le sort de Forbin-Maynier lui était complètement indifférent.

10

Mais revenons quelque peu en arrière. Ce même jour, vers neuf heures du matin, trois hommes quittaient l'hôtel du baron de Bras, situé tout près de l'église Saint-Jean, où ils venaient de passer la nuit. Trois cavaliers, chaudement couverts d'une houppelande à haut col qui dissimulait mal les longues épées battant leur flanc, et coiffés de feutres qui cachaient en partie le visage. Ils étaient certainement bien armés car, outre les fourreaux qui relevaient un pan de leur manteau, on ne pouvait ignorer les pistolets d'arçon dans les poches de buffle attachées aux selles.

Tous trois prirent au trot la rue Cardinale et, à la place Mazarine, tournèrent par la rue Saint-Sauveur bordée d'enclos, de jardins en friche et d'hôtels en construction [1]. Ils passèrent la porte Saint-Sauveur – que l'on nommait toujours la porte d'Orbitelle – sans incident, puis longèrent le chemin qui rejoignait la route de Marseille en suivant les remparts.

Un cavalier les talonnait à une bonne distance. C'était Charles d'Estienne de Saint-Jean, qui était arrivé devant l'église Saint-Jean juste au moment où les trois cavaliers sortaient de l'écurie proche de l'hôtel.

1. La place Mazarine est devenue la place des Quatre-Dauphins et la rue Saint-Sauveur est la rue du Quatre-Septembre.

Glandevès-Niozelles et le jeune Baratte conversaient aimablement alors que le capitaine Verrazano était resté en arrière. Durant un moment, ils croisèrent un grand nombre de charrettes et de carrioles tirées par des bœufs ou des mules, mais aussi quantité de paysans et de laboureurs se rendant à pied à la ville, parfois écrasés par des chapelets de cages emplies de volailles ou de lapins, des paniers de légumes et de toutes sortes de nourritures. Il y avait aussi des tombereaux de fourrage, de bois ou de pierres de construction. Tous devaient passer par la porte Saint-Jean pour payer l'octroi.

Nos cavaliers avaient beau suivre le large boulevard sablé qui longeait les nouvelles murailles de ce côté-ci de la cité, ils avançaient très lentement tant la foule était importante. Passé la dernière tour d'angle des fortifications, la route apparut plus dégagée et Verrazano examina dès lors avec attention les gens qu'ils croisaient ou qui les suivaient. Car bien sûr, beaucoup de monde se rendait comme eux à Marseille. Ils étaient parfois doublés par des carrosses ou des cavaliers plus rapides qu'eux, mais il y avait aussi tous ceux qui se dirigeaient à pied ou à dos d'âne vers le port méditerranéen.

Régulièrement donc, le Génois se retournait. Devant la maladrerie Saint-Lazare [1], alors abandonnée et occupée seulement par quelques moines, il remarqua, parmi les nombreux cavaliers

1. Approximativement au niveau de la gare actuelle.

derrière eux, le manège de l'un d'entre eux qui, malgré une jument de belle race, avançait exactement à leur rythme, tout en veillant à rester toujours à bonne distance. Il s'en ouvrit à Baratte. Celui-ci se retourna et examina à son tour le lointain cavalier. Au bout d'un moment, il déclara avec irritation à ses deux compagnons :

– Je le reconnais : c'est Charles de Saint-Jean.

– Charles d'Estienne de Saint-Jean ? demanda M. de Glandevès-Niozelles, vaguement intrigué.

– Oui.

– Mon cousin de Bras m'a parlé des Saint-Jean. Ce sont les pires ennemis des Gallaup, n'est-il pas vrai ?

– Effectivement, mais plus grave, Estienne de Saint-Jean est l'un des proches de M. de Forbin. Cet homme ne peut être qu'un espion à nos trousses !

– Nous allons nous en débarrasser, déclara froidement Verrazano.

Il entreprit de sortir un pistolet à silex de sa fonte et vérifia l'amorce.

– Vous n'y pensez pas ! protesta Baratte en le regardant avec effroi. C'est un gentilhomme ! Je vais l'attendre et lui demander pourquoi il nous suit. Si sa réponse me déplaît, nous réglerons l'incident en hommes d'honneur.

Verrazano soupira, puis regarda Niozelles, interrogatif.

Ce dernier haussa les épaules, accordant satisfaction au jeune homme. Le Génois rentra son arme en grommelant sur la bêtise des gentilshommes. Ces gens-là ne comprendront jamais rien à la guerre, murmura-t-il en corse.

Charles de Saint-Jean remarqua vite qu'on l'attendait. Malgré ses précautions, il avait donc été repéré et sans doute reconnu. Il hésita un instant à faire demi-tour, puis il considéra qu'une telle attitude pourrait être considérée comme une lâcheté par un gentilhomme aussi honorable que Niozelles. Il décida donc d'avancer et de saluer ses ennemis.

Les trois hommes l'attendaient devant la cour enneigée de l'ancien hôpital. Nous l'avons dit, la maladrerie était abandonnée, mais quelques moines y soignaient encore les plus miséreux de la viguerie. Saint-Jean s'avança, ôta son chapeau et fit une profonde révérence – mêlée toutefois d'un ironique sourire – à Niozelles. Son expression moqueuse n'échappa pas au jeune Baratte, qui crut y déceler l'insulte.

– Non content de faire l'espion, monsieur, vous ajoutez le persiflage à la duplicité !

Charles pâlit brusquement.

– Savez-vous à qui vous parlez, jeune homme ? demanda-t-il à l'étourdi en maîtrisant sa voix.

– Je parle à quelqu'un qui se dissimule pour faire un travail de sbire.

– Assez ! intervint M. de Niozelles en poussant son cheval entre les deux jeunes gens.

Il était venu à Aix dans la discrétion et la bêtise arrogante de ces deux-là allait tout gâcher. En même temps, un petit attroupement de badauds se formait pour assister à l'altercation. Les stupides disputes entre aristocrates étant une distraction gratuite pour ces pauvres gens.

Niozelles se saisit de la longe du cheval de Baratte pour le tirer vers lui et il expliqua à Charles de Saint-Jean :

– Mon ami est un peu trop impétueux et ses paroles ont dépassé sa pensée. Je vous prie d'accepter ses excuses.

Charles, blême, le regarda sans le voir, puis sauta prestement au sol. Il s'approcha du jeune Baratte toujours à cheval et lui dit d'un ton glacial :

– Monsieur, vous semblez porter une épée. Voyons donc si vous êtes aussi bavard une lame à la main.

– Je vous l'ai dit, cria M. de Niozelles cette fois en colère, il est jeune, il n'a pas quinze ans !

Charles de Saint-Jean l'ignora, ôta son manteau, sortit son épée, cingla l'air avec et interpella Verrazano :

– Je suppose, monsieur, que vous accepterez d'être mon témoin.

Baratte, livide aussi, sauta à son tour au sol, se dépouilla de même de son manteau et sortit sa rapière.

L'attroupement s'épaissit. Chacun commentait l'incident avec intérêt et force quolibets. Beaucoup connaissaient les deux adversaires, surtout Saint-Jean. On savait qu'il était une fine lame et un proche de Forbin-Maynier. Le spectacle allait être intéressant !

Verrazano se plaça entre les deux hommes et

leur fit signe de débuter le combat. Saint-Jean se mit en garde alors que le jeune Baratte poussait une violente attaque, sans même chercher à se protéger. Saint-Jean l'évita avec élégance, ne poussant pas son avantage. De nouveau Baratte chargea alors que Verrazano secouait la tête sans chercher à cacher sa contrariété devant un escrimeur si médiocre. Le troisième engagement fut encore plus furieux et finalement Saint-Jean se fendit. L'adolescent ne put éviter la lame de son adversaire qui lui perça le poumon. Le jeune Baratte s'écroula, la bouche en sang. L'engagement n'avait pas duré le temps d'une patenôtre !

Quelques moines étaient sortis au bruit de l'altercation, d'autres encore à celui, plus inquiétant, du froissement des lames.

L'un d'entre eux se précipita donc sur le blessé et l'examina. Ensuite, il leva des yeux accusateurs et annonça avec sévérité à Charles de Saint-Jean :

– Il est mort [1]. Vous l'avez tué !

Déjà l'assistance grondait. Elle avait trouvé cocasse et distrayant l'incident entre les deux aristocrates, mais la mort du tout jeune homme, presque un enfant, leur avait brusquement rappelé à quel point les amis de M. de Forbin se moquaient de la vie des pauvres gens.

– C'est un crime ! grommelait l'un.

– Bien sûr ! Ce Saint-Jean est un homme de Forbin, c'est son bourreau ! vitupéra un autre.

1. On sait que Baratte, bien que grièvement blessé, ne mourut pas.

– Forbin nous tuera tous ! prédit un troisième dans un glapissement.

Tous approuvaient, certains maudissaient et menaçaient déjà du poing celui qu'ils appelaient l'assassin.

Saint-Jean nota très vite le changement d'attitude de ce public jusqu'à présent plutôt réjoui par l'algarade. Il protesta avec hauteur auprès de Glandevès-Niozelles :

– Monsieur, vous êtes gentilhomme et vous pourrez, j'espère, témoigner que ce combat était loyal. J'ai été insulté et je n'ai fait que me défendre.

Niozelles, glacial, ne bougea ni ne répondit. Saint-Jean remonta alors lentement sur sa bête pendant que l'attroupement grossissait. Il ne voulait pas donner l'impression d'avoir peur de ces gens. La foule commentait maintenant avec virulence ce que les témoins appelaient déjà un crime. On le désignait du doigt. Des bâtons étaient brandis, certains ramassaient des pierres.

Verrazano était aussi remonté sur sa bête, il se rapprocha de Saint-Jean qui hésitait sur ce qu'il devait faire.

– Rentrez chez vous, monsieur, et faites vite ! Ces gens vont vous écharper et nous ne pourrons rien pour vous.

Saint-Jean, désemparé, regarda une nouvelle fois Niozelles, qui cette fois approuva du chef. Il fit alors tourner sa bête et partit au trot.

En constatant sa fuite, la foule commença par le conspuer, puis à vociférer, et enfin il y eut les jets de pierres. Certaines atteignirent le cheval du jeune Saint-Jean qui hennit de peur et de douleur. L'homme pressa sa bête. Il savait parfaitement ce qui lui arriverait s'il tombait entre les mains de ceux qui le chassaient. Les dernières invectives et menaces qu'il entendit furent :

– Assassin ! Forbin payera cher pour ton crime !

La fuite du jeune homme ne calma pas l'assistance, bien au contraire. Plusieurs voulaient le poursuivre, le rattraper et lui faire un mauvais sort.

– C'est Forbin qu'il faut châtier ! cria alors un des paysans plus virulent que les autres.

Il faut dire que quelques jours plus tôt, un commis aux Aides s'était présenté à sa petite ferme et avait saisi plusieurs de ses bêtes sur injonction du premier président.

– Il a raison ! l'assassin est un ami de Forbin. Ils cherchent à nous tuer tous après nous avoir jetés dans la misère ! hurla un autre.

– C'est vrai ! renchérit un troisième pourtant plus calme. Allons prévenir à la ville. Il faut raconter ce que nous avons vu. Ces gens-là se croient tout permis sous prétexte qu'ils sont parlementaires !

L'hostilité, la haine, le désir de vengeance n'étaient plus maîtrisables. Même les femmes étaient décidées à des représailles et à un châtiment – certainement sanglant – de l'infâme Forbin !

– Rentrons-nous à Marseille ? demanda à voix basse Verrazano à son maître, qui observait l'émeute en train de naître.

Celui-ci ne répondit pas sur-le-champ et se rapprocha des quelques moines penchés sur le corps du mourant. L'un d'eux se releva, le prieur sans doute d'après son visage grave et son expression d'autorité.

– Comment va-t-il ? demanda Niozelles.

– Mal ! Mais par miracle, il n'est pas mort, je vais le faire transporter à l'intérieur. Seulement, il n'y a pas de médecin ici.

Niozelles sortit de son manteau une petite bourse de cuir et la tendit au prieur.

– Soignez-le et faites ce que vous pouvez. Je vais prévenir sa famille et vous envoyer un chirurgien.

Il se tourna ensuite vers Verrazano.

– Il nous faut retourner chez les frères Gallaup.

Sans attendre de réponse, il mit son cheval au trot et Verrazano le suivit, fataliste. Ils rattrapèrent un premier groupe de gens excités qui se dirigeaient vers Aix en brandissant des bâtons et en se montant la tête les uns les autres contre celui qu'ils nommaient « Forbin l'assassin ».

Après qu'il les eut dépassés et que Verrazano se fut rapproché de lui, Niozelles expliqua :

– Nous n'avons pas d'autre choix, il faut qu'Hubert de Gallaup prévienne M. de Bras et la famille de ce jeune homme, mais surtout il faut l'avertir que l'émeute qu'il envisageait va avoir lieu sans qu'il ait à l'organiser. À lui d'en profiter rapidement !

Après avoir poignardé Dominique Barthélemy et avoir demandé à son complice Guérin de l'aider à murer le passage vers la crypte, Le Maroul rentra tranquillement chez lui. En se débarrassant de ce Dominique, songeait-il sur le chemin conduisant à la ville, il venait de gagner du temps, mais il ne doutait pas qu'on rechercherait rapidement le jeune magistrat et qu'il serait vite suspecté. Il lui fallait donc quitter la ville, mais auparavant achever cette vengeance qu'il préparait si soigneusement depuis deux ans.

Il reprit l'échelle et rentra dans la maison du Maure. Là, on ne lui posa aucune question et il gagna rapidement la rue des Guerriers.

Si le secrétaire de M. de Forbin-Maynier disposait d'une minuscule chambre dans les combles de l'hôtel de Forbin, il ne l'utilisait guère. Il était en effet propriétaire d'une petite maison de la rue des Guerriers, dont le jardin avait une autre issue – discrète – dans la rue de Jouques, juste en face de la rue des Nobles. Cette nuit-là, il rentra par la petite porte du jardin. Il était ainsi certain que personne ne le verrait.

Il avait acheté ce logis un an plus tôt, justement à cause de cette double entrée, et il l'avait payé sans barguigner, car il ne manquait pas d'argent ! En effet, avant de rencontrer Forbin-Maynier, il menait à Toulon de louches mais lucratives activités, qu'il complétait déjà par la fabrication de faux écus, toutefois en faible quantité car leur frappe était longue et difficile. Après être entré au service du baron d'Oppède, il avait trouvé une nouvelle source d'enrichissement dont nous parlerons plus loin.

Il se coucha aussitôt en réfléchissant à la journée du lendemain qui devait être décisive.

Le matin, ne devant pas aller à l'hôtel de Forbin puisqu'il était censé être chez sa mère, il se vêtit de quelques hardes discrètes et se rendit à la taverne du *Cheval Blanc*, au coin de la rue des Nobles et de la rue Droite. Il avait prévu d'y attendre quelques heures les effets de la redoutable lettre anonyme qu'il avait fait parvenir à l'avocat Pontevès la veille. Si une perquisition de l'hôtel avait lieu, il en serait le premier averti et il était certain qu'on découvrirait ce qu'il avait placé dans les caves. Si rien ne se passait, il se rendrait alors chez M. d'Escalis et, faisant preuve de probité et de courage, il dénoncerait avec une évidente consternation son maître, le premier président du Parlement de Provence.

Lorsqu'il constata le violent tumulte et les désordres qui se déroulaient devant l'hôtel de Forbin, il s'y rendit avec empressement, intrigué, mais aussi plein d'espoir quant à la réussite de son plan d'avilissement des Oppède.

– Prétendez-vous empêcher un Forbin-Maynier d'entrer et de sortir librement de chez lui ? clama le magistrat aux braillards qui se retournèrent aussitôt.

– C'est lui ! C'est Forbin ! hurla un palefrenier les yeux injectés de sang. C'est l'assassin de ce *pôvre* jeune homme de Saint-Lazare !

En parlant, il agitait un bâton ferré. Le président d'Oppède s'approcha de lui et le souffleta :

– Recule, bélitre ! Tu as donc tant envie que ça de te faire rouer !

La foule se tut, intimidée et soudainement inquiète devant cet homme en robe rouge et manteau d'hermine, cet homme dont elle avait tant peur, et qui ne la craignait même pas !

Au même instant, les battants de la porte de l'hôtel s'écartèrent en grinçant. Puget et Thomassin d'Einac, accompagnés d'une dizaine de dragons armés de mousquets à baïonnette, sortirent. Les hommes de la petite compagnie se placèrent, farouches et en bon ordre, le long du mur, face à la foule, les mèches de leurs mousquets prêtes à être allumées par les mèches lentes qui crépitaient dans leurs mains.

Les émeutiers étaient plus de deux cents, pourtant aucun n'ouvrit la bouche ; leur courage s'était évanoui et leur haine éteinte par une poisseuse épouvante. Chacun se resserra vers son voisin, cherchant à disparaître, à se rendre invisible de cette soldatesque apparemment désireuse de les massacrer.

Cependant, une sorte de grosse harpie, inconsciente des risques ou simplement plus combative que les autres, désigna du doigt Forbin. Gaufredi, s'il avait été là, aurait reconnu La Drouillarde, qui vendait ses lapins au marché.

– Il est tout seul ! On va se le faire ! glapit-elle.

Elle sortit de son manteau une doloire et la brandit en avant. Sous le mouvement, le manteau tomba au sol et elle apparut en robe et collet lacet, ses énormes seins vergeturés débordant de sa cotte mal lacée.

Forbin s'approcha d'elle, faisant semblant de ne pas remarquer sa mâchoire édentée et, fort galamment, ramassa le manteau de la matrone pour le lui placer sur les épaules comme il l'aurait fait à la Belle du Canet, dans une réception du gouverneur au Palais Comtal.

– Madame, vous allez prendre froid, lui dit-il, sans ironie.

Après quoi, ignorant la menaçante doloire, il traversa lentement la foule, qui s'écarta devant lui et il s'approcha de Puget.

– Je n'ai pas besoin d'escorte pour me rendre là où le roi m'a placé, déclara-t-il d'une voix puissante, imposant et majestueux dans son costume de premier président.

Ensuite, il fit un signe à son intendant qui venait d'apparaître devant la porte de l'hôtel.

– Ma voiture ! ordonna-t-il. Je me rends au Palais, où l'on m'attend.

Enfin, il se retourna vers la foule domptée et concéda, presque aimablement, aux émeutiers :

– Si vous voulez me voir, je vous recevrai là-bas, dans la grande chambre et j'écouterai avec attention toutes vos doléances.

Déjà la voiture s'avançait. Personne ne parlait ni ne bougeait.

La mégère, conquise par le joufflu magistrat, ne savait que faire, elle chuchotait même quelques mots d'admiration à son voisin. Petit à petit, les gens s'écartèrent, la manifestation se dispersa et M. de Forbin, qui s'était installé dans sa voiture, se rendit au Palais.

Einac et Puget le suivirent à distance ainsi que les hommes en armes.

Dans la foule, Le Maroul n'avait rien perdu de l'épisode et grommela :

– Dommage ! C'était pourtant une belle occasion de l'écharper, à moi donc de convaincre M. d'Escalis maintenant.

Deux autres hommes, tout autant déçus que lui, partirent en direction de la rue Neuve faire leur rapport aux frères de Gallaup. Ils avaient rejoint l'émeute naissante aussitôt que François de Gallaup avait été prévenu du duel par Glandevès-Niozelles. C'étaient deux hommes de confiance du capitaine de Gallaup, Gauthier le Bègue, un sergent vétéran des gardes françaises, et Gaillard, un ancien maréchal des logis. Tous deux avaient ordre du capitaine de Gallaup de rentrer dans l'hôtel, si celui-ci était mis au pillage, et d'aller vérifier dans la cave s'il y avait bien de la fausse monnaie. Et si c'était le cas, le sergent devait courir prévenir le président d'Escalis, qui se tenait prêt avec Louis de Cormis, Pierre de Pontevès et quelques autres magistrats et officiers entrés dans la conjuration.

Cependant, l'agitation qui venait de se produire devant l'hôtel de Forbin n'était pas la seule dans Aix. En effet, l'insurrection couvait depuis trop longtemps pour se résumer à cet unique tumulte. Un peu partout dans la ville, tous ceux qui avaient à se plaindre du pouvoir en place ou de la lourdeur des impôts s'étaient regroupés et des bandes vociférantes circulaient s'en prenant aux amis ou aux biens du premier magistrat, surtout s'ils étaient sans défense. Et comme toujours, à ceux dont la révolte était justifiée, s'étaient joints des détrousseurs, des gueux et des larrons, tous bien décidés à profiter de l'insurrection.

Aussi, alors que le rassemblement devant l'hôtel de Forbin s'était dispersé, d'autres attroupements se formaient, et principalement devant le Palais Comtal, siège pour les révoltés de la tyrannie de Forbin-Maynier et de ses pairs.

Lorsque le carrosse d'Oppède déboucha devant la porte du Palais, qui avait été close par les gardes, la foule était déjà fort dense mais cependant pas violente. Puget de Saint-Marc commit alors l'erreur de se jeter sur les premiers rangs avec hargne et, à coups de plat de son sabre, de faire écarter les protestataires devant lui. Les quelques dragons qui le suivaient repoussèrent avec tout autant de brutalité les émeutiers. Finalement la porte s'ouvrit et le carrosse entra dans les lieux.

Mais la barbarie de Puget ne fit qu'amplifier le tumulte. Ceux qui avaient paniqué se ressaisirent et les meneurs proposèrent aux protestataires d'entrer par-derrière, vers la tour du Trésor, là où se situait une poterne souvent ouverte. Ils s'y dirigèrent. La poterne fut prise et les quelques gardes submergés. Alors une marée humaine envahit la première cour du palais et se répandit à travers les escaliers.

Exactement au même instant, le président à mortier, M. de Bras d'Escalis, recevait Le Mérou dans le cabinet de travail de son grand hôtel, à deux pas de l'église Saint-Jean-de-Malte. Le Maroul – puisque c'était son vrai nom – savait qu'il risquait gros en se dévoilant, mais il fallait impérativement que les ennemis de Forbin agissent rapidement. Sinon, c'est lui qui serait poursuivi ! Et finalement, quel plus sincère témoignage pouvait-il y avoir contre Forbin qu'une dénonciation par son propre secrétaire ? Il proposerait bien sûr de conduire ceux qui auraient à perquisitionner jusqu'aux preuves de la félonie et du crime du baron d'Oppède. Ensuite, il s'arrangerait pour disparaître dans la confusion qui s'ensuivrait. Et même s'il restait plus tard des points obscurs ou inexplicables, il serait impossible à Forbin de se disculper. Compte tenu de la haine qu'il avait semée autour de lui, il serait fatalement condamné !

Voilà pourquoi Le Maroul expliquait d'une voix émue au baron d'Escalis le crime qu'il venait de découvrir : son maître, le premier président du Parlement de Provence, se livrait à un trafic de fausse monnaie avec des complices à Avignon !

Bouleversé par cette révoltante tricherie, le secrétaire racontait comment il avait trouvé une importante quantité de faux écus dans la cave de l'hôtel, dans une remise où Forbin conservait de vieux objets familiaux. Il avait fait cette découverte quelques jours auparavant, alors que le premier président lui avait demandé de porter justement une caisse de bois particulièrement lourde. En trébuchant, la caisse était tombée et s'était ouverte, révélant un coffre empli de centaines d'écus Barberini et d'une double matrice de transformation. Il l'avait rangée où Forbin le lui avait ordonné, mais quelques jours plus tard, il avait constaté que le coffre de fer avait été enterré, certainement par Forbin lui-même. Oui, il acceptait de conduire un magistrat jusqu'à la cachette. C'était même son devoir.

Son discours était clair, détaillé, précis et parfaitement vraisemblable. C'était le discours d'un honnête homme écœuré par ce qu'il avait découvert chez un maître qu'il admirait jusqu'à présent.

Pourtant, M. de Bras, en bon magistrat, restait dubitatif et il l'interrogea sévèrement sur la lettre anonyme.

– J'en ignore tout, affirma Le Mérou avec gravité et assurance. Mais je me doute bien que je ne dois pas être le seul à connaître la vérité sur cet infâme trafic. M. de Forbin a certainement beaucoup de complices. Sans doute l'un d'eux lui veut-il du mal. Il y a tant de gens qui le haïssent !

– Effectivement, reconnut M. de Bras, finalement conciliant. Monsieur Le Mérou, je vous remercie pour votre intégrité et…

On frappa à la porte du cabinet de travail du président qui s'interrompit.

– Entrez ! fit-il, agacé.

C'était Hubert de Gallaup. M. de Bras se leva pour l'accueillir.

– Monsieur de Gallaup ! Vous ne pouviez tomber mieux ! Avant toute chose, je désire que vous entendiez M. Le Mérou, qui est, comme vous le savez, le secrétaire particulier de M. de Forbin.

– Je n'ai que peu de temps, protesta l'avocat général, mais je suis prêt à vous entendre, monsieur, si votre affaire est rapide.

Et Le Maroul recommença sa confession. Gallaup l'examinait avec attention pendant qu'il parlait. Si cet homme ne mentait pas, songeait-il – mais pourquoi mentirait-il ? – ils tenaient là une carte maîtresse.

Quand Le Maroul eut terminé, M. de Bras interrogea son ami :

Ne pensez-vous pas qu'avec ce témoignage nous pourrions, dès à présent, faire saisir au corps M. de Forbin ?

Gallaup, s'étant assis, joignit l'extrémité de ses doigts et s'adressa à Le Maroul.

– Monsieur, votre témoignage est effectivement très important, il ne fait d'ailleurs que confirmer nos soupçons. Néanmoins, comme vous le savez, *Testis unis, testis nullus*.

Il se gratta la gorge un instant, cherchant ses mots pour présenter son affaire.

– Il y a, à cette heure, quelques troubles populaires en ville.

Le Mérou hocha la tête avec prudence.

– J'ai même appris qu'une brève échauffourée avait eu lieu, il y a quelques instants, devant l'hôtel de Forbin.

– J'en ai entendu parler en venant, confirma évasivement Le Mérou.

– Que s'est-il passé ? demanda M. de Bras qui ignorait l'événement.

– Rien de bien grave. Forbin a pu quitter son hôtel et s'est rendu au palais. Et en ce moment, son hôtel est vide, car Thomassin d'Einac et Puget sont avec lui au Palais…

Il se tut un instant, donnant l'impression de méditer sur la suite de son discours.

– Nous pourrions peut-être en profiter pour faire une visite dans l'hôtel. Vous connaissez les lieux, vous pourriez donc nous accompagner et nous montrer ces fameuses preuves…

– Je pourrais, confirma froidement Le Mérou. Mais il me sera difficile de vous faire entrer.

– Non, sourit l'avocat général. Ce n'est pas à moi que je pensais. Cette émeute m'a donné une idée, voyez-vous, elle pourrait se rallumer avec quelques hommes à moi et quelques agitateurs. Si ceux-ci forçaient les portes de l'hôtel, durant la bousculade et l'embrouillamini qui suivraient, vous pourriez conduire quelques-uns de mes hommes vers cette caissette de pièces. Ensuite, il vous suffira de faire un signe et j'accourrai avec quelques magistrats, pour participer à la sauvegarde des biens de Forbin contre la populace. À cette occasion, je découvrirai, en présence de témoins, le fameux magot !

– C'est faisable, confirma Le Mérou qui n'attendait que ça et se jurait bien de disparaître durant l'*embrouillamini*. Mais une telle émeute ne peut être organisée sur l'heure.

– Hum, c'est ce qui vous trompe. Mon frère avait déjà cette idée et il recrute, en ce moment même, avec quelques fidèles, des clercs en mal de chahut, plusieurs jeunes gens de la basoche habitués des désordres, une dizaine de portefaix sans travail et une poignée d'ivrognes prêts à tout. Des mécontents et des protestataires se joindront forcément à eux. Ce devrait être suffisant pour notre affaire. À l'heure qu'il est, ils se dirigent peut-être déjà vers l'hôtel de Forbin. Je suis venu avec l'un de ceux qui organisent ce petit désordre : Gauthier, un vieux sergent des gardes françaises. Il m'attend en bas. Je vais lui dire de vous accompagner à l'hôtel de Forbin et moi, je me charge de rassembler sur-le-champ quelques fidèles amis magistrats. Dans une heure, au plus, tout sera terminé.

Le Mérou comprit qu'il était piégé, mais il avait un tel sang-froid qu'il opina. Il partit donc avec Hubert de Gallaup, qui l'abandonna ensuite aux bons soins de Gauthier. Ce dernier le conduisit rapidement sur les lieux de l'émeute prévue.

Quant à M. de Bras, il resta seul et quelque peu soucieux. Il se dit que l'affaire pouvait mal tourner et qu'on pouvait parfaitement se passer de lui à l'hôtel de Forbin. Il lui fallait limiter le péril en restant en dehors de l'émeute. Il fit alors appeler son cocher pour qu'il sorte sa voiture et le conduise au Palais, à l'abri.

11

Au moment même où Forbin quittait majestueusement son hôtel après avoir vaincu les émeutiers, Mgr Grimaldi, dans son carrosse, passait la porte des Cordeliers. Comme à l'aller, la rue étroite était terriblement encombrée, non seulement par les charrois et les charrettes, par les mules, les ânes et même les bœufs, mais aussi par de petits troupeaux de chèvres ou de brebis revenant du marché, conduits par leurs bergers.

Le carrosse de l'archevêque n'avait pas fait un tiers de la longueur de la rue qu'ils furent arrêtés par une carriole tirée par une vieille mule qui descendait la voie. Les deux véhicules ne pouvaient se croiser tant le passage était étroit. Gaufredi hurla, tempêta, mais rien n'y fit, on ne pouvait élargir la rue ! Au contraire, une foultitude s'arrêta pour commenter la situation, plaisanter et donner un avis autant inutile que péremptoire. En quelques instants, toute la rue fut bloquée. Découragé,

Dominique descendit du siège avant et entreprit de demander aux commerçants et aux artisans dont les devantures s'avançaient trop sur la chaussée de replier leur tablette et leur auvent. Il négocia ensuite avec quelques portefaix et porteurs à col [1] – contre une contribution sonnante et trébuchante – une aide pour faire reculer la maudite mule jusqu'à la rue des Magnans. Mais la bête rétive faisait son possible pour rester immobile et pétrifiée.

Gaufredi, lui, faisait avancer la voiture à chaque pas arrière de la récalcitrante mule tout en invectivant la foule pour qu'elle s'écarte. Peruzzi était aussi sorti de la voiture et criait à s'égosiller :

– Service de l'archevêque, Mgr Grimaldi !

Tête de fer étant aimé et respecté, ces derniers hurlements produisaient un certain effet et, quelquefois, les gens se rangeaient pour saluer leur archevêque. Mais le plus souvent, ils s'accrochaient aux portières pour se faire bénir !

Malgré tout, ils parvinrent finalement en haut de la rue des Cordeliers, qui s'appelait dans cette partie *Esquicho-Mousqué* tant elle était resserrée. Là, le carrosse passait tout juste entre les maisons et les moyeux des roues grinçaient en frottant le bas des murs.

Alors qu'ils n'étaient plus qu'à une dizaine de cannes de la rue transversale – la rue Droite, que l'on nommait dans la ville comtale la rue des Orfèvres –, Gaufredi vit passer le carrosse de Forbin suivi par Saint-Marc et ses dragons. Mais il

1. Colporteurs.

était bien trop bloqué par la populace devant lui pour tenter de le rejoindre.

Le vieux reître héla Dominique, lui expliqua rapidement qui il venait de voir et celui-ci, s'agrippant à une portière, s'entretint avec l'archevêque qui avait tout entendu.

– Il faut nous séparer, proposa Dominique. Je vais me rendre à pied à l'hôtel de Forbin avec mon grand-père et trouver cet or maudit. Monsieur Peruzzi, pouvez-vous prendre les rênes et conduire monseigneur jusqu'au Palais ? C'est certainement là que M. d'Oppède se fait conduire et vous pourrez lui raconter cet effroyable complot.

– Évidemment, je peux parfaitement conduire cette voiture ! répliqua le vicaire d'un ton railleur. Cela me changera !

Ils gagnèrent finalement le carrefour. Le vicaire général remplaça Gaufredi avec une étonnante dextérité, alors que celui-ci et son petit-fils se hâtaient vers l'hôtel d'Oppède.

Au moment où ils s'y faisaient ouvrir la porte cochère, une bande vociférante déboucha par la rue de la Prévôté. Gaufredi les entendit et se retourna alors qu'il passait le portail. Il donna aussitôt l'ordre de placer les deux barres de bronze devant l'huis, qui fut clos hermétiquement.

Dans la petite cour intérieure de l'hôtel de Forbin, l'intendant, les deux valets de chambre, les quatre laquais et le concierge s'étaient regroupés, complètement désemparés. Sans l'autorité de Thomassin d'Einac, et surtout sans les quelques dragons que Puget avait emmenés, ils se sentaient perdus. L'intendant eut un soupir de soulagement en les reconnaissant. Après tout, Dominique avait longtemps été le bras droit de Forbin et Gaufredi jouissait d'une redoutable réputation d'escrimeur et de tireur. Le reître prit aussitôt le commandement sans que personne ne fasse de remarque.

– Prenez tous les mousquets que vous trouverez. Je veux deux hommes en poste à chaque fenêtre du premier étage ! Les autres, attendez en bas. Combien êtes-vous ?

– Tout le monde est là ! Il ne manque que le gouverneur des enfants, qui est avec Madame. Nous ne sommes que treize en tout dans l'hôtel avec les quatre servantes !

Nous ne pourrons tenir longtemps, songea Dominique. Il faut faire partir les femmes par le souterrain.

Mais Gaufredi n'était pas anxieux. La guerre, c'était son métier. Pendant qu'il parlait, il avait détaché sa carabine pliante de l'épaule, ensuite il fit signe à Dominique de le suivre et grimpa quatre à quatre le grand escalier.

Ils se retrouvèrent dans le cabinet de Forbin-Maynier. Dominique avait suffisamment vécu dans les lieux pour connaître toutes les dispositions du premier président. Il jeta d'abord un coup d'œil dans la rue, où la foule se massait, mais n'était pas encore trop importante, puis se dirigea vers une grande armoire qu'il ouvrit alors que Gaufredi surveillait les émeutiers. La pièce était glaciale, tous les carreaux des fenêtres ayant été brisés par la précédente émeute. Le sol était jonché de pierres et plusieurs objets de valeur avaient été détruits.

L'armoire contenait tout un lot de mousquets et de carabines ciselés. Dominique choisit une arme à silex qu'il connaissait pour avoir chassé avec. Il se saisit d'un pot à poudre, prit une charge toute préparée, introduisit une balle dans le canon et la tassa rapidement avec la baguette. Puis il nettoya la lumière avec une aiguille et vérifia le silex. Ensuite, il posa l'arme sur la table de travail.

– Croyez-vous que nous en aurons besoin ? demanda-t-il à son grand-père qui surveillait la populace à travers les carreaux brisés.

– Pour l'instant, ils ne sont pas trop nombreux et ils ne font que crier, répliqua celui-ci.

– J'ai ici les clefs des caves, si vous pensez que nous avons le temps, nous pourrions aller y jeter un coup d'œil…

– Allons-y ! accepta le reître, jetant un dernier regard à la foule hostile mais pas vraiment menaçante.

Ils sortirent du cabinet. Sur la galerie, face à la rue, trois laquais avec des mousquets attendaient, la mèche de leur arme prête à être allumée.

– Restez à l'abri, mais n'hésitez pas à montrer que vous êtes armés. Cependant, que personne ne tire avant moi et sans mes ordres, ordonna Dominique. Nous revenons dans un instant.

Ils descendirent et rencontrèrent le portier en bas.

– Nous allons dans la cave un instant. Restez ici, si la foule devient dangereuse, je vous donnerai l'ordre d'aller par le souterrain jusqu'à l'hôtel d'Estienne de Saint-Jean. De là vous gagnerez le Palais et préviendrez Puget. Je vous ferai une lettre… Et emmenez avec vous les femmes, je sais trop quel sera leur sort si l'hôtel est pris.

Ils descendirent aux caves après avoir allumé une lanterne au briquet, posé dans une anfractuosité du mur.

Nous l'avons dit, les caves étaient constituées d'une enfilade de salles voûtées. L'une d'entre elles, fermée par une massive serrure, servait à entreposer des objets personnels de Forbin-Maynier. Si on avait dissimulé quelque chose dans les lieux, ce serait dans cette salle, avait décidé Dominique. Il connaissait la clef et ouvrit la porte.

Leur fouille dura un moment. Finalement, sous un coffre contenant l'armement de fer – brigandine, morion, haches et gantelets – de l'arrière-grand-père de Forbin, le fameux bourreau de Mérindol, Dominique aperçut le dessus d'un très gros coffre de fer. Ils le dégagèrent – le coffre étant en partie enterré dans le sol sablé –, et l'ouvrirent. Il y avait à l'intérieur deux gros sacs de cuir et deux flancs de bronze servant de matrice.

Dominique desserra le lacet de l'un des sacs et regarda ce qu'il contenait. Il était plein de doubles écus Barberini. Puis ce fut le tour de l'autre et, sans surprise, il découvrit quelques écus transformés en doubles écus au soleil. Les flancs étaient les mêmes que ceux qu'il avait vus montés sur une presse à balancier dans la crypte. Mais ce qui était étonnant, invraisemblable même, c'était la quantité de doubles écus Barberini. Il y en avait pour – au moins – cent mille livres. Une fortune !

– *Capoun de Dièu* ! murmura Gaufredi ébahi.

Comment Le Mérou avait-il pu disposer d'une telle somme ? Un fugitif soupçon traversa l'esprit du jeune magistrat : et si d'Oppède était tout simplement complice dans ce trafic ? Seul un homme aussi riche que lui pouvait pratiquer une telle opération à si grande échelle.

Laissant pourtant de côté ses suspicions, Dominique décida de cacher le coffre, car si les ennemis de Forbin pénétraient dans l'hôtel et le découvraient, Oppède était perdu. Il serait toujours temps, après, de connaître la vérité. Mais où le dissimuler ?

– Que devons-nous en faire ? demanda-t-il à son grand-père qui était resté à son côté, regardant les tas d'or avec un mépris total.

– Je m'en occupe, lui répliqua-t-il. Nous sommes là depuis trop longtemps, remontez voir ce qui se passe, je vous rejoindrai ensuite.

Gaufredi remonta en effet au bout de quelques minutes et retrouva son petit-fils dans le cabinet du premier président, toujours à la fenêtre et sa carabine à la main. Avant même de regarder dans la rue, le vieil homme avait compris que la situation s'était dégradée, car à peine sorti de la cave, il avait été saisi, dans l'escalier, par le bruit infernal et assourdissant provenant de la rue. Non seulement la foule hurlait et menaçait, mais il l'entendait cogner sur la porte et l'ébranler, peut-être même avec un bélier !

Dominique, lui, était livide. Il savait que si les émeutiers entraient dans l'hôtel, ils seraient tous écharpés, massacrés et découpés en morceaux comme les Aixois aimaient à le faire.

Gaufredi jeta un œil distrait dans la rue, celle-ci était maintenant noire de monde. Une véritable marée humaine se serrait et vociférait devant l'hôtel. Il remarqua aussi, avec quelque inquiétude, un petit groupe venant de la place Saint-Sauveur et transportant de la paille et des planches devant la porte. N'ayant pas réussi à l'enfoncer, ils allaient y mettre le feu !

Il examina alors attentivement celui qui commandait la manœuvre : c'était une énorme brute, dans laquelle il devina un ancien sous-officier, un sergent ou un maréchal des logis peut-être. Cet homme savait commander. Il le suivit du regard, tantôt ce chef faisait dégager ceux qui le gênaient, tantôt il donnait des instructions à quelques complices. Toute l'opération apparaissait méthodiquement arrangée, comme une manœuvre militaire. Un autre homme apparaissait parfois au côté de ce chef, puis disparaissait à sa vue. Le manège de cet inconnu trop discret attira l'attention du reître.

– Regardez, dit-il à son petit-fils. Vous voyez le grand là-bas devant l'hôtel de Sault, c'est lui qui dirige tout…

Il lui désigna l'inconnu du doigt.

– Maintenant, faites attention. Il a un complice qui tente la plupart du temps de se dissimuler, mais qu'on distingue parfois assez bien, il me semble le connaître. Regardez, là ! Le justaucorps bleu en velours !

– Le Maroul ! murmura Dominique.

En effet, l'ancien secrétaire était là, attendant son heure pour conduire Gauthier jusqu'au coffre.

En bas, le foyer était prêt à être allumé.

– Si nous les abattons tous deux, l'affaire s'arrêtera là, dit Gaufredi entre ses dents. Visez Le Maroul, je vais tenter d'atteindre le chef.

– Attendez ! répliqua Dominique. Savez-vous qui est derrière Le Maroul ?

Gaufredi examina la poignée d'hommes entourant le secrétaire du premier président. Il y avait parmi eux un gros bonhomme livide, couvert d'un luxueux manteau brodé et qui ne semblait pas apprécier de se trouver au milieu des séditieux.

– Le gros tout couperosé ?

– Oui. C'est le président de Bras d'Escalis. Il semble bien être avec eux !

C'était en effet ce pauvre baron de Bras ! En sortant de son hôtel pour se réfugier au Palais, il avait été intercepté par une demi-douzaine d'hommes que Gallaup avait placés au cas où M. de Bras chercherait à éviter d'être compromis. Ceux-ci avaient sorti le président de sa voiture et, ayant ameuté d'autres manifestants se rendant vers l'hôtel de Forbin, avaient hurlé :

– Le président de Bras est avec nous !

Et ils l'avaient forcé à marcher en avant avec eux.

– Nous n'avons plus de temps à perdre, fit

Gaufredi en armant le rouet de sa carabine. Si nous ne tirons pas maintenant, l'hôtel est perdu.

Dominique savait qu'ils n'avaient pas d'autre possibilité, sinon tirer au hasard dans la foule, mais alors, ce serait un massacre et ils en feraient partie.

– D'accord, fit-il.

Gaufredi visa Gauthier. Ce dernier avait une telle taille qu'il ne pouvait le rater. Les deux coups partirent ensemble et, immédiatement, un silence de mort tomba sur la foule. Alors lentement, puis de plus en plus rapidement, se produisit un mouvement de panique. Les assaillants n'avaient jamais cru qu'on leur tirerait dessus. Autour de Gauthier et de Le Mérou, du sang avait éclaboussé tous leurs proches complices. M. de Bras en était recouvert. Terrorisé, il se débanda en premier, bousculant les gens autour d'eux, qui à leur tour paniquèrent. Le temps d'une patenôtre et la rue Droite fut vide.

Enfin, pas tout à fait vide. Divers décombres jonchaient le sol : quelques vêtements abandonnés, des bâtons, des fourches, et surtout deux corps ensanglantés.

– Nous pouvons aller voir, dit Gaufredi après avoir rechargé son arme. Il n'y a plus de risques.

Ils descendirent sous les regards inquiets des laquais. Gaufredi leva lui-même les barres et ouvrit le grand portail.

La rue était totalement déserte.

Dominique se dirigea vers les deux corps. Son grand-père ne ratait jamais sa cible. L'homme de Gallaup avait reçu la balle dans le cœur et s'était vidé de son sang, qui faisait une grosse mare sur le sol. Mais Dominique avait été moins adroit. Il avait seulement touché le poumon de Le Maroul. Celui-ci avait perdu conscience un bref instant mais venait d'ouvrir les yeux. Il les regardait, livide.

Dominique se pencha vers lui alors que Gaufredi, qui venait d'examiner sa cible avec satisfaction, considérait le blessé en restant debout.

– … Vous n'êtes pas mort ? murmura Le Mérou – alias Le Maroul – dans un sifflement.

L'air sortait par son poumon troué.

– Non. Et nous savons tout. Guérin a parlé.

– Guérin ? Ça ne m'étonne pas, sourit le secrétaire.

– Nous allons vous transporter dans l'hôtel. Vous serez soigné et jugé.

– Inutile… Je sais où j'ai été touché.

Il toussa et un jet de sang lui sortit de la bouche.

– C'est fini, je le sais. Dommage… tant d'années passées…

– Pourquoi ? Pourquoi avez-vous fait ça ? Haïssez-vous donc tant M. de Forbin-Maynier !

L'autre ferma les yeux un instant, puis murmura :

– Oui. Lui et tous les autres. Je n'ai vécu que pour punir les massacres de Mérindol. Ma mère m'a élevé dans ce devoir et je regrette seulement d'avoir échoué.

– Il y a tant de choses que je ne comprends pas, dit doucement Dominique. Me les direz-vous ?

– Pourquoi pas ? Là où je vais, on ne peut emporter de secret… Mais vous n'avez plus beaucoup de temps…

Il eut un rictus et, de nouveau, il cracha un flot de sang noir.

– Depuis quand prépariez-vous cette vengeance ?

– Pas vengeance… Punition ! protesta-t-il faiblement en essayant de lever la tête.

Ses poumons produisirent un atroce sifflement alors qu'il tentait de reprendre son souffle.

– … Je suis allé à Toulon quand Forbin s'y est réfugié. Plusieurs fois, avant, j'avais tenté de l'approcher, mais c'était trop difficile, avec tous ces troubles. Pendant quelques mois, j'ai vécu là-bas de petites affaires avec les négociants du port… Je le suivais et je l'observais. Quand j'ai su qu'il allait pouvoir revenir à Aix, j'ai organisé un petit guet-apens avec quelques vauriens du port… Et je suis intervenu au bon moment pour le sauver.

Il eut un sourire de satisfaction à l'évocation de ce souvenir.

Il m'en a été reconnaissant et j'ai réussi à me faire accepter.

– Et depuis deux ans, vous fabriquez ces pièces pour le faire condamner ?

– Oui… Joli, non ? Sans ce Gondi de malheur… sans vous… j'aurai réussi !

– Mais l'or ? demanda Dominique, bien que craignant la réponse qui lui serait faite, où trouviez-vous l'or nécessaire ?

– Vous ne savez donc pas ? murmura le mourant visiblement surpris. Forbin ! C'était Forbin qui me le donnait, coassa-t-il.

Dominique s'affaissa et fut envahi par un grand froid. Ainsi son oncle avait toujours été coupable ! Il se sentit trahi, sali, alors que Le Maroul poursuivait, comme s'il voulait se justifier avant de quitter ce monde :

– … Pour que l'on condamne Forbin, il fallait prouver que toute sa fortune était une imposture… mais sa fortune, d'où la tenait-il ? Des biens volés par Jean Maynier aux Vaudois. Vous devez le savoir, cette fortune est telle que même le baron ne la connaît pas entièrement. Alors, c'était si facile… dans son dos, j'ai vendu des terres dont il ignorait même qu'elles lui appartenaient !

– Mais comment ? Il fallait des actes, des signatures ! intervint Gaufredi jusque-là silencieux.

L'autre eut un rictus qui se voulait un sourire.

– Guérin ! Vous n'avez donc toujours pas compris à quoi me servait Guérin ? Avec sa belle écriture, il pouvait tout imiter ! Même la signature d'Oppède ! Et une fois la vente faite, je faisais régler les sommes dues à Avignon… Guérin n'avait plus qu'à aller chercher les écus Barberini.

Il reprit un instant son souffle.

– … et Forbin aurait été condamné pour avoir fabriqué de fausses pièces alors qu'il s'agissait de ses propres biens ! Enfin, plus exactement, des biens des Vaudois, car ce sont ces terres-là que je vendais. C'était leur vengeance posthume.

Dominique était abasourdi tant le stratagème

de Le Maroul lui paraissait infernal. Et il s'expliquait maintenant la fortune qu'ils avaient découverte dans la cave. Un trésor qui appartenait à Forbin et qui se serait retourné contre lui !

– Guérin ne nous a rien dit de tel, fit Dominique, plus pour lui-même que pour le mourant. Il nous a seulement expliqué que vous l'aviez contraint.

– Contraint ?

Il ricana et éructa en bavant une horrible mousse rouge :

– Mais il prenait sa part ! Il faisait circuler les écus Barberini à Aix et il s'enrichissait. Demandez-lui… Il vous parlera de la maison et des filles qu'il avait achetées *Buenno-Carrero* [1] ! Il en était le premier utilisateur !

Par ces mots, Le Maroul scellait aussi le sort de Guérin, le descendant du complice de Jean Maynier.

– Némésis… j'arrive, murmura encore le vengeur des Vaudois.

Et il expira.

Le petit-fils et le grand-père restèrent un long moment à méditer devant le corps, et à tenter de comprendre ce dernier Vaudois, car si Le Maroul

1. La Bonne Rue (Buenno Carrero) existe encore en partie, entre la place Saint-Honoré et l'ancienne prison. Depuis trois cents ans, par privilège des comtes de Provence et d'Anjou, les femmes étaient autorisées à se montrer poitrine découverte dans cette ruelle, où étaient installés les bordels de la ville.

avait commis des crimes, il se battait aussi pour venger ses coreligionnaires et, à ce titre, il méritait un évident respect. Finalement, ce fut l'intendant de l'hôtel qui les sortit de leur trouble.

– J'ai fait prévenir le prévôt et M. de Forbin. Mais il semble que des événements graves aient lieu au Palais. Que faut-il faire d'eux ?

Il désigna les corps.

– Transportez-les pour l'instant dans le cloître de Saint-Sauveur, décida Dominique. Nous veillerons plus tard à ce qu'ils aient une sépulture chrétienne. Je vais me rendre au Palais.

12

La foule des émeutiers s'était d'abord répandue dans les deux premières cours encadrées par la tour du Trésor et la tour de l'Horloge. Les meneurs semblaient connaître les lieux et essayaient de canaliser les émeutiers vers les salles du Parlement, en particulier vers la Grande Chambre du premier étage, où le premier président devait siéger.

Évidemment, quand Puget de Saint-Marc avait vu la foule hostile tenter d'entrer par-devant, il avait rassemblé tout ce qui comptait d'hommes d'armes dans l'immense bâtiment. Mais en réalité, il y en avait fort peu et il lui parut impossible de tenter de surveiller la totalité du palais ou de fermer tel ou tel passage, car le Palais Comtal était une véritable termitière avec des quantités de cours intérieures, de couloirs, d'escaliers, de passages plus ou moins connus. C'était un véritable labyrinthe. De plus, le bâtiment abritait aussi la cour des Aides et la cour des Comptes et, dans ces institutions judiciaires, les ennemis de Forbin étaient particulièrement nombreux et venimeux. Aussi ne pouvait-il compter sur eux.

Puget regroupa donc ses forces aux deux extrémités de la Grande Chambre, au premier étage. L'entrée de la chambre se faisait par un vaste hall, la salle des pas perdus, et un petit passage, une sorte de bureau. C'est dans cette salle des pas perdus que le gouverneur donnait ses réceptions. À l'autre extrémité de la Grande Chambre se trouvait le bureau personnel de Forbin, qui devait devenir, plus tard, la Chambre des Requêtes. C'est dans ce cabinet que Forbin-Maynier s'enferma. La pièce, qui s'appuyait sur ce mausolée romain inséré dans le château et que l'on nommait la tour de l'Horloge, avait deux issues : vers la Grande Chambre d'audience, ou vers un escalier qui, passant par le bureau des huissiers, communiquait soit avec une salle d'audience de la cour des Aides, puis le greffe, soit avec la cour située au pied de la tour Saint-Mitre. Laquelle était envahie d'émeutiers !

Quand Forbin et Puget débouchèrent dans la Grande Chambre, celle-ci était déjà pleine d'une vingtaine de magistrats car une audience solennelle était prévue, présidée justement par Forbin. Ces magistrats furent donc, en quelque sorte, retenus en otages et se regroupèrent dans un coin, espérant ainsi échapper aux coups de l'une ou de l'autre partie. Pourtant, une maigre minorité, soit qui devait tout à Forbin, soit qui lui était sincèrement fidèle, décida d'apporter son aide à Puget. Cependant, étant tous en robe et un président arborant même son chapeau à mortier, ils ne pouvaient être bien utiles.

Très vite, les premiers émeutiers débouchèrent dans la salle des pas perdus et se précipitèrent vers la salle d'audience. La dizaine de dragons qui gardait l'entrée aurait été balayée par le nombre d'assaillants ; les soldats reculèrent donc et se réfugièrent dans la chambre. La porte de la grande salle fut aussitôt close.

À l'intérieur de la Grande Chambre, l'angoisse était à son comble. Que se passerait-il si les séditieux entraient ? Quel massacre s'ensuivrait-il ? Chacun espérait que le prévôt était prévenu et pourrait arriver avec une partie des gardes françaises stationnées aux casernes. Mais il faudrait sans doute du temps pour les faire bouger.

Restait, bien sûr, l'autre issue, vers le bureau de Forbin. Mais c'est là qu'il s'était retranché avec ses amis et les craintifs n'avaient pas envie de s'y rendre. Les magistrats otages étaient donc, à juste raison, terrorisés ! Ils le furent encore plus quand ils entendirent les coups violemment assenés sur la porte de la salle par les assaillants. Cette porte était fabriquée dans un chêne fort épais et bien ferrée, mais les émeutiers avaient trouvé une longue et massive table, elle aussi de chêne, et ils l'utilisaient comme un bélier !

En quelques minutes, les gonds furent arrachés et les battants s'effondrèrent dans un épouvantable fracas, accompagné d'un épais nuage de poussière.

Les manifestants envahirent alors la Grande Chambre où se tenaient, farouches et face à eux, Puget, Thomassin d'Einac, ainsi qu'une quinzaine de magistrats, de gardes et d'officiers fidèles, pour beaucoup d'entre eux solidement armés de pistolets.

Les dragons s'étaient placés en avant, pour les protéger.

En face, les émeutiers étaient plus de trois cents, armés de bâtons et de diverses armes de pointe, tous décidés à faire un mauvais sort au président d'Oppède et à ceux qui le défendraient.

Durant un moment, les deux groupes restèrent face à face et s'observèrent. Puget, son sabre à la main, avait rejoint les dragons et songeait que ce combat serait son dernier. Dans un angle de la Grande Chambre, et plus ou moins à l'abri, les magistrats qui ne voulaient prendre parti se terraient en tremblant, et pour certains, en pleurant à genoux.

Pourtant, dans son cabinet, Forbin n'était pas seul. Une poignée de fidèles l'entouraient, prêts à le défendre. Malheureusement, seul Jean-François d'Estienne de Saint-Jean était armé. Et encore, n'avait-il qu'un pistolet à rouet et une courte épée. C'était peu !

– Il vous faut utiliser la petite porte donnant dans le bureau des huissiers, insista l'un des fidèles en entendant les clameurs et les vociférations dans la Grande Chambre.

– Et après ? demanda sèchement le premier président. Vous savez bien qu'il est impossible de sortir du Palais.

– Après, nous tenterons de passer vers la cour des Aides. Leur chambre d'audience n'a peut-être pas été envahie, je connais un escalier conduisant à une sortie qui débouche directement dans le Portalet. De là, nous vous trouverons une monture et vous pourrez fuir vers Toulon pour y retrouver M. de Mercœur.

– Fuir ? s'étonna Forbin glacial.

Il se redressa de toute sa petite taille, et il leur déclara d'une voix grave :

– À Dieu ne plaise que je fasse cet affront à la magistrature ! Il n'y a pas d'asile plus sûr que le lieu où le roi m'a placé. Si quelqu'un d'entre vous ne se croit pas en sûreté, qu'il ouvre les portes et qu'il sorte. Pour moi, je ne dois rien craindre dans un sanctuaire où résident la justice et la majesté du souverain [1].

Alors, Forbin se rendit à sa table de travail. C'était une très longue table, tout en noyer, avec deux vastes tiroirs à chaque extrémité.

---

1. Cette phrase est totalement authentique.

Le premier président n'avait pas peur. Il descendait de deux vieilles et puissantes familles : les Oppède et les Forbin. Depuis le roi René, toutes deux avaient donné à la Provence des hommes parmi les plus honorables et les plus considérables. Henri de Forbin-Maynier se disait qu'il allait sans doute mourir, mais qu'en aucun cas il ne trahirait ses ancêtres.

Il ouvrit le tiroir de droite et en sortit deux pistolets à silex à deux coups.

– C'est un cadeau de Puget, expliqua-t-il à son entourage. Ils sont chargés et il y a des amorces dans l'autre tiroir. Prenez-les.

Puis il se dirigea vers la bibliothèque, qui occupait une partie de l'un des murs. Une porte était dissimulée sur l'un des côtés du meuble. Il appuya sur la moulure permettant de l'ouvrir et dégagea un long râtelier qui contenait deux épées et un sabre – un autre cadeau de Puget !

– Je prendrai cette épée, décida-t-il. Servez-vous. Il y a encore, dans le bas de ce meuble, deux antiques pistolets et un mousquet à mèche, tous en état de marche.

» Je ne fuirai pas, conclut-il. Et je ne me laisserai pas plus prendre vivant !

Le carrosse de l'archevêque Grimaldi, conduit par son vicaire général, arrivait enfin devant le Palais. C'est que la traversée d'Aix avait été rude ! Toute la ville était maintenant en ébullition et une foule innombrable grouillait devant l'entrée principale, autant pour attendre et voir que pour crier son hostilité à M. de Forbin. Les plus dangereux et les plus décidés des séditieux continuant, de leur côté, à entrer par les cours intérieures, vers les tours romaines.

On s'écarta en reconnaissant la voiture aux armes de Grimaldi.

Son vicaire général aida l'archevêque à descendre et les émeutiers les plus proches lui manifestèrent aussitôt un profond respect. Chacun courbait la tête devant lui, beaucoup tombaient à genoux.

La porte cochère du Palais s'ouvrit alors, le portier ayant, par une petite fenêtre percée dans un mur, reconnu Mgr Grimaldi, qui était aussi, ne l'oublions pas, le président des états de Provence.

L'archevêque passa la porte à pied, la voiture le suivit. Personne n'osa entrer derrière eux, mais le vicaire Peruzzi fit, par précaution, refermer les battants.

– Conduisez-nous auprès de Forbin, ordonna-t-il ensuite à une poignée de laquais qui attendaient dans un mélange d'espoir, de terreur et de soumission.

– Une foule en furie est en haut, elle a envahi tous les étages et brise tout sur son passage, implora l'un d'eux d'une voix chevrotante. Le premier président est sans doute prisonnier… peut-être pire…

– Conduisez-nous ! ordonna sèchement *Tête de fer*.

Le laquais, doublement paniqué, par les émeutiers et par l'archevêque, s'inclina et les dirigea par l'escalier menant à la salle des pas perdus.

Mgr Grimaldi marchait en tête, très imposant dans sa robe et son manteau d'archevêque qui traînait au sol. Les émeutiers qu'il croisait s'écartaient tous sur son passage. Suivi de Peruzzi, il pénétra dans la Grande Chambre avec une immense majesté, au moment même où l'un des chefs de la sédition ordonnait à Puget :

– Livrez-nous Forbin, et vous aurez la vie sauve. Sinon, il n'y aura pas de quartier…

Mgr Grimaldi s'avança au milieu des assaillants et tous les regards se tournèrent vers lui. Il se plaça alors entre les deux camps et déclara solennellement :

– M. le premier président est sous ma protection. Je viens le chercher et l'emmener à l'archevêché.

Un silence mortel tomba dans l'immense salle. Finalement, quelques séditieux grondèrent et celui qui avait demandé Forbin fit respectueusement tourner son chapeau dans ses mains et expliqua en bredouillant :

– C'est impossible… Forbin est à nous…

Grimaldi le dévisagea un instant, puis sans répondre, il se tourna vers Puget et lui dit :

– Conduisez-moi auprès du premier président du Parlement de Provence.

M. de Saint-Marc hocha la tête et, le sabre toujours à la main, se dirigea vers la porte du cabinet de travail où se tenait M. de Forbin. Seul Mgr Grimaldi le suivit.

Dans le cabinet, Forbin venait juste de prononcer les fortes paroles que nous avons rapportées.

Il eut un regard surpris en voyant entrer son ennemi Mgr Grimaldi. Celui-ci s'approcha de lui et lui déclara avec solennité :

– Monsieur le premier président, j'ai beaucoup à vous apprendre. Si vous en avez la possibilité, j'aimerais vous entretenir en privé à l'archevêché. Mon carrosse est en bas, il nous attend.

Forbin fut un instant désemparé. Que lui voulait *Tête de fer* ? Il ne pouvait l'imaginer, mais dans la situation désespérée où il se trouvait, l'issue qu'il proposait lui paraissait honorable. Il saisit la perche et opina :

– Je suis à vos ordres, monseigneur, et je vous suis.

Ils revinrent ensemble dans la chambre d'audience.

De nouveau, en apercevant Forbin, la foule gronda.

Sans crainte, Mgr Grimaldi se rendit au centre de la salle et expliqua, de cette voix puissante qu'il réservait aux homélies :

– J'emmène M. de Forbin d'Oppède avec moi à l'archevêché, où il résidera quelque temps sous ma protection.

Et avant que des réactions hostiles ne se fassent entendre, il revint vers Forbin et mit affectueusement son bras sur son épaule. Le grand manteau de l'archevêque entoura un instant le petit président.

Tout le monde comprit que ce manteau était désormais une protection intouchable.

Ils partirent ensemble en traversant la foule des émeutiers. Derrière suivaient Puget et Thomassin, farouches, un pistolet chargé dans chaque main.

Seulement, avant de quitter la salle des pas perdus, Puget et Forbin avaient parfaitement distingué, au fond de la salle, les frères de Gallaup, M. de Cormis, le procureur Pierre de Pontevès ainsi qu'une poignée de magistrats, tous en grande discussion amicale avec des meneurs de la sédition. Trop sûrs de leur victoire, ils s'étaient maladroitement et dangereusement exposés.

La suite de cette journée de la Saint-Valentin est dans les livres d'histoire. Pour calmer les séditieux, le vicaire Peruzzi, qui était resté dans la chambre, expliqua aux meneurs que M. de Forbin serait emprisonné durant quelque temps à l'archevêché. Cela suffit à apaiser la foule.

Puget, de son côté, sachant son ami en sécurité, partit au triple galop rejoindre le duc de Mercœur. Le gouverneur de Provence était heureusement sur la route d'Aix ; aussitôt prévenu des troubles, il revint à marche forcée vers sa capitale. Cependant, il n'entra pas dans la ville mais s'installa au château de Saint-Marc, d'où il envoya de puissantes troupes de dragons rétablir l'ordre.

Ensuite, dans ce même château, et durant les jours suivants, il convoqua toute la noblesse du pays pour une séance d'explication.

Les factieux prirent peur. Ceux qui s'étaient placés dans leur camp, tout en veillant à peu s'impliquer dans l'émeute, demandèrent pardon. Les plus compromis, prudents, s'enfuirent.

Durant le séjour de Forbin à l'archevêché, Dominique le rejoignit et décortiqua en sa présence l'abominable piège que lui avait tendu son secrétaire Le Maroul. Forbin découvrit ainsi comment celui-ci vendait ses terres et transformait son argent en fausse monnaie ! Il comprit aussi quelle reconnaissance il devait désormais à l'archevêque Grimaldi.

Puget, de retour à Aix, reconstitua les raisons de l'émeute : c'était bien le duel entre Charles de Saint-Jean et le jeune Baratte, devant Saint-Lazare, et en présence de Glandevès-Niozelles, qui avait mis le feu aux poudres. Et c'était sans doute Niozelles qui avait prévenu Hubert de Gallaup ; Niozelles, toujours accompagné de son capitaine corse, qui avait servi de témoin au duel.

Puget avait aussi enquêté sur la seconde victime de l'émeute devant l'hôtel d'Oppède. L'homme tué par Gaufredi était un ancien sergent des gardes françaises du nom de Gauthier le Bègue, et il était au service du capitaine de Gallaup. L'implication de l'avocat général et de son frère était donc avérée, d'autant qu'ils avaient tous deux précipitamment quitté la ville. Quand on fouilla leur maison, on découvrit d'ailleurs la lettre de dénonciation de Le Maroul. Ainsi, tout le complot apparut déjoué.

Il restait cependant encore un petit mystère. Forbin s'inquiétait de ce qui était advenu à l'or que Le Maroul avait caché dans sa cave. Si cette fausse monnaie était découverte alors que lui-même ne pouvait sortir de l'archevêché, Le Maroul aurait une vengeance posthume !

– Vous avez raison, je l'avais oublié, fit Dominique vexé. En vérité, j'ignore où il se trouve. C'est mon grand-père qui l'a caché et il ne m'a rien dit.

On appela donc le vieux reître, qui eut un rictus sardonique quand on lui posa la question.

– Rassurez-vous, personne ne le trouvera ! Il y avait dans la cave des barriques de vin qui vous sont réservées, monsieur le premier président. J'ai fait sauter la bonde à trois d'entre elles et j'ai vidé les pièces d'or à l'intérieur. Pour les récupérer, il vous faudra tout boire ! Quant aux flancs pour frapper les pièces, ils sont tout petits et je les ai emportés, les voilà.

Il les sortit d'une de ses poches et les tendit à Forbin.

Début mars, Forbin d'Oppède fit une entrée triomphale au Parlement sous les cris de joie et les vivats d'une population aixoise en liesse et qui avait déjà tout oublié.

Au Parlement, d'Oppède embrassa affectueusement M. de Bras et M. de Cormis, tous deux repentants, puis promit d'oublier, sinon de pardonner.

En accord avec le duc de Mercœur, il accepta aussi le principe d'une amnistie. Mais seulement d'une amnistie partielle !

13

Le 27 mars, une petite dizaine des émeutiers les plus virulents, et qui avaient été identifiés, furent condamnés à être rompus vifs. Deux autres à n'être que pendus et cinq à une peine encore plus douce, avoir la tête tranchée, car ils étaient de petite noblesse.

Mais les responsables de l'échauffourée n'avaient pas attendu ces verdicts. Ils s'étaient tous réfugiés à Marseille, sous la protection de M. de Niozelles. En particulier, ce fut le cas de Hubert et de François de Gallaup.

Jusqu'en octobre, et malgré les fortes pressions d'Oppède et du duc de Mercœur, Niozelles refusa fièrement de les livrer en arguant que sa ville disposait d'une antique immunité pour les réfugiés. Le 28 octobre, le maître de Marseille fut convoqué à nouveau auprès du roi, sous peine d'être déclaré criminel de lèse-majesté. Lorsque l'envoyé de la cour, porteur du décret d'assignation, se présenta dans la ville, une violente sédition eut lieu et un des proches de Niozelles déchira publiquement la convocation portant la signature royale pendant que l'émissaire se cachait sous une table pour éviter d'être écharpé.

Le jeune Louis XIV ne pouvait tolérer une telle offense. Le 4 novembre, un décret de prise de corps contre M. de Niozelles fut transmis au viguier de Marseille, Fortia de Pilles, et la ville fut mise en état de siège par les troupes royales tandis que le port était fermé.

Glandevès-Niozelles décida de se cacher, mais sans toutefois quitter sa ville. Il se réfugia dans un couvent, où il passa l'automne.

Le 17 janvier 1660, le jeune roi arriva à Aix avec sa cour, accompagné de plusieurs régiments de gardes suisses et de gardes françaises. Le séjour de deux mois de Louis XIV, qui logea à l'hôtel de Châteaurenard, fait l'objet du récit qui suit. Ce fut le temps des fêtes, du pardon du prince de Condé, mais aussi celui des règlements de comptes pour un roi à l'irrémisssion tenace.

Le 21 janvier, une armée de six mille hommes se présenta devant la cité phocéenne.

Louis XIV ordonna d'abattre la porte royale et les militaires déferlèrent dans la ville. Le viguier fit désarmer tous les habitants, les canons furent enlevés et détruits. Niozelles fut déclaré criminel, sa maison fut rasée et la population avisée que toute aide envers lui serait passible de la peine de mort. Mais l'ancien maître de Marseille, avec l'aide de Verrazano, s'était enfui juste avant[1] l'arrivée des troupes.

Le roi, appuyé par M. d'Oppède, fit ensuite réunir une chambre criminelle. Dans la même journée, tous les proches de Niozelles furent condamnés à mort, au mieux à être pendus, au pire à être roués. Quelques chanceux obtinrent d'être seulement envoyés aux galères. Niozelles lui-même fut déchu de la noblesse et condamné à la honteuse pendaison ! Ce ne fut, bien sûr, qu'une condamnation par contumace, mais on érigea une pyramide infamante sur les ruines de sa maison et le bourreau brisa ses armes publiquement[2].

Des consuls aux ordres du roi furent nommés et les travaux d'érection des forts Saint-Nicolas et Saint-Jean débutèrent. Ces citadelles devaient désormais surveiller la ville qui avait perdu définitivement son autonomie. Quant aux murailles de la cité, elles furent arasées et les Marseillais durent payer eux-mêmes tous ces travaux. Le grand port se voyait ainsi dépossédé de sa liberté et de tous ses privilèges.

Le 2 mars 1660, Louis XIV fit son entrée dans Marseille en triomphateur. On pratiqua une brèche dans les remparts par où il passa pour que les Marseillais comprennent bien que leur ville avait été vaincue comme une ville ennemie. Les nouvelles autorités municipales proposèrent même à Louis

1. Voir *Le Dernier Secret de Richelieu*, même collection.

2. Niozelles ne put revenir à Marseille qu'à l'âge de 95 ans !

une belle Marseillaise pour ses nuits, symbole de l'esclavage dans lequel était tombée la cité. Il la refusa d'ailleurs avec mépris (ou crainte ?).

Pendant ce temps, Henri de Forbin-Maynier poursuivit méthodiquement l'élimination de ses adversaires.

Louis de Cormis, bien qu'ancien président à mortier, fut finalement emprisonné à Lyon, à Pierre Ensize. Puis il fut exilé et sa charge lui fut confisquée. Louis XIV ne l'autorisa à rentrer à Aix qu'en 1669 pour y mourir.

Hubert de Gallaup fut banni à perpétuité du royaume, perdit sa charge d'avocat général et ses biens furent confisqués. Son frère François de Gallaup, l'ancien capitaine des gardes du prince de Condé, fut condamné à mort. Comme tous deux étaient en fuite, la condamnation ne fut exécutée qu'en effigie.

Bien des années plus tard, Hubert revint à la cour et fit amende honorable devant le roi. Il fut enfermé à la Bastille, puis réhabilité. Son frère François devint corsaire, partit se battre à Malte, fut capturé par des pirates et racheté par sa mère. Il devint alors prieur dans un couvent des Carmes, où il vécut dans le péché avec une jeune fille qu'il assassina. Passé au service du duc de Savoie, il se tourna vers le satanisme et l'alchimie et vendit de faux lingots d'argent avant de finir ses jours dans le Piémont.

Pierre de Pontevès, procureur au Parlement, fut condamné à mort. Lui aussi put s'enfuir à temps et ne revint jamais à Aix.

Louis d'Escalis, baron de Bras, président à mortier au Parlement de Provence, fut finalement exilé pour dix ans.

Le procès du cellérier Gaspard Guérin eut lieu discrètement. Le Parlement fut tenté d'appliquer la peine la plus sévère réservée aux faux-monnayeurs : être bouilli vivant dans une marmite en place publique. Mais cette opération donnait parfois lieu à des troubles tant elle était abominable [1], aussi la Tournelle choisit-elle pour le pauvre homme le supplice plus humain de la roue [2].

Jean-François de Glandevès, seigneur de Rousset, conseiller au Parlement d'Aix, emprisonné à Saint-Tropez, s'évada un mois après ces événements.

Quant à Lucrèce de Forbin-Soliès, dite *la Belle du Canet*, elle coula des jours heureux avec le gouverneur de Provence, qui lui construisit le pavillon Vendôme.

Jérôme de Grimaldi, malgré ses mérites, fut exilé à Villeneuve-lès-Avignon durant la royale visite ; Louis XIV refusant de rencontrer un homme réputé proche des jansénistes. Cela ne

1. Un siècle plus tôt, un faux-monnayeur était parvenu à s'enfuir de son bain bouillant et, à demi cuit, il s'était réfugié dans une église. La foule avait alors pris sa défense et tué le bourreau-cuisinier !

2. D'aucuns désiraient que l'on pratiquât le traditionnel découpage « en quartiers » (vivant bien sûr !), mais ce supplice aussi fut refusé !

réduisit en rien l'amour que les Aixois lui portaient. À son retour d'exil, il fut fêté… plus que le roi !

Et de véritables émeutes éclatèrent dans la ville le jour de ses obsèques, chacun voulant obtenir quelque chose lui ayant appartenu, persuadé qu'il s'agirait de futures reliques !

Quelques remarques sur les faux-monnayeurs en Provence au XVIIe siècle

Si la fabrication de fausse monnaie était réprimée avec la plus grande sévérité sous l'Ancien Régime (ainsi au Moyen Âge on coupait les oreilles et on crevait les yeux des faux-monnayeurs avant de les supplicier !), curieusement, son développement fut très important au milieu du dix-septième siècle.

Pourtant, certaines régions avaient gardé l'habitude de faire bouillir les faux-monnayeurs, un supplice particulièrement désagréable, mais qui ne décourageait pas les amateurs. Il est vrai que les gains pouvaient être vertigineux, en utilisant fort peu de matériel.

En effet, parmi les méthodes utilisées, la transformation de pièces existantes était la plus aisée. Celle des écus Barberini, dont on modifiait les abeilles en fleurs de lys, était une méthode éprouvée. Il y avait aussi – technique similaire – les trois trèfles de la principauté d'Orange refrappés aussi en fleurs de lys. Dans les deux cas, on faisait passer des monnaies à faible titre d'or pour des monnaies à titre élevé.

Ce trafic n'était pas seulement affaire de petits escrocs [1] : furent condamnés des prêtres, des moines, des marchands, mais aussi des nobles de haut lignage, des procureurs, des notaires et des médecins. En 1655, on arrêta même un vice-sénéchal et un fermier des gabelles, qui furent brûlés vifs !

Louis XIV fera disparaître ce trafic en imposant la frappe de la tranche des monnaies, puis en interdisant toute frappe dans les principautés et dans le Comtat.

On lira avec intérêt sur ce sujet : Dominique P., *Les brigands en Provence et en Languedoc*, Aubanel, 1975.

1. Les faussaires étaient si nombreux que Tallemant des Réaux affirmait alors que toute la corde du royaume ne suffirait pas à les pendre !

Bibliographie

Nous avons suivi d'assez près les événements de la Saint-Valentin à Aix tels qu'ils ont été, en partie, relatés par M. de Grimaldi-Regusse. Toutefois, le lecteur curieux désirant savoir quelle est la part de vérité dans cette nouvelle consultera avec intérêt les ouvrages ci-dessous.

ARPA – Association pour la Restauration du patrimoine d'Aix, *Parcours au cœur de la ville*, 1993.

ARNAUD E., *Histoire des protestants de Provence*, Slatkine Reprints, 1979.

BOYER J., *Le patrimoine architectural d'Aix-en-Provence*, Roubeau, 1985.

Encyclopédie des B.d.R, tomes 3 et 14, Archives des B.d.R, 1921.

BARATIER E., *Histoire de la Provence*.

BERTRAND G., LANDURÉ, DE LUCA, *Les fouilles de l'enclos des Chartreux*, 1990.

BOULAYA D'ARNAUD A., *Évocation du vieil Aix-en-Provence*, Éditions de Minuit, 1964.

BOULAYA D'ARNAUD A., *Évocation du vieux Marseille*, Éditions de Minuit, 1964.

DOMINIQUE P., *Les brigands en Provence et en Languedoc*, Aubanel, 1975.

DE HAITZE P.J., *Histoire de la ville d'Aix*, tome 2.

Ouvrage collectif, *Histoire d'Aix-en-Provence*, Édisud, 1977.
PITON J.S., *Histoire de la ville d'Aix*.
SAVINE A., *Le Semestre et le Sabre*, F. Guitton-Talame, Aix, 1881.
GRIMALDI-REGUSSE (de) C., *Mémoires pour servir à l'histoire de la Fronde en Provence*, J.L.G. Mouan, Makaire, Aix, 1870.
ROUX-ALPHERAN, *Les rues d'Aix*, réédition aux Presses du Languedoc, 1985.
Aix ancien et moderne, 1835.

L’enlèvement de Louis XIV

LES PERSONNAGES

Jean-François d'Aimar, *baron de Châteaurenard, conseiller au Parlement de Provence*

Antoine d'Aumont, *marquis de Villequier, capitaine des gardes du corps du roi*

Charles de Baatz de Castelmore d'Artagnan, *sous-lieutenant de la compagnie des mousquetaires noirs*

Dominique Barthélemy, *conseiller à la chambre criminelle du Parlement de Provence*

Bauer, *reître au service de Louis Fronsac*

Boniface Borrilli, *notaire à Aix*

Louis Fronsac, *chevalier de Mercy* et *marquis de Vivonne*

Gaufredi, *ancien reître*, *grand-père de Dominique Barthélemy*

Jacques Lagier, *notaire à Aix*

Marie Mancini, *nièce de Mazarin*

Olympe Mancini, *nièce de Mazarin, comtesse de Soissons*

Jules Mazarin, *président du conseil royal*

Gabriel de Rochechouart, duc de Mortemart, *premier gentilhomme de la chambre du roi*

Louis de Mortemart, *son fils*

Françoise de Mortemart, *sa fille, future Mme de Montespan*

Anne Marie d'Orléans, *duchesse de Montpensier*

Toussaint Rose, *secrétaire de Mazarin*

Gaston de Tilly, *procureur du roi*
Armande de Tilly, *ancienne comédienne de l'Illustre Théâtre, épouse de Gaston de Tilly*
Julie de Vivonne, *nièce de la marquise de Rambouillet, épouse de Louis Fronsac*

– *Dieu que votre nièce a de l'esprit ! fit le roi.*
– *J'ai plusieurs nièces, Sire.*
– *J'entends Marie, bien entendu, monsieur le cardinal !*

– *Comme vous voilà belle, ma reine !*

Louis XIV à Marie Mancini

Dernier dialogue entre Marie et Louis XIV :
– *Ah, Sire, vous êtes roi, vous pleurez et je pars !*
– *Je suis abandonné !*

Anne d'Autriche à Mazarin, quant à l'éventualité d'un mariage de Marie Mancini avec son fils :
– *Je ne crois pas, monsieur le cardinal, que le roi soit capable d'une telle lâcheté ; mais s'il était possible qu'il en eût la pensée, je vous avertis que toute la France serait contre vous et contre lui ; que moi-même je me mettrais à la tête des révoltés et que j'y engagerais mon second fils !*

Mémoires de Mme de Motteville

Mazarin à Mme de Venel, gouvernante de ses nièces, le 31 août 1659 :
Je vous avoue que je ne puis pas m'imaginer à quoi elle [Marie Mancini] songe quand le roi est à la veille de se marier, et je ne vois pas quel personnage après cela elle prétendra de jouer.

1

– Monseigneur ! Monseigneur ! Réveillez-vous, monseigneur !

Jules Mazarin, Premier ministre du royaume de France, émergea difficilement de son sommeil.

– Que se passe-t-il ? Quelle heure est-il ? bredouilla le cardinal.

Malgré l'obscurité, le vieillard reconnut son secrétaire particulier, M. Toussaint Rose [1]. Derrière lui, un laquais allumait les bougeoirs et les lanternes. Un peu plus loin, il aperçut la sinistre figure du marquis de Villequier, le capitaine des gardes du corps du roi.

– Il est trois heures du matin, monseigneur.

Cette fois, Mazarin était complètement réveillé. Il avait compris que quelque chose de grave venait de se produire. En même temps, la douleur de la crise de goutte qui le faisait souffrir depuis quelques jours le transperça comme un coup de lance. Il réprima une grimace.

---

1. Secrétaire de Mazarin, puis secrétaire du cabinet de Louis XIV, dont il imitait la signature comme il l'avait déjà fait pour Mazarin.

Toussaint Rose fit signe au laquais de sortir. Mazarin distingua alors une quatrième personne dans la pénombre. Celle-ci s'approcha et il la reconnut.

– Monsieur Aimar ? balbutia-t-il plein d'effroi.

Jean-François d'Aimar, baron de Châteaurenard, conseiller au Parlement de Provence, logeait le roi dans son hôtel de la rue de la Grande-Horloge.

– Qu'y a-t-il donc ? cria-t-il brusquement, perdant toute contenance devant le silence terrifiant de ces ombres sinistres qui venaient le sortir de son sommeil en cette glaciale nuit d'hiver.

– Sa Majesté… Sa Majesté a disparu, bredouilla Jean-François d'Aimar, blafard et épouvanté.

On était le samedi 24 janvier 1660.

Une semaine auparavant, le samedi 17 janvier exactement, la cour de France était arrivée à Aix venant d'Arles et, plus avant, de la frontière espagnole, où le traité de paix et le contrat de mariage du roi avec l'infante avaient été discutés.

Sa Majesté venait en Provence réduire et châtier les troubles provoqués l'année précédente à Marseille par Gaspard de Glandevès-Niozelles, un ancien consul de la ville, et par les frères Gallaup-Chastueil à Aix. Hubert et François de Gallaup, respectivement ancien capitaine des gardes du prince de Condé et avocat général au Parlement de Provence, avaient organisé une sédition visant à faire disparaître le premier président du Parlement de Provence, Henry de Forbin-Maynier, baron d'Oppède.

Ces deux rébellions, liées l'une à l'autre, avaient échoué, mais la ville de Marseille refusait toute reddition. Une armée, conduite par le gouverneur de Provence, M. de Mercœur, et par le président du Parlement, M. Forbin-Maynier, baron d'Oppède, attendait donc les ordres du roi pour se saisir du grand port indocile et y punir *les insolences du petit peuple*.

Le cortège royal avait fait son entrée à Aix au déclin du jour, sans aucune cérémonie, conformément aux ordres du roi. Les consuls avaient offert à Louis XIV les clefs de la ville, qu'il avait refusées, ordonnant qu'on les lui apporte chez lui, c'est-à-dire à l'hôtel de Châteaurenard dans la rue de la Grande-Horloge.

Le roi était accompagné de sa mère, la reine Anne d'Autriche, de son frère, le duc d'Anjou, de Mademoiselle, sa cousine, fille de Gaston d'Orléans, du prince de Conti, du prince de Soissons et de sa gracieuse femme Olympe, du nonce du pape, des quatre secrétaires d'État : le chancelier Séguier, le secrétaire d'État à la Guerre M. Le Tellier, le secrétaire d'État aux Affaires étrangères Hugues de Lionne et le surintendant Fouquet, ainsi que de la plupart des grands seigneurs de la cour.

Quelques milliers d'hommes en armes les accompagnaient.

Pour réduire la sédition marseillaise, sans doute ; pour la protection du roi et de la cour, peut-être ; pour impressionner le petit peuple, certainement !

Parmi toutes ces troupes, il y avait un régiment des gardes du corps du roi commandé par M. de Villequier ainsi que la compagnie des mousquetaires noirs de M. Mancini, neveu de Mazarin, commandée pour l'heure par le lieutenant Charles de Baatz, seigneur d'Artagnan.

La reine avait été logée au palais archiépiscopal, tandis que le cardinal Mazarin habitait l'hôtel d'Oppède, que l'on avait joint, par un pont en bois jeté en travers de la rue, à la maison d'en face, ce qui permettrait au cardinal de se rendre à couvert à l'archevêché.

De la même façon, un passage avait été ouvert entre l'hôtel de Châteaurenard et son voisin, l'hôtel de Regusse, lequel communiquait aussi avec l'hôtel de Forbin ; ces trois bâtiments étant en enfilade dans la rue de la Grande-Horloge. Ainsi, le roi, la reine et le cardinal pouvaient aller chez les uns ou les autres sans passer par l'extérieur. Enfin, comme le prince de Soissons et son épouse Olympe logeaient en face de l'hôtel de Châteaurenard, dans l'hôtel de Sauveur de Gaillard [1], Jean-François d'Aimar avait fait aménager un élégant passage dans les antiques souterrains qui couraient sous la rue de la Grande Horloge [2].

1. Détruit et devenu après sa reconstruction au XVIIIe siècle l'hôtel de Gaillard-d'Agoult.

2. La rue Gaston de Saporta.

Ce souterrain mystérieux avait particulièrement séduit Sa Majesté, qui l'appelait son *passage secret*. Il l'utilisait chaque soir pour rendre visite à Olympe, la sœur de cette jeune femme qu'il aimait toujours secrètement, Marie Mancini, la jolie nièce de Mazarin, ainsi qu'à ses dames d'honneur, toutes plus séduisantes les unes que les autres.

Seule Mlle de Montpensier, la fille de Monsieur, logeait à l'écart. Indépendante comme toujours, l'amazone de la Fronde avait préféré s'installer dans l'hôtel de Maurel-Pontevès [1], sur le nouveau cours à carrosses de la ville.

Depuis qu'il était à Aix, le jeune Louis XIV allait chaque matin à la messe, soit à Saint-Sauveur, soit dans l'une des autres églises de la ville et il communiait à chaque fois. Ensuite, après quelque rapide conseil avec les secrétaires d'État en présence de Mazarin, il se rendait dans la vaste cour de l'archevêché, ou à l'extérieur de la ville, et là, il se plaisait à exercer la compagnie de mousquetaires noirs de M. de Baatz, comme il avait déjà l'habitude de le faire à Paris dans la cour du Louvre.

Durant des heures entières, il les faisait défiler par brigades et leur inventait toutes sortes d'exercices militaires.

– Ce roi aimera la guerre, déclarait à chaque fois Baatz à la fin de ces manœuvres au petit groupe de courtisans qui, par obligation, assistaient à ces

1. L'hôtel d'Espagnet.

parades un peu ridicules en soufflant dans leurs doigts gourds pour les réchauffer.

Un matin où il faisait particulièrement froid, le jeune Louis XIV avait pourtant abandonné ses soldats pour aller jouer à la paume dans le jeu de paume du nouveau cours à carrosses [1].

Enfin, tous les après-midi, Sa Majesté partait chasser dans les environs de la ville.

C'est après le dîner que le souverain se rendait chez Olympe par le souterrain. Ces visites étaient favorisées – encouragées même – par sa mère, qui croyait que son fils cherchait la compagnie des jeunes et peu farouches beautés qu'étaient les dames de compagnie d'Olympe, voire qu'il souhaitait séduire la sœur de celle dont il avait voulu faire sa reine, et qu'ainsi il oublierait plus rapidement Marie.

Anne d'Autriche l'ignorait mais ce n'était pas le cas.

– Comment a-t-il pu disparaître ? demanda Mazarin qui prenait conscience qu'il n'était pas dans un cauchemar dont il allait se réveiller, mais dans une réalité bien plus effroyable.

La question s'adressait autant à l'hôte du roi, Jean-François d'Aimar, qu'au capitaine des gardes.

M. de Villequier avait la soixantaine. Son visage fier et dédaigneux, au nez fin et proéminent et aux yeux profondément enfoncés sous un front

1. Nos 31 et 33, cours Mirabeau.

très haut, le faisait parfois ressembler à un faucon. Mais en cet instant, il faisait plus songer à une proie qu'à un rapace.

– Sa Majesté m'a déclaré vouloir passer par le souterrain, hier soir, et, comme elle l'avait déjà ordonné les jours précédents, elle m'a demandé de lever toute surveillance sur son passage, expliqua-t-il d'une voix qu'il voulait ferme mais qui, par ses tremblements, dissimulait mal sa terreur. Le roi se disait agacé d'être sans arrêt observé quand il prenait ce qu'il appelait *son souterrain*. Nous avons donc seulement renforcé la garde dans la cour et tout au long de la rue de la Grande-Horloge. J'étais à l'étage avec Sa Majesté vers dix heures quand elle m'a annoncé qu'elle descendait pour prendre le *passage secret* et qu'il était inutile qu'on l'accompagne. J'avais donné des ordres un peu plus tôt pour que les lanternes et les bougies soient toutes allumées dans les sous-sols et qu'il n'y ait personne sur son chemin. C'étaient ses ordres, Éminence, répéta Villequier d'une voix maintenant cassée par la peur et l'émotion. Je n'ai fait qu'obéir ! se justifia-t-il. Je l'ai donc laissé partir seul. Et je ne l'ai plus revu.

Mazarin, qui connaissait le puéril souhait de Louis d'être seul dans son *passage secret*, fit un mouvement de tête en direction d'Aimar pour qu'il s'explique à son tour.

– C'est... c'est de la sorcellerie, monseigneur, bredouilla le baron de Châteaurenard en écartant les mains en signe d'impuissance. Vous savez que j'ai fait aménager ce tunnel pour que Sa

Majesté n'ait pas à sortir lorsqu'elle se rendrait chez M. de Soissons. En vérité, le corridor est très court, il coupe de part et d'autre le long souterrain qui circule tout au long de la rue de la Grande-Horloge et nous y avons construit un plancher de bois. J'ai fait clore par des planches les deux issues qui faisaient communiquer le passage au reste du souterrain dans les sous-sols de la rue. Ce couloir est parfaitement éclairé et agréablement décoré de tapisseries. On ne peut s'y perdre !

Mazarin eut un geste de la main quelque peu exaspéré pour lui rappeler qu'il savait tout cela. Il avait lui-même visité le fameux passage secret.

– Comme l'a dit M. de Villequier, Sa Majesté appréciait tant ce passage que, chaque fois qu'elle le prenait, elle ne désirait pas y être accompagnée, sauf parfois par quelques proches ou favoris. Et surtout, elle ne souhaitait voir personne sur son chemin !

» Le roi s'y est donc rendu après dîner. Son valet de chambre m'avait prévenu et j'avais envoyé un laquais à l'hôtel de M. Sauveur de Gaillard pour annoncer qu'il allait arriver car, là-bas, ces dames devaient l'attendre. Deux heures plus tard, Mme de Soissons m'a envoyé un valet pour s'étonner que le roi ne soit pas encore venu chez elle. Il devait alors être minuit. Avec M. de Villequier, qui revenait d'une ronde, nous sommes descendus dans le passage, accompagnés de quelques gardes du corps : il n'y avait aucune trace du roi. Nous avons ensuite fouillé tout l'hôtel, toutes les caves, puis une partie du souterrain sous la rue de la Grande-Horloge, pensant qu'il aurait pu passer par là ; hélas, nous ne l'avons pas trouvé.

– Mais où est-il donc ? s'emporta Mazarin dont le visage envahi par l'épouvante et le désarroi était brusquement devenu méconnaissable.

Jamais il n'avait connu une aussi effroyable situation.

– J'ai peur, monseigneur, déclara alors Toussaint Rose, d'une voix terriblement calme, qu'il n'y ait là aucune sorcellerie, mais plutôt que nos ennemis aient enlevé Sa Majesté alors qu'elle circulait seule et sans protection dans ce souterrain !

Aux paroles si justes de son secrétaire, Mazarin parut retrouver son sang-froid ; en fait, il avait déjà deviné la terrifiante vérité même s'il se refusait à l'admettre.

Un nouveau combat commençait donc avec ses ennemis. À son âge, il savait que ce serait l'ultime bataille.

Il fit signe à son secrétaire de l'aider et, malgré sa goutte, il sortit lentement du lit, puis avança de quelques pas jusqu'à la cheminée où se mourait un maigre feu. Les trois visiteurs restaient silencieux, terrifiés par le terrible événement qui venait de survenir et qu'on allait leur faire payer cher.

Mazarin se retourna. Son visage était impassible.

– Toussaint, trouvez-moi M. Louis Fronsac, le marquis de Vivonne. Il est à Aix. J'ignore où il loge, mais ramenez-le-moi. Je le veux ici dans moins d'une heure.

Le ton avait changé, maintenant c'était l'ancien capitaine Mazarini qui dictait ses ordres avant la bataille.

– Faites aussi venir mes valets de chambre, que l'on prépare mes habits et que l'on me serve une boisson chaude. Il fait un froid glacial ; que l'on mette aussi des bûches dans ce feu !

– Doit-on prévenir la reine, monseigneur ? demanda le capitaine des gardes.

– Non ! Pas pour l'instant. Personne ne doit savoir. Vous entendez bien : personne, sauf nous quatre, puis Fronsac et son ami Tilly, s'il est avec lui, puisque par chance, ils sont à Aix. Qui d'autre est informé ?

– Personne, monseigneur. M. le duc de Mortemart [1] n'a pas été réveillé. Nous avons utilisé des valets et des gardes pour fouiller l'hôtel, les caves ainsi que le souterrain, mais en leur expliquant qu'on supposait qu'un malandrin s'était introduit dans la maison. Pour tout le monde, le roi dort dans sa chambre. C'est aussi ce que nous avons fait savoir à Mme de Soissons. Ce matin, le médecin de Sa Majesté, le docteur Vallot, sera informé lui aussi. Il déclarera à la cour que le roi est fatigué et qu'il se repose.

– Bien.

Ils sortirent et le cardinal se mit à méditer.

Quelle épouvantable tragédie s'annonçait ?

Il venait à peine de surmonter une dramatique menace concernant Marie, la fille de sa sœur

---

1. Le premier gentilhomme de la chambre.

Girolama Mancini. Une crise à l'occasion de laquelle il avait failli être chassé par le jeune roi. Le roi, ce roi qu'il aimait tant, ne lui avait-il pas déclaré quelques semaines plus tôt qu'il était le maître, qu'il était libre de choisir son destin, qu'il renonçait à son mariage espagnol et qu'il épouserait Marie ! La seule qu'il aimait.

Et lui, Giulio Mazarini, le fils d'intendant sicilien avait dû rappeler tristement au roi de France que Dieu a établi les rois pour veiller au bien et au repos de leurs sujets, et non pour sacrifier ce bien-là à leurs passions.

Louis XIV, le cœur serré, s'était finalement incliné et avait promis de renoncer à Marie Mancini.

Et maintenant, il avait disparu.

Qui l'avait enlevé ? Tué, peut-être ? Les rebelles marseillais ou ces infâmes Aixois qui avaient déjà tenté de chasser M. d'Oppède ? C'était bien possible, car ces gens-là devaient parfaitement connaître ces souterrains.

Mais ils n'étaient pas les seuls à souhaiter la mort du roi. Les autres, ses anciens ennemis, ceux de la cabale des Importants, ceux de la Fronde, ceux qui avaient choisi l'Espagne contre leur patrie, pouvait-il être certain de leur toute fraîche fidélité ? Le prince de Condé, en premier lieu, qui devait venir à Aix, justement, d'ici quelques jours, pour faire allégeance à son roi et demander son pardon pour avoir pris les armes contre lui. Une humiliation que le roi avait imposée à ce félon, qui ne vivait que pour sa gloire, qui se croyait l'égal de

Dieu et qui n'aimait rien tant qu'offenser les autres. Et si le prince avait trouvé ce moyen pour éviter cette mortification ? Faire disparaître le roi de France, puis arriver à Aix pour fêter le nouveau roi, Philippe, duc d'Anjou. En attendant que lui-même, Louis de Bourbon, prenne sa place !

Mazarin se dirigea vers la table de travail de sa chambre. Il se pencha sur la lettre que le prince lui avait fait parvenir six jours plus tôt et qui était au-dessus des courriers plus récents qu'il avait reçus :

... Je meurs d'impatience d'avoir l'honneur de voir Sa Majesté et l'assurer que je reviens dans l'intention de lui rendre les services auxquels ma naissance et mon devoir m'obligent.

Une phrase parfaitement à double sens, songea-t-il, pour un homme qui avait été condamné à mort en 1652 pour trahison et qui avait alors perdu sa qualité de prince de sang. Il songea que le duc de Longueville, le premier compagnon du prince durant la Fronde, devait justement arriver demain, dimanche, pour préparer le logement de Louis de Bourbon. Longueville pouvait fort bien avoir déjà des gens à lui sur place.

Le cardinal abandonna la missive du prince et ses soupçons glissèrent sur le duc de Beaufort et sur son amie de toujours, sa complice plutôt, Mlle de Montpensier, qui avait été si *méchante* durant la Fronde. Beaufort, exilé de la cour jusqu'à l'année dernière et qu'il avait, à contrecœur, autorisé à revenir. Une permission que le *Roi des Halles* avait acceptée avec beaucoup de hauteur et d'insolence.

Beaufort ! Un assassin d'une rare audace ! C'était lui le premier responsable des ignobles massacres de Paris en 1652, alors qu'il était à la tête des quelques milliers de gueux qui faisaient régner la terreur dans la ville. Beaufort avait déjà essayé de le tuer durant la cabale des Importants [1]. Pouvait-il avoir décidé de s'attaquer maintenant au roi ? C'était bien possible.

Mazarin médita un instant. Quelques jours auparavant, il avait justement reçu un message de Mlle de Guerchy, une jeune et jolie femme qu'il avait réussi à placer dans le lit de François de Beaufort. Son espionne le prévenait que le duc devait rejoindre la cour à Aix d'ici quelques semaines, sous prétexte de saluer son frère le duc de Mercœur, gouverneur de Provence.

Quant à Mlle de Montpensier, ce n'était qu'une femme, certes, mais elle avait déjà tenté de tuer le roi, qu'elle appelait pourtant *son petit mari*, ce jour fameux de la bataille de la porte Saint-Antoine, lorsqu'elle avait investi la Bastille et sauvé le prince de Condé en tirant au canon sur les troupes royales [2]. Mais comment aurait-elle pu

---

1. Voir *La Conjuration des Importants*, Le Masque.

2. La Fronde des Princes fut une guerre civile atroce conduite par une poignée d'ambitieux. Durant trois ans, le pillage des troupes et des mercenaires réduisit une grande partie des Français à la misère. Les atrocités et les horreurs y furent innombrables. On estime que la population française diminua alors de 20 à 18 millions d'habitants !

En 1660, tous les chefs de la révolte, sauf le cardinal de Retz, furent graciés. Mais Louis XIV ne devait jamais oublier.

enlever Sa Majesté, ici à Aix ? Elle ne possédait plus que quelques hommes fidèles depuis qu'elle s'était brouillée avec son père, malade, qui était resté à Blois.

Mazarin se souvint alors qu'elle se rendait chez la comtesse de Soissons chaque soir où le roi y allait.

2

Pendant ce temps, M. Toussaint Rose et le baron de Châteaurenard se concertaient tandis que M. de Villequier retournait à l'hôtel de Châteaurenard pour fouiller une nouvelle fois les souterrains avec ses gardes.

– Comment trouver ce marquis de Vivonne dans cette ville d'Aix où toutes les maisons et les auberges sont pleines avec la venue de la cour ? s'inquiétait le secrétaire du cardinal, désemparé par l'ordre que lui avait donné son maître.

– J'ai déjà rencontré le marquis, fit le baron de Châteaurenard. C'était en 1647, lors d'une soirée mémorable au Palais Comtal. M. Fronsac y accusait Dominique Barthélemy, secrétaire de M. Forbin d'Oppède, d'avoir tenté de l'assassiner. Mais Dominique avait été manipulé par une infâme crapule et le marquis de Vivonne parvint à l'innocenter. Il devait en outre découvrir que Dominique était en vérité le petit-fils de son garde du corps, un nommé Gaufredi ! Tout ceci pour vous dire que, si j'ignore où loge notre homme, je connais par contre Dominique qui vit désormais avec son grand-père. Ce sont d'ailleurs eux qui ont sauvé M. d'Oppède l'année dernière. Compte tenu de leur fidélité envers M. le marquis de Vivonne, ils savent sûrement où il loge.

» Dominique habite rue Sainte-Claire, nous pouvons y être dans quelques minutes, conclut-il.

Ils se vêtirent chaudement et sortirent, accompagnés d'un laquais porteur d'une torche. Il faisait terriblement froid.

Pendant un moment, ils ne parlèrent pas tant la froidure leur brûlait les lèvres. Puis, réchauffé par la marche, Châteaurenard interrogea son compagnon alors que le laquais était à quelques pas devant eux.

– Je ne sais que peu de choses sur ce M. Fronsac. Je me souviens qu'il était venu à Aix comme intendant de justice pour résoudre une affaire étrange sur laquelle je n'ai jamais eu beaucoup d'explications. Il paraissait alors l'ennemi de M. de Forbin-Maynier, ainsi que de Dominique Barthélemy, puis, sans que j'en connaisse les raisons exactes, il devint leur ami. Je sais que, depuis, M. d'Oppède le porte en haute estime. Quoi qu'il en soit, comment Mgr Mazarin pense-t-il que cet homme, si perspicace soit-il, pourrait à lui tout seul retrouver Sa Majesté ? Surtout si notre roi a été enlevé par ses ennemis !

– Je l'ignore, monsieur le baron, répondit Rose. Mais ce que je sais, c'est que si un homme peut réussir ce miracle, c'est Louis Fronsac. Chaque fois qu'une affaire criminelle inexplicable s'est présentée et que l'on a fait appel à M. le marquis de Vivonne, il l'a résolue. Comment ? Je l'ignore, mais sachez que Mgr Mazarin autant que M. le prince de Condé d'ailleurs sont pleins d'admiration pour ses talents. À ce sujet, quand vous le verrez, vous remarquerez qu'il porte toujours des galans noirs à ses poignets bien que ce ne soit plus la mode depuis des années. Surtout, ne paraissez pas étonné. C'est un raffinement, une coquetterie chez lui. Partout à la cour, on le surnomme *l'homme aux rubans noirs*.

Dominique Barthélemy, conseiller à la chambre criminelle du Parlement de Provence, habitait effectivement une grande maison – aujourd'hui démolie – dans la rue Sainte-Claire [1], juste en face du couvent de même nom.

Le grand-père de Dominique, Gaufredi, un vieux reître de la guerre de Trente Ans, avait été durant plusieurs années au service de Louis Fronsac, le marquis de Vivonne. En 1647, il avait quitté le service du marquis pour finir ses jours dans sa ville natale.

---

1. La rue Jaubert actuelle. On sait que le couvent, dont il reste des éléments entre la rue Rifle-Rafle et la rue de Montigny, occupait aussi une partie de l'ancienne prison.

Gaufredi, enrichi au service de Fronsac, ne manquait pas d'argent. Avec son petit-fils, ils avaient acheté cette belle maison à deux étages, l'une des plus vastes de la rue. Dominique occupait le premier avec son épouse et leur petite fille, tandis que son grand-père logeait au second niveau. Le rez-de-chaussée étant réservé aux communs et aux cuisines, ainsi qu'à une petite écurie pour deux montures.

Habituellement, Gaufredi n'habitait qu'une partie du second étage. Les pièces qu'il n'utilisait pas permettaient de loger les domestiques. Aussi, lorsqu'il avait appris que son maître et son ami, M. de Tilly, seraient à Aix avec la cour, il leur avait naturellement proposé de les accueillir en leur laissant tout l'étage qu'il occupait, lui-même allant loger avec son petit-fils. Les domestiques ayant été envoyés dans le grenier.

Ainsi, M. de Châteaurenard et M. Toussaint Rose l'ignoraient encore, mais ils se rendaient droit où habitait M. Fronsac. Rue Sainte-Claire, ils tambourinèrent durant plusieurs minutes à la porte. Ce vacarme finit par réveiller quelqu'un et un volet du premier étage s'ouvrit. La tête d'un vieillard aux cheveux de neige, barbe et moustaches embroussaillées, apparut à la fenêtre. L'homme se pencha vers la rue. Il tenait une lanterne à la main qui éclaira son visage ravagé de cicatrices. Dans un rictus empreint de malveillance, il menaça :

– Messieurs, si vous ne disparaissez pas sur-le-champ, je me verrai obligé d'essayer sur vous l'un de mes mousquets.

– Monsieur Gaufredi, répliqua Châteaurenard qui l'avait reconnu. Ouvrez-nous, je vous en prie ! Nous cherchons M. Fronsac, sur ordre de Son Éminence.

Il n'y eut pas de réponse et la fenêtre se ferma aussitôt.

Moins d'une minute plus tard, la porte d'entrée s'ouvrit et Gaufredi, en chemise de nuit recouverte de son éternel manteau écarlate, proposa aux deux hommes d'entrer. Cette fois, il tenait un bougeoir en main.

– M. le marquis de Vivonne loge ici. Il y a encore un peu de feu dans une salle du premier étage. J'ai réveillé ma servante et elle va prévenir mon petit-fils Dominique, ainsi que M. Fronsac. Ils nous rejoindront dans un instant.

Le baron de Châteaurenard opina et donna ordre au laquais qui les avait accompagnés de rentrer en son hôtel.

Tous trois traversèrent un sombre petit vestibule et grimpèrent un escalier généreux dont la rampe était en fer forgé. Au palier, Gaufredi les guida vers une antichambre, une petite pièce encore un peu éclairée par la clarté d'un feu agonisant. Gaufredi déposa le bougeoir sur une grande table rectangulaire et prit quelques bûches dans le bûcher qu'il plaça en travers dans le foyer. Le bois était sec et de vigoureuses flammes jaillirent aussitôt.

Le regard de Toussaint Rose embrassa la salle semi-obscure. Outre la table et ses escabeaux, il distingua quelques chaises tapissées et un grand buffet en noyer où étaient exposés gobelets, plats, aiguières et assiettes d'étain. Pas de faïence ni de céramique sinon deux gros pots sur un coffre. Pas de chandeliers non plus. Les murs étaient blanchis et l'un d'entre eux couvert d'une verdure des Flandres. Dans un recoin, de gros coffres étaient sommairement empilés. On avait aussi placé une console et un long dressoir. Apparemment, une grande partie du mobilier de la maisonnée était entreposé là, sans doute pour faire de la place dans les chambres et les bouges où l'on devait se serrer car, si le marquis de Vivonne était logé dans la maison, il n'était peut-être pas seul. Probablement était-il venu à Aix avec plusieurs serviteurs et même quelques amis.

La cheminée possédait de beaux chenets de bronze. Dans l'ombre, Rose distingua un guéridon surmonté de boîtes remplies de la *besogne* de Mme Barthélemy : des aiguilles, des rubans, des boutons. Dominique n'était pas très riche mais suffisamment pour tenir son rang de conseiller au parlement.

Gaufredi était reparti et les deux hommes s'assirent chacun sur une chaise qu'ils avaient approchée du feu, tentant de réchauffer leurs pieds et leurs mains glacés.

Quelques minutes s'écoulèrent. Brusquement, la porte s'ouvrit et un homme d'une cinquantaine d'années, habillé sobrement d'un pourpoint de serge noir et d'une chemise blanche, se présenta. Ses cheveux bruns, longs et bouclés étaient largement parsemés de fils blancs. Il tenait un épais manteau de laine et un chapeau de castor à la main.

Jean-François d'Aimar se leva en l'examinant rapidement. La moustache du nouveau venu lui tombait jusqu'au bas du visage et encadrait un sourire chaleureux. Le baron de Châteaurenard remarqua les petits rubans de soie noire qu'il portait aux poignets de sa chemise, soigneusement noués par d'élégantes ganses.

Finalement, Louis Fronsac, marquis de Vivonne, était toujours le même que dans son souvenir. Il s'inclina.

– Monsieur Fronsac ! s'exclama Toussaint Rose qui s'était aussi levé. Merci de vous être préparé si vite ! Son Éminence vous attend avec hâte.

Derrière le nouveau venu, des ombres se dévoilaient alors que Fronsac s'avançait de quelques pas.

– Je suppose que vous avez reconnu M. le marquis de Vivonne, poursuivit Rose à l'attention de M. Aimar. Et derrière lui, voici justement M. de Tilly, dont on murmure qu'il est le bras droit de M. le chancelier Séguier.

» M. le baron de Châteaurenard, ajouta-t-il en présentant son compagnon, se souvient de vous avoir rencontrés lors d'une soirée au Palais Comtal d'Aix, en 1647.

Jean-François d'Aimar salua les deux hommes, s'attardant quelques secondes sur le nommé Tilly dont il n'avait pas gardé le souvenir – un rouquin farouche à la face de sanglier : trogne écrasée, petits yeux scrutateurs, cheveux et moustache drus et en bataille. Par contre ses vêtements en drap de laine paraissaient d'excellente facture et son chapeau de feutre était garni d'élégantes plumes d'autruche colorées. Comment une telle brute pouvait-elle travailler avec cet éminent juriste qu'était Séguier ? songea-t-il avec surprise et incompréhension.

Il ignorait évidemment que le procureur Gaston de Tilly était considéré au Palais comme le meilleur spécialiste de droit criminel de la Chancellerie.

Derrière M. de Tilly, Gaufredi entra à son tour dans la pièce. Il avait pris le temps de revêtir son habituel pourpoint de buffle, toujours aussi grossièrement rapiécé après les coups d'épées qui l'avaient lardé, et il s'était enveloppé dans son manteau écarlate. Le vieux capitan, durant quarante ans mercenaire en Allemagne, s'approcha de la cheminée en faisant cliqueter bruyamment ses éperons de cuivre attachés à des bottes râpées qui lui montaient aux cuisses. Son feutre informe lui tombait comme d'habitude jusqu'aux épaules. Sa rapière espagnole pendait à son baudrier. Il était suivi à quelques pas d'un géant à l'éblouissant costume de lansquenet comme on n'en voyait plus depuis le règne de Louis le Juste ! Ce dernier venu transportait un espadon en travers du dos. C'était Bauer, le compagnon et garde du corps de Louis Fronsac.

Aimar se souvint alors des deux spadassins qui avaient tenu en respect les proches de Forbin-Maynier avec leur panoplie d'armes à feu lors de cette mémorable soirée au Palais Comtal.

– Que se passe-t-il, messieurs, pour nous tirer ainsi du lit à cette heure ? demanda alors M. Fronsac, sans cacher son inquiétude, et tout en passant une main sur sa barbe naissante.

Il se doutait bien que si le secrétaire de Mazarin venait le réveiller en pleine nuit, c'est que l'affaire était grave.

– C'est pas une heure pour se lever, monsieur ! glapit alors une voix acariâtre.

C'était une vieille servante qui entrait à son tour dans la salle en accompagnant un jeune homme en qui Aimar reconnut Dominique Barthélemy, sommairement vêtu de hauts-de-chausses et d'un pourpoint non boutonné.

– Annette, veuillez nous laisser, ordonna Barthélemy.

Les mains sur les hanches, Annette tenta de se rebeller, mais les sombres regards des visiteurs la dissuadèrent. Elle haussa les épaules avec insolence et vida la place. Barthélemy ferma soigneusement la porte derrière elle.

Ils se retrouvaient donc à sept devant la cheminée. Personne n'avait répondu à la question de Louis et il la répéta :

– Que se passe-t-il ?

Revenons quelques mois en arrière.

Au début de novembre 1659, Gaston de Tilly était venu rendre visite à son ami Louis dans son beau château de Mercy.

– Louis, je pars rejoindre la cour. C'est un ordre de M. le Chancelier Séguier et du secrétaire d'État à la Guerre, M. Le Tellier, qui souhaitent ma présence comme lieutenant du grand prévôt qui accompagne le roi dans ses déplacements. Sa Majesté se rend en Provence pour châtier quelques Marseillais qui se sont révoltés, ainsi qu'une poignée d'Aixois complices. Quand ce sera fait, notre roi présidera une assemblée des Communautés de Provence, en présence du duc de Mercœur, le gouverneur. Sa Majesté tient à ce que ses officiers les plus fidèles – dont j'ai l'honneur de faire partie – soient là. Je serai avec Armande et nous séjournerons à Aix durant quelques semaines. Pourquoi ne m'accompagnerais-tu pas avec Julie ?

– Ce ne serait pas raisonnable, lui avait répondu Louis en haussant les épaules. En plein hiver ! Ce serait un voyage fort dangereux. Et qui s'occuperait de Mercy en notre absence ?

– Que risquons-nous avec Bauer ? avait protesté Julie, l'épouse de Louis, qui assistait à l'entretien. L'un des frères Bouvier pourrait même nous accompagner avec Nicolas comme escorte. Et à Mercy, Michel et son épouse n'ont pas besoin de nous, surtout en cette saison. Je ne détesterais pas quelques semaines à Aix, au soleil. Avec le froid qu'il fait ici, ce serait vraiment agréable de passer une partie de l'hiver en Provence. Ne m'as-tu pas dit que là-bas il fait toujours beau et que la luminosité du ciel est extraordinaire ? Regarde comme il fait gris ici, à Paris. Nos enfants n'ont pas besoin de nous : Pierre est au collège de Clermont et Marie a sa gouvernante. Ce voyage serait vraiment le bienvenu.

– Déjà, nous avions eu du mal à nous loger à Aix, il y a treize ans ; ce sera pire si toute la cour est là-bas, tenta de protester Louis.

– Gaufredi pourra nous héberger, avait rétorqué Gaston avec un geste vague. Il dispose d'une grande maison avec son petit-fils et il sera si content de nous revoir.

Tous les deux se liguant contre lui, Louis avait cédé, secrètement satisfait lui aussi de revenir dans la capitale de la Provence, treize ans après l'énigme du clos Mazarin.

Ils étaient parvenus à Aix la veille de l'arrivée de la cour.

Le voyage n'avait pas été trop pénible et ils avaient même plaisanté en passant non loin de l'endroit où Armande, l'épouse de Gaston, avait été attaquée avec Angélique de l'Étoile alors qu'elles rejoignaient *l'Illustre Théâtre* de Poquelin à Montpellier. Pourtant, Angélique était déjà dépoitraillée par un des truands qui en voulait à sa vertu et Armande aurait subi le même sort si Gaston et Louis – en vérité surtout Bauer et Gaufredi – n'étaient intervenus. Après quoi, avait raconté Gaston à Julie, ils avaient pendu les larrons sans autre forme de justice [1].

1. Voir *L'Énigme du clos Mazarin*, même éditeur.

Gaufredi avait été prévenu par un courrier de la poste royale et leur avait réservé tout le deuxième étage de la maison ; lui-même allant loger avec son petit-fils. Il leur avait aussi fourni une nombreuse domesticité. En particulier Julie et Armande disposaient de deux femmes de chambre et d'une servante, Gaston et Louis se partageant un valet. Bauer avait même eu droit à une minuscule chambre – dans laquelle il pouvait cependant à peine ranger ses armes – et Nicolas et Guillaume disposaient chacun d'une paillasse dans le grenier au lieu de partager le même lit comme c'était souvent le cas en voyage.

Louis avait passé ces quelques jours à visiter la ville avec Armande et Julie, leur narrant une nouvelle fois les péripéties de l'énigme du clos Mazarin.

Dès le lendemain de leur arrivée, Dominique avait tenu à leur montrer le grand chantier du Cours qui était sur le point d'être ouvert à la circulation des carrosses.

– Le Cours fait vingt et une toises de long et a déjà coûté cent mille livres, leur avait-il fièrement expliqué. Cette somme a été payée par les acquéreurs de terrains, par la ville – pour quinze mille livres –, par les communautés de Provence – vingt mille livres – et par M. de Mercœur, notre gouverneur, qui s'est réservé un lot important, en bas, pour y construire le palais du gouvernement [1].

Ce jour-là, Dominique avec son épouse, Louis avec Julie et Armande, Gaston étant retenu par

1. Qui ne sera jamais construit !

son service, étaient descendus à pied jusqu'à l'ancienne porte d'Italie malgré le froid vif de cet après-midi de janvier. Tous les cinq étaient escortés par Bauer et Gaufredi.

La première surprise de Louis avait été de constater que la massive porte fortifiée surmontée de mâchicoulis n'existait plus. La Grande-Rue-Saint-Jean se prolongeait désormais vers le chemin de Toulon.

Sa seconde surprise avait été de découvrir que le ruisseau où ils avaient fait boire leurs chevaux, treize ans plus tôt, avait lui aussi disparu, ainsi que l'abreuvoir et les ruines du vieux moulin. À leur place, un grand terre-plein boueux s'étalait, d'où l'on avait une vue étonnante sur la majestueuse voie en travaux. Louis n'avait jamais rien vu de tel à Paris.

Ils s'arrêtèrent un instant alors que Dominique leur décrivait ce qui était encore un immense chantier où circulaient tombereaux de pierres et chariots de solives ou de poutres tirés par des escouades de mules et de bœufs.

– Avec la mise à bas des remparts, les lices intérieures qui les longeaient se sont vite transformées. Bourgeois, conseillers et avocats au parlement ont acheté les vieilles bâtisses situées entre les couvents pour les démolir et construire à leur place de grandes maisons ou des hôtels majestueux bien alignés sur le nouveau tracé. Mais de l'autre côté, vers le clos Mazarin, le long des lices extérieures, se dressaient déjà quantité de maisons. Pour payer les aménagements nécessaires à l'agrandissement du quartier, les consuls ont donc décidé de lotir cette partie-là et d'ouvrir une nouvelle rue, la rue de l'Archevêché, qui longerait les nouveaux lots du clos Mazarin.

– Je me souviens de ce projet, et surtout à quel point les jeunes femmes de la ville y étaient opposées, sourit Louis.

– Avec juste raison, intervint vivement l'épouse de Dominique. La ville aurait eu ainsi deux nouvelles rues étroites au lieu d'une large promenade. Finalement, il y a eu une telle opposition que l'on a abandonné toute idée de construction entre la rue de l'Archevêché et les anciennes lices. Toutes les maisons qui existaient déjà ont été détruites et, quand ce chantier sera terminé, il n'y aura plus qu'une large allée, là où vous voyez encore tant de tranchées qui doivent servir au passage des conduites pour les fontaines.

– Vous allez avoir des fontaines au milieu de cette avenue ? demanda Julie.

– Oui, dont une d'eau bouillonnante captée profondément dans les sous-sols, répliqua fièrement Dominique. (Il soupira.) Seulement, il y a encore tant et tant à faire ! Je ne sais même pas si la ville parviendra un jour à payer le pavage de cette avenue. Vous voyez, on a commencé à planter quelques ormes en bas, mais il faudrait en installer au moins quatre alignements. Quelle dépense extravagante pour un Cours qui ne servira finalement qu'à la promenade des Aixoises !

» Là où nous nous trouvons, seront aussi bâtis maisons et hôtels et, là-bas, devant le couvent des Carmélites, sans doute leur nouvelle église avec une place au-devant [1]. Je vous propose de descendre le long de ce qui devait être la rue de l'Archevêché. Elle est en partie pavée de galets de la Durance et plusieurs des constructions prévues y sont terminées depuis longtemps car les lots furent mis en vente peu de temps après votre départ. Là où se trouvaient des jardins et des vergers du clos Mazarin, vous allez découvrir quelques splendides hôtels, certainement aussi beaux que ceux que vous avez à Paris.

Les hommes guidèrent les dames sur une sorte de passage surélevé constitué de pierres plates. Une précaution un peu inutile tant les souliers à talons rouges et bouts carrés des jeunes femmes étaient crottés. Ils atteignirent finalement le côté gauche du Cours, l'ancienne rue de l'Archevêché, où l'on pouvait marcher sur de gros galets. Ils descendirent alors la voie, longeant plusieurs chantiers de construction et échafaudages pour arriver jusqu'à une suite d'hôtels somptueux qui paraissaient terminés.

– Ceux-ci ont tous été construits par M. Pierre Maurel qui, avec son frère, a bâti sa fortune dans la confection des draps, puis dans le monopole des postes. On l'a surnommé le *Crésus de la Provence*. Riche, il est entré à la cour des comptes et a été anobli. Flairant la bonne affaire, il a été un des

1. Dominique devait sans doute désigner la place Forbin.

premiers à acheter plusieurs lots du clos Mazarin. Ensuite, il en a revendu certains tout en en gardant plusieurs pour sa famille. Ainsi, celui-ci a été offert à son fils [1].

» Mais attendez de voir le plus beau.

Ils poursuivirent leur chemin pour s'arrêter à quelques pas d'une fastueuse façade dont la porte d'entrée à tête de lion était encadrée de deux atlantes aux torses puissants qui soutenaient le balcon sans peine apparente.

Louis remarqua la garde de chevau-légers devant la grande porte et interrogea leur guide à son sujet.

– C'est ici que loge Mlle de Montpensier, la fille de Mgr d'Orléans, expliqua encore Barthélemy. Elle est la seule des princes et princesses de sang à avoir décidé de loger sur le Cours, qui est un endroit malgré tout moins confortable que le bourg avec tous les travaux de construction et de terrassement.

Il eut un geste résigné pour désigner l'allée boueuse qui deviendrait le futur Cours.

– Vous voyez, avec les pluies de la semaine dernière, on ne peut traverser que sur ce chemin de planches si on ne veut pas se couvrir de boue. Ou alors, on peut utiliser ces porteurs (il désigna un groupe d'hommes ressemblant à des portefaix) qui vous prennent dans les bras pour vous faire passer de l'autre côté.

– Et l'été ? demanda Louis.

1. L'actuel hôtel Saint-Ferréol.

– C'est pire ! La poussière est insupportable et la chaleur telle que personne ne songe à circuler sur l'allée. Je vous le dis, il faudra des dizaines d'années pour que cette promenade soit agréable.

– M. Maurel doit effectivement être bien riche, intervint Armande avec un brin de jalousie en admirant les frises, les mascarons, les encadrements et les frontons des fenêtres.

– Encore plus riche que vous ne le croyez, précisa vivement l'épouse de Dominique. Alors même qu'il faisait construire cet hôtel, il achetait la seigneurie de Pontevès pour 165 000 livres ainsi que la charge de trésorier des états de Provence. Depuis, il se fait d'ailleurs appeler M. de Pontevès [1].

Ils continuèrent leur visite. Les maisons suivantes, toutes serrées les unes contre les autres étaient occupées par des avocats, des procureurs ou de simples bourgeois qui les avaient fait construire, il y avait déjà une dizaine d'années, le long de la rue de l'Archevêché, expliqua Dominique qui poursuivit un peu plus loin :

– Nous voici maintenant devant la maison de Jean André, notaire et greffier de l'archevêché et, un peu plus loin, vous voyez l'un des plus grands hôtels du Cours, avec ses huit fenêtres en façade. C'est celui de César de Milan, seigneur de Cornillon et de Confoux [2].

---

1. L'hôtel Maurel-Pontevès est devenu l'hôtel d'Espagnet, au 38, cours Mirabeau.

2. N° 20, devenu l'hôtel de Forbin où est né Auguste de Forbin.

» Le dernier hôtel terminé, que vous apercevez là-bas, est celui de M. Melchior Grognard, qui est trésorier général de France [1].

Ils ne purent s'en approcher car une profonde tranchée barrait leur route et Dominique proposa qu'ils traversent le Cours sur un chemin de planches pour remonter sur l'autre rive.

En face, il leur désigna l'hôtel du procureur Pontevès, condamné à mort par le parlement pour avoir été un des organisateurs de la journée de la Saint-Valentin, l'année dernière [2], durant laquelle lui et Gaufredi avaient sauvé l'hôtel d'Oppède du pillage, et le baron d'une infamante accusation de faux-monnayeur.

Un peu plus loin, Dominique leur montra aussi le jeu de paume, où Louis XIV était venu jouer la veille.

Ils flânèrent ainsi jusqu'au sommet du Cours et, alors qu'ils passaient devant *l'Écu de France*, au coin de la petite rue Saint-Jean [3], ils rencontrèrent Charles de Baatz de Castelmore, seigneur d'Artagnan.

– Louis ! s'exclama le mousquetaire gascon en grand uniforme avec sa casaque d'azur à croix d'argent galonnée d'or et son feutre empanaché. Vous êtes donc vous aussi à Aix !

– Je suppose que vous accompagnez Sa Majesté ? lui demanda Fronsac après qu'il eut

1. N° 16 devenu l'hôtel de Mirabeau, édifié vers 1658.
2. Au 23.
3. Devenu l'hôtel de Coriolis au N° 67.

présenté le mousquetaire à Dominique Barthélemy et que Bauer eut serré le Gascon dans ses bras jusqu'à l'étouffer.

Charles de Baatz d'Artagnan, marié depuis peu, exerçait le commandement des cent cinquante mousquetaires noirs de Sa Majesté. Il avait été en effet nommé sous-lieutenant de cette compagnie en 1658 par Mazarin. Le lieutenant en titre étant toujours le neveu du ministre, Philippe Mancini, mais ce dernier n'exerçait pas sa charge.

Avec les gardes du corps, les mousquetaires noirs étaient l'escorte principale du souverain et d'Artagnan avait désormais l'honneur d'être *au plus près* du roi dans tous ses déplacements. À Paris, Louis avait été invité à assister un matin aux manœuvres dirigées par le jeune souverain dans la cour du Louvre. Baatz, au côté de Sa Majesté, transmettait les ordres royaux à ses officiers, deux maréchaux des logis, un enseigne porte-drapeau et une cornette porte-étendard. Tous ses hommes, en grande tenue, manipulaient avec dextérité mousquet, pistolets et épée à chaque ordre du jeune roi.

Oui, d'Artagnan avait dorénavant les faveurs du souverain.

Lors du mariage de Baatz avec la baronne de Sainte-Croix, Anne Charlotte de Chanlecy, la sœur du gouverneur de Châlons, une riche veuve de trente-cinq ans, le roi et Mazarin avaient même été les signataires du contrat de mariage !

Fronsac, qui avait assisté à la cérémonie en

l'église Saint-André-des-Arts, l'année précédente, avait d'ailleurs été surpris de découvrir tant de gentilshommes proches de Sa Majesté.

– Louis, proposa Baatz, tous les matins, je fais manœuvrer mes hommes pour le roi dans la cour de l'archevêché. Venez donc y assister. Si Sa Majesté est de bonne humeur, j'aurai peut-être l'honneur et le plaisir de vous présenter à elle.

– Je le ferai, promit Louis. Mais vous-même, ne devez-vous pas partir rejoindre l'armée conduite par M. de Mercœur contre Marseille ?

– Non. Je reste au plus près du roi. Quand Marseille aura demandé grâce, le roi entrera dans la ville et je serai alors à ses côtés. Pour l'instant, Mercœur n'a pas encore fait mouvement car il attend les dernières troupes conduites par M. d'Oppède.

– M. d'Oppède va donc quitter la ville ?

– En effet, dès demain sans doute.

Louis tenait à rencontrer celui qui avait été son ancien adversaire ; aussi, après avoir quitté d'Artagnan, il avait souhaité rendre visite à M. de Forbin-Maynier dès le lendemain.

Dans l'après-midi, Dominique était donc passé voir son parent (le baron d'Oppède était l'oncle de sa grand-mère) et Forbin-Maynier lui avait proposé que M. Fronsac vienne lui rendre visite au plus vite, car il devait quitter la ville dès le lendemain.

Ce n'était bien sûr qu'une entrevue de courtoisie, mais le président du Parlement de Provence avait reçu avec un plaisir non dissimulé celui qu'il avait pourtant traité en ennemi treize ans auparavant. Il avait longuement raconté à M. Fronsac les dramatiques événements des mois précédents et le secours appréciable qu'il avait reçu de Dominique et de Gaufredi.

Louis, de son côté, l'avait complimenté pour la transformation de la capitale de la Provence. La ville moyenâgeuse et sale qu'il avait découverte, ce bourg insalubre ruiné par la peste, s'était totalement transformée en dix ans. Non seulement il y avait cet extraordinaire cours à carrosses, ces nouvelles et larges chaussées du quartier Mazarin toutes bordées de beaux hôtels, mais on avait aussi élargi quantité de rues en reconstruisant d'élégants bâtiments tel l'hôtel de Châteaurenard, qui avait remplacé l'ancien hôtel de Rascas.

C'est à l'occasion de cette visite que le marquis de Vivonne avait rencontré le cardinal Mazarin. Celui-ci s'était présenté alors même que Louis allait prendre congé. Il venait donner ses dernières instructions au baron qui rejoignait l'armée de six mille hommes rassemblée pour punir la cité phocéenne.

Mazarin avait ainsi découvert avec satisfaction la présence de Louis Fronsac à Aix. Un homme dont il jugeait qu'il était un des rares à lui être vraiment fidèle.

L'enlèvement de Louis XIV

Pour la centième fois, Louis, roi de France, se mit à crier mais nul ne l'entendit. Il frappa à nouveau avec violence sur la porte de chêne avec son escabeau, qu'il brisa.

L'hôtel était abandonné, il le savait.

Personne ne songerait à les trouver dans ce tombeau.

3

Que se passe-t-il ? venait de répéter Louis Fronsac d'un ton encore plus alarmé, après avoir constaté que les deux visiteurs hésitaient à parler.

Il faut dire que M. Aimar et M. Toussaint Rose étaient visiblement embarrassés. Le ministre leur avait ordonné de ramener Fronsac et éventuellement M. de Tilly ; or, ils avaient trois hommes de plus devant eux.

– Une affaire très grave, monsieur le marquis, déclara finalement Toussaint Rose. Extrêmement grave.

Il soupira :

– Mais Mgr Mazarin a demandé uniquement votre présence et celle de M. de Tilly.

Louis écarta les mains en signe d'incompréhension.

– Je ne sais ce que vous voulez dire par là, mais vous ne voyez ici que des fidèles de Mgr Mazarin et de Sa Majesté. J'ignore ce que me veut Son Éminence, mais s'il s'agit d'une enquête ou d'une recherche – et je devine que c'est le cas –, j'aurai besoin d'aide. À qui pourrais-je faire confiance mieux qu'à mes amis qui sont ici ? Vous pouvez les considérer comme d'autres moi-même. D'ailleurs, vous les connaissez : M. Barthélemy est magistrat à la Tournelle et il n'existe pas de personnes plus sûres que mes amis Gaufredi et Bauer.

– Vous avez raison, décida Toussaint Rose après une dernière hésitation.

De toute façon, il jugeait la situation désespérée. Le roi était certainement mort et Fronsac n'avait aucune chance de le retrouver. Avant la fin de la matinée, tout le monde à la cour serait informé de ce drame. Il s'approcha d'eux pour murmurer :

– Sa Majesté a disparu.

– Disparu ? répéta Tilly avec un rictus incrédule.

– Oui, cette nuit. Nous ne pouvons vous en dire plus ici. Mgr Mazarin va vous expliquer. Il nous faut y aller maintenant. Nous parlerons dans le cabinet du ministre, à l'abri d'oreilles indiscrètes.

Dix minutes plus tard, M. de Villequier les faisait entrer dans le cabinet attenant à la chambre du cardinal. Il était quatre heures du matin.

Mazarin était apprêté et vêtu de sa robe rouge d'apparat, mais les fards dissimulaient mal ses traits tirés ainsi que ses profondes rides. À cinquante-huit ans, amaigri et voûté sur son fauteuil tapissé, le Premier ministre ressemblait davantage à un vieillard proche de la mort qu'au fringant cavalier *Colmarduccio* qui fréquentait le salon de Mme de Rambouillet.

Mazarin fronça les sourcils de contrariété en constatant que Louis Fronsac et Gaston de Tilly étaient accompagnés non seulement de Gaufredi – dont il se souvenait qu'il avait été au service du marquis de Vivonne – et de Bauer, qu'il connaissait aussi, mais d'un jeune homme inconnu. Une impertinence qu'il ne pouvait tolérer.

– Messieurs, je vous avais demandé de venir seuls, reprocha-t-il sèchement à Louis et à Gaston.

Louis s'inclina, son chapeau à la main.

– Excusez-nous, monseigneur, mais dans une affaire aussi grave, nous allons avoir besoin d'aide. Gaufredi est un vieux fidèle et surtout un Aixois. Il est en outre aussi muet qu'une tombe. Vous connaissez un peu Bauer. Lui aussi est d'une loyauté absolue. Quant à ce jeune homme, c'est le petit-fils de Gaufredi. Il est conseiller au Parlement d'Aix. Il connaît parfaitement la ville. Il a été secrétaire de M. d'Oppède, dont il est le petit-neveu. Il lui a d'ailleurs sauvé la vie il y a quelques mois, car c'est lui qui a dispersé l'émeute qui s'est produite devant cet hôtel.

» Je puis vous assurer qu'ils méritent votre confiance autant que moi.

Mazarin dévisagea longuement le jeune homme avant d'opiner. Il savait qu'ils allaient devoir être nombreux pour retrouver le roi et, si

Fronsac lui proposait le renfort nécessaire, c'était sans doute lui qui avait raison.

– Soit ! Je suppose que M. Rose vous a informés sur les raisons de votre convocation. Assoyez-vous donc, messieurs. M. de Châteaurenard va vous répéter ce qu'il sait, ordonna le ministre.

La pièce contenait chaises et tabourets et chacun choisit son siège en fonction de son rang. Châteaurenard prit une chaise, Louis, Gaston, Dominique et Toussaint Rose un tabouret, alors que Bauer et Gaufredi restaient debout, tout comme M. de Villequier, qui gardait la porte en affichant un visage impénétrable. Pourtant, alors même qu'il s'asseyait, Louis surprit un regard du capitaine des gardes posé sur lui : un surprenant mélange de haine et de terreur.

– Sa Majesté loge chez moi, expliqua M. Aimar. Mon hôtel est le troisième et dernier de la rue après celui-ci. Il fait le coin de la rue des Bremondi. C'est un bâtiment neuf, qui a été terminé il y a seulement six ans. J'avais acheté, il y a une dizaine d'années, l'hôtel de M. de Rascas, qui se situait au même endroit. Je l'ai fait détruire et je n'ai conservé que ses vieilles caves. Pour entrer dans la cour, j'ai fait percer un passage entre mon hôtel et celui de M. de Regusse. Un second passage a été ouvert entre l'hôtel de Regusse et celui-ci. Il y a aussi le pont de bois qui permet à Son Éminence de se rendre facilement à l'archevêché. J'avais trouvé amusant d'aménager un autre passage, à partir d'un souterrain, entre mon hôtel et celui d'en face, où loge M. le comte de Soissons. C'était facile car une antique galerie part des vieilles caves de l'hôtel de Rascas. Comme notre souverain est fort entiché de Mme de Soissons, qui tient salon le soir, il a beaucoup apprécié ce passage discret pour aller lui rendre visite.

» Il s'agit en vérité d'un simple couloir que nous avons aménagé avec un plancher et des cloisons couvertes de tapisseries. Il est fort bien éclairé de lanternes et on y accède par une succession de caves voûtées. Le roi souhaitait l'emprunter seul. C'étaient ses ordres.

– Vous voulez dire qu'il se rendait chez Mme de Soissons sans laquais, sans gentilshommes de sa chambre, sans gardes du corps ? s'étonna Tilly.

– C'est exact, intervint M. de Villequier en s'approchant de deux pas. En général, après souper, Sa Majesté m'avertissait qu'elle allait prendre le passage secret. Je donnais alors des ordres pour que le chambellan et deux de mes gardes aillent vérifier que le souterrain était bien éclairé et chauffé par un brasero. Ensuite, je prévenais l'intendant de M. de Châteaurenard, qui veillait à ce qu'aucun laquais ne fût visible sur le chemin du roi. J'envoyais aussi un officier chez Mme de Soissons pour la prévenir car, là-bas, Sa Majesté souhaitait être attendue par ces dames.

» Une ou deux fois, le roi a demandé à l'un des gentilshommes de sa chambre de l'accompagner, mais je crois me souvenir que c'était dans les premiers jours de son arrivée.

» Habituellement, aussitôt après son départ, je demandais aussi à son médecin, M. Vallot, de se rendre chez Mme de Soissons pour l'attendre car, vous le savez, le roi ne doit se déplacer qu'avec son médecin.

– C'est une étrange conduite de la part du roi, remarqua Louis.

– Pas si étrange, intervint Mazarin avec un geste de lassitude de la main. Notre roi est encore jeune et il a l'esprit empli des récits de chevalerie et des romans d'aventures que lui a contés ma nièce Marie. Un passage secret ne présentait pour lui un parfum d'aventure que s'il s'y engageait seul, comme un preux. Sa Majesté éprouvait là le même penchant guerrier que lorsqu'elle fait exercer la compagnie de M. de Baatz. Par contre, dès son retour, le roi exigeait la présence de M. de Villequier et de ses gardes.

Louis opina et Châteaurenard poursuivit :

– Donc hier soir, le roi a quitté ses appartements. Il est sorti par l'escalier de service qui communique avec l'ensemble des caves, où se situent aussi les cuisines, mais cette partie-là est fermée. Dans les sous-sols, il a suivi un couloir, puis quelques marches, avant de s'engager seul dans le souterrain. Un passage magnifiquement éclairé par des lampes et des centaines de bougies que des valets avaient allumées juste avant qu'il n'arrivât. Sa Majesté n'avait que quelques toises à parcourir pour déboucher dans l'hôtel de l'autre côté de la rue. Je vous le répète, c'était un trajet de deux ou trois minutes sous la rue. Il pouvait le faire seul sans aucun risque.

Il se tut une seconde et précisa gravement :

– Pourtant, il n'est jamais ressorti.

– J'avoue ne pas bien comprendre, dit Louis. Pouvez-vous nous expliquer un peu mieux la disposition des lieux ? Vous venez de dire qu'on accédait à ce souterrain par l'escalier de service…

– En effet. En vérité, il y a deux entrées dans les caves. La première se fait par les cuisines, dans une petite cour au couchant. La seconde communique avec l'escalier de service, au rez-de-chaussée. Il y a là un palier, puis quelques marches permettent de descendre dans les sous-sols. C'est à cet endroit que l'on a ouvert un passage vers l'hôtel de Regusse. En temps habituel, ce parcours permet aux domestiques venant des étages d'aller chercher les plats aux cuisines.

M. de Châteaurenard illustrait son propos par des gestes de ses deux mains.

– Lorsque l'on descend au sous-sol, on passe par un couloir souterrain qui dessert à droite les cuisines et à gauche plusieurs salles voûtées utilisées comme réserves ou celliers. L'une de ces salles, la plus basse et à laquelle on accède par une volée de marches, ouvre sous la rue de la Grande-Horloge, justement dans le souterrain qui court tout au long de la rue.

» Le roi loge au premier l'étage. Lorsqu'il décide de prendre son passage secret, il n'a qu'à sortir par l'escalier de service qui se situe au bout de ses appartements. Il descend au palier et entre directement dans les caves. Les gardes qui sont dans l'entrée de l'hôtel ne le voient donc pas. Hier soir, j'avais juste à vérifier que l'escalier de service était désert et que la porte qui permet d'accéder à l'hôtel de Regusse était fermée.

– Je comprends un peu mieux comment Sa Majesté pouvait emprunter un tel passage sans être vue. Vous nous montrerez tout cela. Mais ce souterrain, a-t-il d'autres issues ? demanda Louis.

– Le grand souterrain qui passe sous la rue de la Grande-Horloge doit sans doute le traverser, intervint Barthélemy. Je connais bien ce chemin car je l'ai pris maintes fois pour me rendre de l'hôtel de Forbin à l'hôtel de Saint-Jean, qui se situe juste après l'hôtel de Châteaurenard. Le tunnel court tout au long de la rue et permet d'accéder facilement, et surtout discrètement, à plusieurs caves et sous-sols de maisons.

– En effet, confirma Châteaurenard. Le passage que j'avais aménagé utilisait une courte portion du grand souterrain entre mon hôtel et celui de M. d'Agout. J'avais donc fait fermer les deux extrémités vers le haut et le bas de la rue par des cloisons de bois.

– A-t-on brisé ou ouvert ces orifices ?

– Apparemment non, mais en cas de besoin, j'avais aménagé des portes dans ces cloisons et il était donc facile de les ouvrir et de les emprunter. C'est sans doute ce qu'ont fait les ravisseurs de Sa Majesté.

– Une fois dans vos caves, intervint Gaston, notre souverain aurait aussi pu passer par les cuisines et sortir de l'hôtel.

– Non, monsieur, fit Aimar. Il y a une porte de chêne pour entrer dans les cuisines ; elle était fermée à clef.

– Après la disparition du roi, avez-vous fouillé la totalité du souterrain ?

– Évidemment, de haut en bas de la rue, mais il y a quantité de ramifications que nous n'avons pas explorées. Il était difficile de faire plus sans attirer l'attention. M. de Villequier a juste prévenu ses gardes qu'un laquais avait cru apercevoir un rôdeur dans les sous-sols.

– Avez-vous remarqué des traces de lutte, des morceaux de tissu, de vêtements… du sang ?

Villequier tressaillit à ces mots et déclara d'une voix blanche :

– Absolument rien.

– Existe-t-il des plans de ces souterrains, Dominique ? s'enquit Louis.

– Je ne sais pas, répondit Dominique dubitatif. Je ne crois pas, mais il faudrait interroger un notaire pour en savoir plus.

– J'en fais mon affaire, décida Fronsac. J'irai réveiller maître Borrilli tout à l'heure. Il est le notaire de Forbin-Maynier et il doit connaître ces souterrains.

– C'est une bonne idée, approuva Dominique. De mon côté, je me propose d'explorer le plus loin possible les souterrains avec Bauer et mon grand-père.

Louis médita un instant sur tout ce qu'il venait d'apprendre. Les autres restaient muets, se reposant totalement sur le don qu'avait Fronsac de découvrir à chaque fois la solution des problèmes qu'on lui confiait. Le silence se fit. Finalement, Louis interrogea à nouveau Châteaurenard :

– Vous semblez être certain que Sa Majesté a été enlevée, mais quelle preuve avez-vous ? Elle aurait pu aussi bien ouvrir une de ces portes que vous avez fait aménager dans ces cloisons de bois et s'engager dans le souterrain sous la rue de la Grande-Horloge. Peut-être s'est-elle alors simplement perdue.

– Mais pour quelle raison aurait-elle fait ça ? lui demanda Mazarin en haussant les épaules, tant l'hypothèse lui paraissait absurde.

– Je l'ignore, monseigneur… simplement je m'interroge…

Il se tut un instant avant de poursuivre :

– … Et si le roi n'était jamais allé dans le souterrain ? S'il était tout simplement sorti de l'hôtel comme le suggérait Gaston ?

– C'est impossible, monsieur ! intervint Villequier avec courroux. Le roi est parti dans les souterrains ! martela-t-il.

– Vous l'avez donc vu ! ironisa Gaston.

– Non ! Mais j'avais doublé la garde devant l'hôtel et dans la cour. J'avais une dizaine d'hommes dans le vestibule de l'hôtel. Une salle des gardes a d'ailleurs été aménagée dans l'entrée. Mes hommes connaissent le roi et m'auraient signalé son passage, affirma-t-il.

– Et s'il était passé par la communication faite avec l'hôtel de Regusse ? Vous nous avez dit qu'elle donne aussi vers les caves et l'escalier de service. Il aurait pu ensuite sortir par un autre hôtel, proposa Gaston qui avait visiblement envie de contrarier M. de Villequier.

– C'est impossible, je vous l'ai dit ! répéta Villequier, le visage maintenant cramoisi et les yeux fulminants de colère à l'idée qu'on puisse ainsi l'accuser de négligence. Cette porte était soigneusement fermée à clef et je suis le seul à avoir cette clef !

Le capitaine des gardes du corps savait que la prison et le déshonneur l'attendaient si le roi ne revenait pas ; et sans doute la mort s'il était accusé de négligence. Il poursuivit :

– Mais même si Sa Majesté avait pu passer par là, les trois hôtels étaient sévèrement gardés. Le roi ne pouvait sortir sans qu'on s'en rendît compte. Il est donc forcément allé dans le souterrain et on l'a enlevé là-dessous !

– D'accord, accepta Louis en levant une main pour marquer sa capitulation. Nous allons voir par nous-mêmes. Mais, avant de nous y rendre, pouvez-vous nous dire, monseigneur, si vous avez des soupçons sur ceux qui ont agi ainsi ? demanda Louis à Mazarin.

– Des soupçons ? ironisa l'Italien en levant les bras au plafond dans un geste théâtral. Un trop-plein de soupçons, hélas !

Le cardinal présenta alors trois doigts de sa main gauche pour les énumérer.

– Il y a nos ennemis actuels, nos ennemis d'hier et nos ennemis d'avant-hier !

» Nos ennemis actuels, ce sont bien sûr les Marseillais et ces séditieux aixois qui ont tenté de meurtrir M. d'Oppède, l'année dernière. (Il se tourna vers Dominique Barthélemy.) Les Aixois, vous les connaissez, monsieur, et vous savez de quoi ils sont capables.

– En effet, monseigneur, opina Barthélemy. Il y avait M. de Cormis, qui est emprisonné à Pierre Ensize, M. d'Escalis, le baron de Bras, qui a été exilé, M. le procureur Pontevès, qui s'est enfui et qui est condamné à mort…

– N'oubliez pas les plus coupables, intervint Mazarin : les deux frères Gallaup dont l'un, Hubert, a été banni à perpétuité du royaume et a eu ses biens confisqués. Quant à son frère François, il a été condamné à mort. Or, ils sont tous les deux en fuite ; donc ils peuvent aussi bien se cacher en Provence, à Aix même !

» Mais ces gens-là auraient été de peu d'importance s'ils n'avaient été soutenus par cet insolent consul de Marseille, M. Gaspard de Glandevès-Niozelles, qui a lui aussi disparu dès qu'il a su que Sa Majesté envoyait une armée pour lui faire rendre gorge.

» Gallaup et Niozelles ont fort bien pu s'allier à nouveau pour tenter un coup de main contre le roi. Ils connaissaient certainement fort bien les souterrains.

Le cardinal fit une pause en considérant son

assistance pour obtenir son approbation. Puis il reprit :

– Nos ennemis d'hier, ce sont évidemment M. de Condé et ses comparses Coligny, Bouteville ou encore Longueville. Ils sont parfaitement capables d'enlever ou d'assassiner Sa Majesté.

Le prince de Condé, le duc de Longueville et quelques-uns de leurs amis étaient sortis de France à la fin de la Fronde pour se jeter dans le parti du roi d'Espagne. Ayant finalement été inclus dans les accords de paix négociés entre les deux couronnes, ces anciens adversaires du roi durant la Fronde devaient arriver en Provence le 27 janvier afin de demander pardon et obtenir leur grâce.

– Quant à nos ennemis d'avant-hier, poursuivit Mazarin, il y en a deux formidables : en premier lieu, M. de Beaufort qui, chose étonnante, arrivera lui aussi à Aix en février sous le prétexte de rencontrer son frère, le gouverneur de Provence !

» Ensuite, il y a Mademoiselle, sa complice et amie. C'est une femme d'une rare audace, contrairement à son père, et qui est totalement dirigée par ses passions. Elle a déjà tenté de tuer le roi durant la Fronde. Peut-être a-t-elle découvert une opportunité qui lui a permis de récidiver. Je m'interroge toujours sur les raisons qui lui ont dicté de loger si loin de la cour, à l'hôtel de M. de Pontevès, sur ce nouveau Cours tout en chantier.

– En ce qui concerne les séditieux marseillais et aixois, monseigneur, je reconnais volontiers qu'ils doivent être retenus comme les principaux suspects, opina Gaston. Mais Mgr de Condé,

M. de Beaufort ou Mlle de Montpensier ont fait allégeance et ont été pardonnés, ou sont sur le point de l'être.

– Allons, monsieur de Tilly ! plaisanta Mazarin les yeux froids et le ton réprobateur. Ignorez-vous qu'il n'y a aucun scrupule à se raccommoder avec ses ennemis pour le bien de son entreprise ?

– Je doute fort que ce puisse être le prince, remarqua Fronsac qui restait un fidèle de Louis de Bourbon. Mgr de Condé a bien des vices, mais il m'a souvent répété durant la Fronde : *Je m'appelle Louis de Bourbon et je ne veux pas ébranler la Couronne. Je suis d'une naissance à laquelle la conduite du Balafré ne convient pas.*

– Il pourrait avoir changé, après quelques années chez les Espagnols, ironisa Mazarin. N'oubliez pas, non plus, que le séditieux aixois François de Gallaup est l'un de ses anciens capitaines des gardes. Et surtout, vous savez comme moi, Fronsac, que ce qui dirige Condé est avant tout l'orgueil. Je le connais bien. Il doit venir à Aix demander publiquement pardon à son roi. C'est une humiliation intolérable pour un homme comme lui, ainsi que pour son fidèle ami Longueville qui arrive justement demain !

Tous ces arguments étaient fort troublants. Condé avait en effet les motifs et les moyens du crime. Pourtant, avant de déterminer les coupables, il fallait retrouver le roi s'il était encore vivant et Louis avait d'autres questions à poser :

– Une telle disparition a forcément nécessité une importante préparation. Avez-vous remarqué quelque incident hier ?

La question s'adressait au marquis de Villequier et la réponse de celui-ci fut brève et définitive tant le capitaine des gardes voulait prouver qu'il avait parfaitement fait son devoir.

– Je n'ai rien remarqué, monsieur. Si je m'étais douté de quelque chose, je n'aurais pas laissé le roi seul.

– Ce n'est pas ce que je voulais dire, s'excusa Louis. L'explication de cette étrange disparition est peut-être dans le déroulement de sa journée. Qu'a-t-il fait exactement, hier ?

– Comme d'habitude, il a fait manœuvrer ses mousquetaires, répliqua Villequier. Puis il est parti chasser l'après-midi avec M. de Saint-Jean et son fils. J'étais avec eux. Le roi a pris une collation au château de M. de Saint-Jean [1]. Au retour, il a soupé avant de décider de se rendre chez Mme de Soissons. Il y allait tous les soirs tant il raffole de ses dames de compagnie.

– Y en a-t-il une… qu'il préfère ? demanda Gaston avec un sourire.

– Je l'ignore, répliqua sèchement Villequier comme agacé par des questions aussi indiscrètes. Mais il est vrai que Sa Majesté a beaucoup de succès auprès des dames.

– En effet, et sa mère tenait à ce qu'il s'amusât ici, précisa Mgr Mazarin, qui n'ajouta pas : *et*

1. Le Grand-Saint-Jean.

qu'ainsi, il oublierait cette petite ambitieuse de Marie Mancini qui s'était déjà vue reine de France !

– Comment s'est passé le souper ? demanda Tilly. Le roi aurait-il pu manger quelque mets qui lui aurait fait mal ? Il aurait pu avoir un malaise en s'engageant dans le souterrain…

– Je ne pense pas, répondit encore le capitaine des gardes d'un ton assez méprisant envers une suggestion qu'il trouvait stupide. Suivant l'étiquette, j'étais présent au souper ainsi que M. le duc de Mortemart, le premier gentilhomme de la chambre. Il y avait aussi M. Antoine Vallot, son médecin.

» Sa Majesté a dîné de bon appétit. Je crois me souvenir qu'il y avait du pain à la reine [1], que le roi apprécie fort. Comme d'habitude il n'a mangé que la mie, demandant que l'on donnât la croûte aux dames pour mouiller dans leur bouillon.

» Le roi a d'ailleurs complimenté M. Aimar pour les cinq services qui ont suivi. (Villequier les énuméra :) Des potages à base de pain coupé en fines tranches et cuit dans un bouillon de viande, des tourtes de poisson, des gibiers préparés à la broche, des ragoûts et enfin quelques légumes avec des salades, des confitures sèches, du massepain, des pâtes de fruits et des fruits confits. Sa Majesté était très satisfaite.

Il y eut un bref silence déplaisant.

1. Pain salé contenant du lait de chèvre et de la levure de bière.

Pourquoi diable Villequier leur racontait-il tout cela ? s'interrogea Louis en s'efforçant de rester impassible. Quelle importance avait le menu du roi ? Et si cette fastidieuse énumération du capitaine des gardes n'était qu'une diversion afin de ne pas aborder d'autres faits plus révélateurs ?

– Le roi a-t-il eu des visiteurs inattendus, hier ? demanda-t-il finalement.

Villequier parut surpris par la question.

– Non, personne, répliqua-t-il peut-être un peu trop rapidement.

Louis regarda Gaston. Il n'avait plus d'autre question à poser et apparemment son ami non plus. Il y eut un nouveau silence. Chacun se rendait compte de la difficulté de la tâche de Louis Fronsac. Comment pouvait-il espérer retrouver le roi en quelques heures ? Qui plus est sans attirer l'attention de quiconque par ses questions. C'est d'ailleurs ce que rappela Mazarin :

– Qu'allez-vous faire maintenant, monsieur Fronsac ?

– Comme d'habitude dans ces cas-là, interroger, tenter de découvrir quelques faits significatifs, proposa Louis sans grand enthousiasme.

– Mais vous devrez être discret dans vos questions. On ne doit se douter de rien. Je veux tenter de garder le secret de la disparition du roi jusqu'à ce soir.

– À ce sujet, Éminence… Si nous ne retrouvons pas le roi durant les heures qui viennent…

Mazarin s'était préparé à cette question.

– Ce matin, à neuf heures, je préviendrai la reine. Nous ferons savoir à la cour que Sa Majesté se lèvera plus tard. M. de Châteaurenard prendra les dispositions nécessaires pour que personne ne parle dans sa domesticité. M. Rose gardera la porte du roi avec des hommes de M. de Villequier.

» Évidemment, nous ne pourrons tenir que quelques heures ainsi. À midi, j'aurai convoqué un conseil avec les secrétaires d'État et la reine. Si nous ne savons toujours rien, la reine décidera mais, d'ores et déjà, j'ai demandé à mon capitaine des gardes de doubler les hommes à l'archevêché. Particulièrement autour des appartements du duc d'Anjou. Peut-être sera-t-il ce soir roi de France.

Et au plus tard, dans la soirée, l'affreuse vérité sera dévoilée.

Il ne précisa pas : *et M. de Villequier sera mis aux arrêts. S'il a de la chance, il finira ses jours en prison, peut-être dans ce château d'If que le roi souhaitait tant visiter*.

– Supposons maintenant que nous retrouvions le roi, demanda Gaston.

– Vivant ? fit Mazarin en posant un regard sévère sur lui.

– Non, monseigneur, répondit Gaston en baissant les yeux.

– Alors, je serai perdu et la reine assurera à nouveau la régence du duc d'Anjou. Je quitterai la France aussitôt, répliqua fièrement le ministre.

L'enlèvement de Louis XIV

Cinq heures s'égrenaient à Notre-Dame. Dans la pièce où ils étaient enfermés, elle demanda :

– Louis, crois-tu qu'on nous retrouvera ?

– Certainement, ma mie.

Sa voix tremblait en disant ces mots.

– Mais Louis, personne ne sait que nous sommes enfermés ici !

Le roi se détourna. Il y avait déjà songé. Quel genre de mort avait-on quand on était enterré vivant dans un tombeau ?

Il se mit à prier.

4

Guidés par M. Aimar, Louis et Gaston, suivis de Bauer et Gaufredi, descendirent dans la cour de l'hôtel de Forbin. M. de Villequier, toujours distant, fermait la marche. Ils traversèrent la petite cour pour s'engager dans le jardin à l'arrière de l'hôtel.

Au fond, ils prirent un couloir. Là, une porte avait été percée, qui ouvrait dans les jardins de l'hôtel voisin de M. de Regusse.

La nuit était totale. M. Aimar, Gaufredi et M. de Villequier portaient chacun une lanterne.

Nul valet ne les accompagnait. Le froid vif leur brûlait le visage.

À peine étaient-ils entrés dans les jardins de l'hôtel de Regusse qu'une lumière venant de leur droite s'avança vers eux. C'était un garde du corps du roi. En s'approchant, l'homme reconnut le marquis de Villequier et le salua.

– Je croyais que les gardes du corps ne surveillaient que l'entrée des hôtels, s'étonna Gaston.

– En effet, répondit M. Aimar. Mais il existe ici une poterne qui ouvre dans la rue des Écoles et que beaucoup utilisent pour sortir discrètement. Il y a quelques établissements de bain rue du Puits-Chaud et rue des Étuves dont les garces sont renommées, plaisanta-t-il, bien qu'il n'eût guère le cœur à ça. Les gardes sont là pour vérifier que ceux qui souhaitent entrer logent bien dans l'un des trois hôtels.

Ils pénétrèrent à nouveau dans un corridor glacial, puis traversèrent une petite salle déserte. Au bout, une porte avait été fraîchement percée.

– Nous voici dans mon hôtel, expliqua Aimar alors qu'ils débouchaient sur un petit palier.

Devant eux, en descendant quelques marches, on distinguait une sombre ouverture. À main droite, une porte ouverte donnait sur une étroite cage d'escalier à claire-voie qui desservait quatre étages.

– C'est l'escalier qui conduit aux étages, expliqua-t-il. Au premier palier, il y a une entrée de service vers l'appartement de Sa Majesté. Devant nous, vous avez le couloir qui permet d'accéder aux cuisines, aux caves et celliers, ainsi qu'au passage souterrain, vers l'hôtel de Sauveur de Gaillard. Par ici nous allons arriver dans le grand vestibule.

Ils longèrent la cage d'escalier sur quelques pas et tournèrent à gauche. Ils se retrouvèrent dans un vestibule d'apparat d'où grimpait un grand escalier à balustres. Quelques gardes du corps du roi en uniforme fleurdelisé se tenaient devant.

Plusieurs candélabres et chandeliers éclairaient les lieux ainsi qu'un grand lustre à bougies. En levant les yeux, Louis découvrit avec émerveillement que toute la cage d'escalier était peinte en trompe l'œil.

– Quelle magnifique décoration ! s'extasia-t-il.

– M. Daret vient juste de la terminer, se rengorgea M. Aimar. Et c'est encore plus beau quand il fait jour. Je suis désolé que vous découvriez ce décor dans d'aussi pénibles circonstances.

Il précisa un ton plus bas alors que Villequier s'était dirigé vers les gardes :

– Là-haut, vous apercevez la Vertu Immortelle. Sa Majesté a tellement aimé la beauté de ce décor qu'elle a commandé à ses gardes du corps d'avoir soin qu'on ne gâtât rien. Je crois qu'elle souhaite aussi que M. Daret vienne à Paris travailler pour lui.

Villequier revint vers eux avec un officier qu'il était allé chercher dans une pièce située à droite de l'entrée principale, sans doute la salle des gardes. Il s'adressa à Louis :

– M. de Brissac est l'officier de garde, fit-il. Il donnera la consigne de vous laisser passer à toute heure.

– Nous sommes cinq, déclara Louis en désignant ses compagnons.

L'officier les salua et retourna dans la salle des gardes.

– Montons ! proposa Aimar.

Ils grimpèrent le grand escalier. Au palier, Aimar désigna les appartements du roi, à leur gauche, gardés par deux mousquetaires noirs de M. de Baatz et leur proposa de le suivre dans les siens, à droite.

Villequier les abandonna alors. Il expliqua avec une certaine condescendance qu'il devait maintenant sortir de son lit le médecin du roi, Antoine Vallot, pour lui expliquer la situation. Sans attendre de réponse de leur part, le capitaine des gardes s'engagea dans les appartements du roi.

Cette attitude surprit Louis et Gaston. Villequier était le premier responsable de la disparition du souverain. Il était tout à fait étonnant qu'il ne s'intéresse pas plus à la recherche qu'allaient conduire les deux enquêteurs choisis par Mazarin.

Ils pénétrèrent dans un grand salon. La pièce était éclairée par un unique bougeoir et le feu qui crépitait bruyamment dans la cheminée. Sommeillant sur une chaise devant l'âtre, un homme âgé les attendait. Il se redressa en les entendant entrer.

– M. Gastaud, mon intendant, expliqua Aimar en le désignant d'un geste. C'est lui qui m'a secondé cette nuit dans nos recherches au sujet du rôdeur qu'on nous a signalé.

» Avez-vous préparé ce que je vous avais demandé ? lui demanda-t-il.

– Oui, monsieur. Je vais faire monter du bouillon des cuisines. Sur mon ordre, le cuisinier a déjà préparé ses feux.

Autour de la cheminée, et tentant de se réchauffer pieds et mains, le baron demanda à Louis quelle aide il pouvait lui apporter.

– Nous allons descendre dans le passage souterrain pour nous faire une première idée, proposa Louis. Je n'en attends aucun résultat puisque vous l'avez déjà longuement fouillé, mais cela nous permettra de mieux appréhender les choses. J'aimerais que Dominique, Gaufredi et Bauer explorent ensuite le plus loin possible les deux portions du souterrain qui court sous la rue de la Grande-Horloge. Munissez-les de lanternes. Pendant ce temps, Gaston et moi allons nous rendre chez votre voisin, le notaire Borrilli.

On frappa à la porte et Aimar donna l'ordre d'entrer. C'était l'intendant qui portait sur un plateau bols et soupière fumante. Comme son maitre le lui avait demandé, il faisait lui-même le service. Aucun laquais, aucune servante, ne devant se douter de ce qui se passait.

– Monsieur Gastaud, allez chercher quelques lanternes et retrouvez-nous dans le passage souterrain, ordonna Aimar. Nous descendons dans une minute, dès que nous avons terminé ce bouillon.

– J'en ai déjà fait placer une dizaine en bas, monsieur, dit l'intendant qui, sans être certain d'avoir compris ce qui s'était passé dans la nuit, se doutait bien que quelque chose de grave s'était produit pour qu'il y ait tant d'agitation.

– Allons-y donc, proposa Louis après avoir avalé le bouillon chaud.

Un peu réchauffés, ils le suivirent.

Ils redescendirent l'escalier et passèrent dans la partie de service, derrière le grand escalier. De là, ils rejoignirent ce grand corridor souterrain qui desservait caves et cuisines.

Les murs de ce souterrain fortement pentu étaient partiellement recouverts de tapisseries à verdure. Il y faisait froid malgré un petit brasero fumant. Louis remarqua le plafond constitué d'un encorbellement de grosses et longues pierres. Une sorte d'escalier à l'envers. Aimar surprit son regard.

– Nous sommes juste sous le grand escalier. Les cuisines sont à droite et fermées par cette porte.

Gaston s'assura que la porte était bien fermée. Aimar désigna ensuite des marches devant eux qui descendaient plus profondément dans le sous-sol.

– Par ici se trouve l'entrée du souterrain.

Ils s'y dirigèrent, tournèrent à gauche et débouchèrent dans une grande cave voûtée jumelée à une seconde salle. La cave était éclairée de chandeliers à gros cierges et décorée sommairement de quelques tapisseries. Un plancher de bois couvert d'un tapis conduisait à une ouverture béante au fond. Un poêle de faïence bleu réchauffait quelque peu les lieux. Un tuyau d'évacuation des fumées serpentait jusqu'à un soupirail, qui débouchait sans doute dans la rue.

Un couloir se prolongeait au-delà de la petite cave et on devinait qu'il passait sous la rue.

Ils découvrirent là deux laquais en livrée couleur feuille-morte et galon bleu qui étaient en train de changer les cierges et les bougies.

– Nos domestiques descendent régulièrement moucher et changer les chandelles, expliqua l'intendant. Il y a une aération des fumées par un soupirail, à chaque extrémité du passage souterrain.

Il en désigna un du doigt.

– Laissez-nous, monsieur Gastaud, ordonna le baron de Châteaurenard. Et emmenez ces gens avec vous.

L'intendant s'éloigna avec les domestiques et ils restèrent tous les six. Ils s'avancèrent de quelques pas dans le souterrain.

Cette partie-là du corridor faisait environ quatre toises et de chaque côté étaient disposées des cloisons de bois peintes. À mi-chemin, et de part et d'autre, des portes de bois étaient entrouvertes. L'endroit se trouvait bien éclairé car deux consoles en noyer supportaient des chandeliers ainsi que plusieurs lanternes à bougie.

– Ces portes sont fermées, habituellement ? demanda Louis en désignant les deux portes.

– Oui, mais il n'y a qu'une poignée. Le roi pouvait parfaitement passer par là, s'il le désirait.

Il se tut un bref instant, puis questionna en haussant les épaules :

– Mais pourquoi l'aurait-il fait ?

– D'autres auraient aussi pu arriver par là, s'inquiéta Gaston. Vous n'y avez pas songé ? Pourquoi ne pas avoir placé de verrous ?

– En effet. J'ai certainement eu tort. Mais le souterrain n'est guère utilisé que par l'hôtel de Forbin et l'hôtel de Saint-Jean et uniquement dans des situations très particulières. Nous n'avions aucune raison de penser que quelqu'un l'emprunterait. D'ailleurs, les portes des hôtels de Forbin et de Saint-Jean donnant dans le passage sous la rue sont closes avec des verrous.

Barthélemy, qui connaissait bien ce chemin souterrain, avait déjà allumé une lanterne ainsi que Gaufredi. Il s'approcha de la porte et éclaira l'intérieur du passage.

– Je vous propose de faire une reconnaissance, dit-il.

– Vas-y avec ton grand-père, opina Louis. Nous ne servirions à rien ici. Je vais plutôt tenter de trouver des plans avec Gaston.

5

Louis et Gaston, suivis à quelques pas de Bauer, sortirent de l'hôtel. Il devait être entre cinq et six heures du matin et le baron de Châteaurenard était resté dans son hôtel, où une dure journée l'attendait.

Dans la cour où étaient rangés deux carrosses, quelques gardes du corps se réchauffaient près d'un brasero et les ignorèrent. Ils s'engagèrent dans la rue Bremondi qui faisait l'angle. La ruelle était déserte et sombre mais Gaston et Bauer portaient une lanterne. Le froid était de plus en plus vif.

– Qu'en penses-tu, Louis ? demanda enfin Gaston.

C'était la première fois qu'ils se trouvaient seuls (Bauer les suivait sans vraiment s'intéresser à l'affaire).

– J'ai bien peur que Mgr Mazarin ait raison. Que les ennemis du roi l'aient capturé, tué peut-être. Ces frères de Gallaup m'en paraissent bien capables. Pourtant, je n'arrive pas à imaginer que le prince de Condé puisse se trouver derrière une telle ignominie.

Gaston ironisa :

– Certes, tu préférerais que ce soit Beaufort que tu détestes. Moi, si j'avais à choisir, je retiendrais le nabot Conti [1]. Ce zéro parmi les Grands comme le proclame fort justement ton ami La Rochefoucauld.

– Tu n'as donc pas oublié Mlle Hervé ? plaisanta Louis [2]. Mais soyons sérieux, j'irai chez les

1. Armand de Bourbon, prince de Conti, frère de Condé et époux d'une nièce de Mazarin.

2. Voir *L'Exécuteur de la Haute Justice*, même collection.

frères Gallaup ce matin et ensuite je rendrai visite à Mmes de Montpensier et de Soissons. J'aurai par contre une mission délicate à te confier.

– Je n'irai donc pas avec toi ? s'étonna Gaston.

– Il est inutile que nous soyons ensemble et le comportement de M. de Villequier me chagrine. N'as-tu rien remarqué à son égard ?

Gaston inclina la tête en signe d'adhésion.

– S'il n'était pas maréchal de France et capitaine des gardes du corps, je dirais qu'il fait un suspect idéal. Il n'a pas l'air rassuré de nous voir fouiner et il évite visiblement de nous communiquer la moindre information susceptible de nous aider.

– C'est exact. Cela étant, c'est lui qui sera le plus gravement puni si on ne retrouve pas le roi vivant et je comprends qu'il tente de se protéger. Il sait qu'il risque fort de finir la journée au fond d'un cachot dans le Palais Comtal, et cette crainte peut expliquer son agressivité ainsi que son manque de courtoisie envers nous. Pourtant, j'ai la confuse impression qu'il en sait plus qu'il ne nous le dit, qu'il nous cache quelque secret. J'aimerais bien savoir ce qu'il va faire ce matin. Lorsque nous reviendrons à l'hôtel de Châteaurenard, ne le quitte pas des yeux. Essaie de le suivre, s'il sort. Discrètement, bien sûr.

– Tu penses que le marquis de Villequier pourrait connaître les ravisseurs du roi ? Avoir même participé à son enlèvement ?

– Il était le plus proche de Sa Majesté. Il était avec lui hier toute la journée. Il assure l'avoir vu partir dans le souterrain. Le roi ne se serait jamais méfié d'un homme comme lui. Que sais-tu d'ailleurs sur le marquis ?

– C'est quelqu'un de considérable ! Son grand-père était gouverneur de Paris et un des fidèles d'Henri III. Lui-même a servi noblement Louis le Juste, et il a toute la confiance de la reine, s'offusqua Gaston malgré tout choqué de ces accusations contre un homme qu'il estimait. C'est lui qui a arrêté le cardinal de Retz en décembre 1652. Il avait été fait maréchal de France l'année précédente.

Il médita un instant avant d'ajouter :

– Mais je me souviens qu'il a aussi été longtemps un fidèle du prince de Condé. On m'a rapporté qu'au moment où le prince avait été arrêté, durant la Fronde et par ordre de Mazarin, il était chez Mme de Motteville. En apprenant la nouvelle, il s'était écrié : “Je suis perdu !”

» Mme de Motteville, surprise de cette exclamation, lui avait ironiquement déclaré :

» – Je savais bien que vous étiez des amis de M. le Prince, mais j'ignorais que vous fussiez son ami à ce point !

» – Ne voyez-vous pas que cette exécution me regardait et que, si l'on ne m'a point employé, c'est qu'il est clair qu'on n'a plus confiance en moi », lui avait répondu le marquis de Villequier.

» Mais finalement, malgré ses craintes, Villequier n'a pas été disgracié et est resté capitaine des gardes. Il a même été fait maréchal de France peu après.

– Ton histoire est fort troublante, et surtout inquiétante, fit Louis en s'arrêtant. Toutes les pistes sur cette disparition conduisent malheureusement au prince de Condé : Villequier pouvait facilement trahir le roi et il est un ami de Condé. Gallaup avait la connaissance et les moyens de la capture du roi, et il avait été le capitaine des gardes de Condé. Cela fait beaucoup de coïncidences !

– Et Condé, orgueilleux comme il l'est, pouvait bien être décidé à refuser l'humiliation qui l'attendait. Fût-ce au prix de la mort du roi ! ajouta Gaston.

– C'est là où je ne suis pas d'accord, dit Louis en secouant la tête. Il était facile à ceux qui se sont attaqués au roi de le blesser ou même de le tuer. Or, ils ne l'ont pas fait : il n'y avait aucune trace de sang dans le souterrain d'après Aimar et l'on n'a pas trouvé de corps, tout au moins jusqu'à présent. Je pense donc que Sa Majesté a seulement été enlevée. Et si le roi est captif, nous pourrons le libérer.

Il conclut :

– Villequier te conduira peut-être à son cachot !

Louis se tut en s'arrêtant devant la maison des Borrilli, qui était la dernière, juste à l'angle de la rue des Écoles. Ils n'avaient finalement eu que quelques pas à faire puisque la rue des Bremondi séparait les hôtels de Saint-Jean et de Châteaurenard.

Les Borrilli étaient notaires à Aix depuis trois cents ans. Boniface, que Louis avait rencontré lors de l'énigme du clos Mazarin, était un vieil homme grand amateur d'art et d'antiquités. Il possédait quantité de chefs-d'œuvre dans une galerie qu'il avait aménagée dans son étude. Il conservait là des peintures de Michel-Ange, Titien, Caravage et même Léonard de Vinci.

La solide porte de chêne de l'étude était encadrée d'un décor richement sculpté. Louis frappa, se doutant bien qu'il devrait faire beaucoup de bruit pour réveiller quelqu'un à cette heure matinale. Mais il se trompait ; très vite, un judas grillagé s'ouvrit et une voix chuintante questionna :

– Que voulez-vous ?

– Nous sommes au service de Mgr Mazarin. Nous devons rencontrer immédiatement maître Borrilli.

Leur interlocuteur avança un bougeoir par le judas pour tenter de les distinguer.

– Maître Borrilli est réveillé, fit-il. Mais il ne peut recevoir si tôt, revenez plus tard, d'ici une heure.

– Nous n'avons pas le temps ! Faites-nous entrer ou nous revenons avec une compagnie de gardes du corps du roi.

Il y eut des grincements de verrous et des cliquettements de chaînes, puis la porte s'ouvrit et Louis reconnut le vestibule sombre et glacial qui donnait sur un jardin intérieur.

– Je vais prévenir maître Borrilli, proposa le concierge ou l'intendant qui leur avait ouvert – c'était un très vieil homme voûté. Pouvez-vous me suivre jusqu'à l'antichambre où je viens d'allumer un feu ?

Ils le suivirent et s'installèrent devant l'âtre qui n'était pas encore bien chaud. L'homme avait disparu. Ils attendirent quelques minutes, puis le vieillard revint et leur proposa de les suivre.

Par un dédale de passages et d'escaliers, ils se rendirent dans une longue pièce voûtée que Louis avait déjà visitée. C'était la galerie d'antiquités du notaire. Le large corridor était glacial et à peine éclairé de deux chandeliers aux flammes vacillantes.

Un très vieil homme au visage parcheminé les attendait à son extrémité. Il était vêtu d'un épais manteau d'intérieur en fourrure. Louis reconnut Borrilli.

– Messieurs ? demanda-t-il d'une voix hésitante et fort inquiète.

Louis s'approcha de lui, son chapeau à la main en signe de déférence.

– Je vous reconnais ! Vous êtes M. Fronsac, murmura le notaire. (Il eut un sourire grimaçant.) Il semble que vous vous présentez chez moi toujours dans des conditions bien étranges.

– En effet, et je vous prie de m'en excuser, maître. Mais j'ai encore besoin de votre science.

Le notaire sourit, plutôt flatté. D'autant plus que son domestique lui avait assuré que ce visiteur venait sur ordre du Premier ministre.

– Si ce n'est que ça !

– Nous n'avons pas beaucoup de temps, expliqua Louis avec une certaine brusquerie. Voici ce qui m'amène : il existe des souterrains dans votre ville. Savez-vous si un relevé en a été fait ?

– Un plan des souterrains ? (Le vieillard hocha la tête de haut en bas plusieurs fois.) Je pense, oui. Je n'en ai pas ici, mais je crois savoir qui en a fait un bon relevé. C'est un garnement devenu notaire quand son oncle lui a cédé sa place. Enfant, il passait son temps à courir sous terre pour les explorer avec une lanterne !

– Donnez-nous son nom et l'adresse où il loge. Nous allons le voir immédiatement.

– Ce n'est pas très loin ; il se nomme Jacques Lagier, c'est le neveu de maître Lagier. Je crois bien que vous l'avez déjà rencontré.

– Je me souviens en effet de maître Lagier, qui était notaire Grand-Rue-Saint-Esprit, fit Louis en réfléchissant un instant. Il avait un neveu qui travaillait pour lui, celui qui faisait des enquêtes. Il est même venu me porter une lettre à l'auberge de *La Mule*.

– C'est certainement lui. Il a repris l'étude de son oncle après sa mort. Mais elle se trouve désormais non loin d'ici, en bas de la rue de l'Official. Je vais vous indiquer sa maison.

En bas de la rue de l'Official, l'étude de maître Lagier était une maison de pierre fort quelconque à un étage et à la porte voûtée très basse. Ils durent frapper longuement à l'huis avant qu'une tête apparaisse à une fenêtre au-dessus d'eux. Celle d'un homme qui les questionna avec hargne. Ils ne pouvaient distinguer sa figure dans la nuit. De nouveau, Louis dut insister et menacer pour qu'on lui ouvre. Finalement, après qu'ils eurent éclairé leur visage avec leur lanterne et que leur interlocuteur se fut assuré qu'ils n'étaient pas des voleurs, l'homme de l'étage cria un ordre. Quelques secondes plus tard, la porte s'ouvrait avec de sinistres grincements et ils entrèrent dans un sombre couloir. Le valet qui leur avait ouvert était en compagnie d'une servante. Derrière eux Louis distingua un couloir d'où s'exhalait une appétissante odeur de soupe. Sans doute la cuisine était-elle au fond. Il aperçut aussi un escalier étroit et obscur.

La servante, une femme d'un certain âge, en tablier, leur demanda de la suivre. Elle tenait un bougeoir en main. Ils grimpèrent à tâtons au premier palier et, suivant un étroit corridor, passèrent devant deux portes avant d'entrer par la troisième dans un petit cabinet, où leur guide leur demanda d'attendre un instant. Avant de sortir, la domestique alluma un autre bougeoir. La pièce minuscule, obscure et glaciale, était fort encombrée d'un mobilier disparate : une table montée sur six colonnes et couverte d'un tapis de drap vert, six escabeaux, deux fauteuils et quatre chaises à vertugadins, un buffet à guichet, un coffre, une armoire grillagée contenant une quarantaine de livres et enfin un dressoir couvert de vaisselle. C'était sans doute la pièce de la maisonnée qui servait de salle à manger. Les deux autres pièces devaient être la chambre du notaire et son cabinet de travail, devina Louis.

Au bout de quelques minutes, un homme ayant dépassé la trentaine, plutôt élégant dans son pourpoint de drap noir garni de passements de soie et sa chemise à collet droit, entra, suivi d'un valet édenté porteur d'un panier de bûches.

– Je suis maître Lagier, messieurs. J'ai cru comprendre que vous forciez ma porte au nom du roi. Pouvez-vous m'en donner les raisons ?

Le ton était courtois mais ferme. Louis reconnut la voix de celui qui les avait interrogés de la fenêtre. Mais il ne se remémora pas l'adolescent insolent qu'il avait vu treize ans auparavant. Le valet allumait le feu en silence dans une cheminée de pierre ocre.

– Nous venons effectivement sur ordre de Sa Majesté, expliqua Louis. Maître Borrilli nous a envoyés chez vous. Vous disposeriez d'un plan des souterrains de la ville et nous sommes à la recherche d'un tel document.

– Ce n'est que cela ? Et ça ne pouvait attendre quelques heures, ironisa le notaire.

– Pas pour Sa Majesté, intervint sèchement Gaston.

Maître Lagier le considéra un bref instant d'un regard froid.

– Très bien. Je dispose en effet d'un relevé que j'ai fait au bout de quelques années d'exploration des sous-sols de cette ville. Je peux vous le confier. Dois-je aller le chercher ?

– Oui, monsieur, opina Louis.

Le feu flambait et le valet sortit, suivi par le notaire. Deux ou trois minutes plus tard, la vieille femme qui les avait amenés revint porteuse d'un plateau contenant des verres et du vin chaud épicé. Le valet suivait avec un chandelier. Il alluma encore deux autres chandeliers dans la pièce. La salle parut alors plus grande et presque agréable.

Le notaire les suivit de peu, un document à la main.

– J'ai pensé que vous deviez avoir froid, fit-il maintenant plus aimable.

Il avait dû songer que rendre service à Sa Majesté ne pouvait que lui profiter.

Il se dirigea vers la table pour y déplier son document :

– Ce relevé n'est pas forcément complet, s'excusa-t-il. N'y figurent que les galeries que j'ai explorées. Y a-t-il une partie de la ville qui vous intéresse particulièrement ?

– Le bourg Saint-Sauveur, répondit Louis.

Le plan était fait à la plume, on y avait noté le passage du souterrain sous les rues, parfois les entrées dans les sous-sols des maisons. Il y avait aussi des annotations dans les marges précisant la hauteur des galeries et leur état.

– Voici la rue de la Grande-Horloge, déclara Lagier. C'est ici que se trouve le souterrain principal.

Du doigt, il suivait le trajet du souterrain qui descendait jusqu'en bas de la rue de l'Official. Louis s'intéressa tout de suite à la rue Neuve, là où se situait la maison des Gallaup. Un embranchement du souterrain principal obliquait à partir de la Grande Horloge vers la rue Saint-Laurent, mais il n'aboutissait pas à la rue Neuve, seulement à un petit jardin intérieur, sans doute sous une fontaine.

– C'est curieux, il y a un souterrain qui semble partir de chez vous vers l'hôtel de Venel, remarqua Gaston.

Louis abandonna la rue Neuve pour examiner la découverte de son ami.

– Vous connaissez M. de Venel ? demanda Lagier.

– Nous l'avons rencontré, il y a une quinzaine d'années, quand nous étions à Aix.

– Vous êtes donc déjà venus à Aix ? Il me semblait bien vous avoir déjà vus, remarqua le notaire en les considérant avec plus d'attention à la médiocre lueur du bougeoir.

– En effet, sourit Louis. Nous nous sommes rencontrés à l'auberge de *La Mule*. Vous pouvez nous avoir oubliés, mais pas notre compagnon : Bauer, un géant allemand au costume de lansquenet.

– Mais oui ! Je m'en souviens maintenant ! Je vous ai porté un billet de la part de mon oncle !

– Que devient M. de Venel ? demanda Gaston. Toujours aussi farceur ?

– Certainement ! Vous savez sans doute qu'il avait épousé la fille d'un trésorier des états, mais son épouse, après avoir été dame d'honneur de Laure Mancini, l'épouse du gouverneur de Provence, s'est séparée de lui pour aller vivre à la cour. Elle a été choisie par la reine et Mgr Mazarin comme gouvernante des nièces de notre Premier ministre.

Gaspard de Venel, conseiller au parlement de Provence, était réputé à Aix pour ses mystifications. En vérité, le magistrat avait développé son penchant pour les facéties jusqu'à une véritable perversion. Il avait ainsi aménagé dans son hôtel de la rue Rastoin des pièces truquées dans lesquelles il hébergeait des hôtes de passage. De pauvres gens qu'il prenait plaisir à martyriser !

Ainsi certaines de ces chambres possédaient des mécanismes à poulies permettant de relever les lits pendant la nuit. Le dormeur, au matin, en se levant, tombait d'une toise et se brisait parfois un membre ! D'autres pièces avaient des fausses fenêtres et des portes qui se verrouillaient toutes seules. Celui qui y entrait ne pouvait en sortir. Par des judas, Venel observait ses victimes à loisir en pleurant de rire. Il laissait souvent ses invités enfermés ainsi durant un jour ou deux sans boire ni manger, puis il les libérait un matin en leur assurant qu'ils avaient rêvé !

– M. de Venel est absent, expliqua Jacques Lagier. Il a démissionné de sa charge de conseiller pour se lancer dans l'industrie. Il a demandé au roi le privilège exclusif de faire débiter la glace en Provence et, pour ce faire, il se trouve en ce moment à la Sainte-Baume afin de préparer des caves capables d'entreposer de la glace. Son hôtel est vide de tout habitant car il a emmené ses gens avec lui dans son logement de la Sainte-Baume. Il avait même songé à le vendre un temps et j'avais cru pouvoir être chargé de la vente.

– Tant mieux, fit Louis. Au moins, il ne martyrisera personne durant le séjour du roi. Avec toute la cour à Aix, il aurait trouvé moyen de se faire beaucoup d'ennemis.

– C'est, je crois, la vraie raison de son absence, sourit Lagier. M. de Forbin lui a vivement conseillé de ne pas être là et de garder sa maison close. Si quelque Grand se trouvait enfermé dans une de ses pièces truquées, avec tous les séditieux qu'il y a à Aix, le scandale serait terrible ! Par précaution, son hôtel est fermé.

– Il y a un embranchement du souterrain à partir de la rue de la Grande-Horloge vers l'hôtel de Regusse, remarqua Gaston. Savez-vous où il débouche ?

– Non, je crois que cette portion-là n'est utilisée que pour alimenter la fontaine en eau de source.

– Nous allons emporter ces plans, décida Louis. Nous vous les rendrons dans quelques jours.

6

Ils revinrent à l'hôtel de Châteaurenard. En chemin, Gaston expliqua à Louis que si le marquis de Villequier sortait à cheval ou en voiture, il ne pourrait le suivre. Il était donc prudent qu'il aille chercher sa monture dans l'écurie de Dominique, pour la conduire à l'écurie de l'auberge de la *Croix Jaune*, une hôtellerie qui se situait dans une rue transversale à celle de l'hôtel de Châteaurenard. Ainsi, il ne serait pas pris au dépourvu.

Ils se séparèrent à la place aux Herbes où les commerçants commençaient à installer leur étal et leurs tréteaux en s'interpellant bruyamment. Déjà, quantité de charrettes de ravitaillement arrivaient, la porte Notre-Dame venant d'être ouverte. Les premiers paysans s'étaient regroupés autour de feux ou de braseros, échangeant des rumeurs et avalant du vin chaud ou du bouillon. D'autres, pieds nus dans des socques ou des sabots malgré le froid, déchargeaient leur charrette à bras.

Il pouvait être six heures et demie et un début d'animation se faisait sentir aussi au long de la rue de la Grande-Horloge. Boulangers et rôtisseurs, tisserands et serruriers, chaudronniers et selliers ouvraient leur boutique et installaient leur marchandise. Les marchands ambulants arrivaient et vociféraient pour avertir les chalands de leur présence. Les palefreniers sortaient leurs bêtes pour les brosser et les faire boire aux abreuvoirs. Domestiques, valets et servantes s'interpellaient bruyamment autour de la fontaine d'Espeluque. Bientôt ce serait le ballet des pages, des écuyers et des officiers, puis celui des dames de compagnie et des filles d'honneur. D'ici une heure, tout le monde serait levé.

Dans les maisons, les feux s'allumaient et les cuisiniers préparaient les soupes. La bonne odeur du pain chaud envahissait la rue.

À la demande de Louis, Bauer resta de garde dans le vestibule de l'hôtel. Déjà, plusieurs des banquettes placées le long des murs étaient occupées par des hommes de loi, des pages et des officiers qui attendaient une audience ou qui devaient porter quelque commission. Il était peu probable que M. de Villequier soit déjà parti à cette heure matinale, aussi le Bavarois fut-il chargé de prévenir son maître s'il voyait le marquis s'apprêter à sortir. Dès que Gaston arriverait, c'est lui qui tiendrait compagnie à l'Allemand pour la surveillance.

Après qu'il eut expliqué son rôle à Bauer, Louis Fronsac descendit au sous-sol. Il y trouva M. Aimar avec un garde de M. de Villequier ainsi que Dominique et Gaufredi qui venaient de rentrer de leur première exploration. Ils congédièrent le garde et Louis posa le plan sur une des deux consoles de noyer qui décoraient le passage et sur laquelle étaient posés des chandeliers.

– Voici le plan des souterrains. Nous l'avons regardé rapidement avec Gaston sans qu'il nous apprenne grand-chose, mais vous connaissez mieux la ville que nous et, en l'étudiant, quelques idées vous éclaireront peut-être. Je n'y ai vu aucun souterrain qui conduirait à l'hôtel de Gallaup, mais je vais cependant me rendre là-bas avec Bauer tout à l'heure. Et vous, avez-vous découvert quelque chose ?

Dominique secoua négativement la tête.

– À part sur la portion le long de la rue de la Grande-Horloge, les autres passages semblent abandonnés. Il n'y a aucune trace, aucune empreinte. Et beaucoup de sections sont éboulées. Par contre, on a vu de nombreuses portes qui sont fermées. Les ravisseurs pourraient bien être passés par là.

– Je pense qu'il est inutile de chercher ainsi au hasard, Dominique. Si M. Aimar est d'accord, vous pourriez vous installer dans son cabinet ou dans une autre pièce pour étudier ce plan. J'ai chargé Gaston d'un autre travail pendant que je me rends chez M. de Gallaup. À mon retour, je passerai vous voir. Peut-être aurez-vous découvert quelque indice.

Le baron de Châteaurenard ayant approuvé cette façon d'agir, ils remontèrent. Dans le grand corridor souterrain qui desservait les caves, Gaufredi intervint :

– Dominique ne vous a pas dit que nous avons tout de même rencontré un visiteur dans ce souterrain.

Louis, qui était en tête, se retourna, intéressé.

– Qui donc ?

– Un chat noir, monsieur. On se demandait comment il pouvait être arrivé là. C'était une véritable apparition diabolique !

Louis le considéra un instant avec inquiétude, puis il hocha la tête, chassant l'idée qui lui était venue. Après tout, il n'y avait aucun mal à ce qu'un chat se promène dans ce souterrain, sans doute à la recherche de souris. Même s'il était noir.

En bas du grand escalier, ils retrouvèrent Bauer en compagnie de deux servantes et de Gaston qui venait d'arriver. L'hôtel se réveillait et quantité de laquais et de valets s'activaient avec force cris. Plusieurs gardes étaient déjà à leur poste – ils logeaient chez les habitants les plus pauvres de la ville, prenant leur nourriture, leur lit et parfois leur femme ! La plupart paraissaient satisfaits de *l'ustensile*, comme on nommait cette terrible imposition des pauvres gens.

Dominique, le baron et Gaufredi s'engagèrent dans le grand escalier, tandis que Louis et Gaston restaient avec Bauer qu'ils entraînèrent à l'écart.

– M. de Villequier est toujours là, annonça l'Allemand. Les deux demoiselles me l'ont confirmé.

– Tu vas donc rester seul, Gaston, mais nous serons de retour dans moins d'une heure.

Louis et Bauer abandonnèrent l'ancien commissaire dans l'entrée glaciale de l'hôtel de Châteaurenard pour se diriger vers la maison des Gallaup dans la rue Neuve. C'était un itinéraire facile pour Louis, car c'est dans cette même rue que Dominique avait tenté de l'assassiner en 1647 !

Sept heures s'égrenaient à Saint-Sauveur.

Hubert de Gallaup, seigneur de Chastueil et son frère François étaient les descendants d'une des plus illustres familles de la ville. Leur arrière-grand-père avait été l'ami de Malherbe et de César Nostradamus et leur père était procureur du roi.

Hubert avait succédé à son père dans cette charge avant de devenir avocat général au parlement.

Lui et son frère François s'étaient malheureusement déclarés contre le cardinal Mazarin et avaient pris une part fort active dans la sédition de l'année précédente contre le premier président, Henri de Forbin d'Oppède. Un arrêt du parlement du 27 mars 1659 avait condamné François à mort et Hubert au bannissement perpétuel. Tous leurs biens avaient été saisis par la Couronne et leur maison était désormais vide.

Seul un concierge et deux servantes assuraient une présence et un entretien minimal. Louis se fit ouvrir.

On le conduisit dans la cuisine, la seule pièce faiblement chauffée de la maison. Là, il les interrogea, mais les trois domestiques ignoraient tout, même ce qu'ils allaient devenir.

Non, ils n'avaient pas revu leurs maîtres depuis leur fuite.

Non, personne n'était venu la veille.

Non, ils n'avaient jamais entendu parler de souterrains débouchant dans la cave de la maison.

Louis demanda pourtant qu'on le conduise dans les sous-sols tandis que Bauer gardait la porte pour empêcher toute fuite. La cave n'était qu'une longue salle voûtée avec un puits dans un angle qui communiquait avec la cuisine au-dessus. Il n'y avait apparemment aucun autre orifice, à moins que celui-ci soit caché par le bric-à-brac entreposé. Mais en l'étudiant avec une lanterne, Louis eut l'impression que les objets entassés là n'avaient pas été touchés depuis des années.

Il remonta et se fit conduire dans toutes les pièces. La plupart étaient vides. Tout ce qui avait de la valeur avait été vendu par décision de justice, expliqua le domestique qui l'accompagnait.

Lui et Bauer rentrèrent donc bredouilles à l'hôtel de Châteaurenard. Là, ils découvrirent que Gaston était parti ainsi que M. de Villequier.

Louis laissa Bauer sur place pour se rendre en premier lieu à l'hôtel de Forbin. Il se fit annoncer à Toussaint Rose, qui le reçut aussitôt.

– J'ai obtenu le plan des souterrains mais nous n'avons toujours aucun début de piste. Dominique et le baron de Châteaurenard travaillent sur le plan. Je souhaite rencontrer maintenant Mlle de Montpensier, ensuite j'irai me présenter à Mme de Soissons, lui expliqua-t-il. Seulement, ces deux dames ne me recevront pas sans un ordre du cardinal.

– Je vais les préparer et les signer moi-même. Mais je ne peux demander qu'elles vous reçoivent à cette heure matinale. Mlle de Montpensier va souvent se promener à cheval vers onze heures ; si vous vous présentez chez elle vers dix heures, elle devrait accepter de vous recevoir avec la lettre que je vais lui écrire.

– Ce sera parfait. Je vais à nouveau interroger le baron avant de me rendre chez Mlle d'Orléans. Ensuite, j'irai interroger Mme de Soissons vers onze heures.

– Je l'aurai aussi prévenue et elle vous recevra, lui promit Rose.

Rassuré, Louis revint à l'hôtel de Châteaurenard. En chemin, la désagréable idée qui lui avait déjà trotté dans la tête au sujet du chat noir que Dominique et Gaufredi avaient rencontré dans les sous-sols lui revint.

Dans le vestibule de l'hôtel il s'arrêta un instant pour découvrir et admirer les peintures en trompe l'œil de Daret qui ornaient l'escalier à balustres. Avec la lumière du jour, la scène peinte était prodigieuse. Sur l'un des murs, un jeune laquais aux cheveux ébouriffés et aux couleurs de la maison de Châteaurenard sortait sa tête d'une fausse fenêtre en poussant un rideau pour examiner les visiteurs. Sur le mur mitoyen, une cage de fil de fer doré était suspendue avec un perroquet à l'intérieur.

Louis abandonna finalement l'examen du trompe-l'œil pour grimper jusqu'au palier. Un laquais se tenait devant la porte des appartements de M. Aimar. Louis s'approcha de lui et resta interloqué : ce laquais était l'homme peint dans le trompe-l'œil ! Il se retourna pour vérifier sur la fresque alors même que le domestique – qui était fort jeune – lui déclarait en riant :

– C'est bien moi, monsieur. Je suis le valet de chambre de M. Aimar et c'est moi que M. Daret a peint ! J'ai désormais un grand succès qui amuse beaucoup M. le marquis.

Il ouvrit alors la porte à Louis car il avait été

prévenu de son retour et on lui avait décrit l'homme aux rubans noirs.

À l'intérieur de la grande chambre, Louis retrouva Dominique et Gaufredi ainsi que M. Aimar. Ceux-ci avaient travaillé sur le plan et préparé une série d'explorations. Louis raconta sa visite chez les Gallaup, puis exposa son idée et sa crainte :

– Monsieur de Châteaurenard, on rapporte à Paris que les souterrains, les caves et les carrières, qui sont très nombreux dans votre ville, sont parfois utilisés pour des activités que la loi et la religion réprouvent, voire pour des réunions secrètes et sacrilèges.

– Où voulez-vous en venir ? s'inquiéta le conseiller au parlement.

– Les sous-sols sont réputés pour être le repaire du démon. L'obscurité, le silence, le secret, la proximité des enfers, tout ceci favorise parfois de prétendues réunions de sorciers ou de sorcières. C'est le chat noir de Gaufredi qui m'a fait penser à ça. Pourrait-on imaginer que le roi, passant dans le souterrain, ait entendu des bruits et, intrigué, ait ouvert une des portes pour découvrir quelque part une réunion blasphématoire, satanique ? Ce chat aurait pu être un élément d'une telle manifestation.

– Des sabbats, voulez-vous dire ? Je n'en ai jamais entendu parler dans nos souterrains qui ne sont en vérité que d'étroits couloirs. La dernière grande affaire de sorcellerie dont le parlement a dû s'occuper concernait une ursuline d'Aix qui avait accusé son confesseur, le curé des Accoules, de l'avoir ensorcelée et de l'avoir conduite au sabbat. Mais c'était en 1611 et le curé a été brûlé pour son crime. Il avait en effet avoué avoir fait un pacte avec le Diable après que celui-ci lui fut apparu alors qu'il étudiait un traité de démonologie. Satan lui avait donné la grâce de plaire aux femmes et il en abusait auprès de ses pénitentes. Pour ma part, j'ai toujours pensé que cette histoire n'avait été qu'une sordide affaire de fornication.

» Cependant, il m'a été rapporté que des évocations sataniques auraient lieu dans des carrières abandonnées autour de la ville, mais il s'agirait plutôt de bêtises commises par des jeunes gens désireux de se faire peur. En vérité, des débauches où jeunes messieurs et jeunes femmes délurées se retrouvent. En ce qui concerne nos souterrains, je n'ai jamais rien entendu de tel. Pensez-vous que le roi puisse être mêlé à une entreprise maléfique ?

– Vous avez certainement raison et je m'égare ! J'ai souvent le tort d'explorer des directions qui s'avèrent absurdes, le rassura Louis. Et je pose toujours trop de questions.

– Vous me réconfortez ! L'opinion publique est toujours très sensible à de telles affaires. Il suffirait de quelques accusations pour enflammer les esprits et je sais que beaucoup de conseillers au parlement n'hésiteraient pas à demander le bûcher pour ceux qui seraient soupçonnés de sorcellerie [1] !

---

1. Quatre ans plus tard, on devait brûler vif à Aix un

Châteaurenard était visiblement bouleversé. Il changea le sujet de la conversation :

– J'ai demandé à M. Gastaud de nous faire servir une collation. Restez-vous avec nous un moment ?

– Ce sera avec plaisir, j'ai fort faim et je suis gelé. Je ne pourrai me rendre chez Mlle de Montpensier que vers dix heures et j'ai donc un peu de temps.

Juste avant dix heures, il partit pour le cours à carrosses.

Environ une demi-heure après le départ de Louis pour la maison des Gallaup, M. de Villequier descendit seul le grand escalier de l'hôtel. Couvert d'un épais manteau, un chapeau profondément enfoncé sur la tête, il passa devant Gaston, assis sur une banquette, enroulé dans son manteau avec son chapeau enfoncé sur le visage comme s'il sommeillait. Le capitaine des gardes l'ignora.

Dans la cour, le marquis se dirigea vers l'écurie. Il avait dû envoyer un garde ou un laquais car son cheval était déjà prêt et sellé. Gaston, qui était sorti derrière lui, n'eut que le temps de rentrer précipitamment dans l'hôtel alors que Villequier passait à cheval sous la grande voûte qui reliait la cour et la rue.

---

homme qui présentait un spectacle d'automate jouant de la guitare !

Dès qu'il jugea que Villequier s'était suffisamment éloigné, M. de Tilly sortit et l'aperçut descendre la rue. Il se précipita aussitôt à l'écurie de la *Croix Jaune*. Là, bousculant un garçon d'écurie, il fit rapidement seller sa bête et sauta en selle, regrettant amèrement de ne pas l'avoir fait préparer plus tôt.

Villequier avait pris la direction de la rue de l'Official et le marché aux herbes l'arrêta un instant, ce qui permit à Gaston de le rattraper. Il le suivit dès lors à bonne distance. Le capitaine des gardes du corps descendit la rue Bauvezet, puis la rue Saint-Esprit.

Gaston le vit alors passer la porte des Augustins et sortir de la ville. Villequier suivit le chemin d'Avignon bordé d'auberges et d'écuries, croisant beaucoup de voitures de maraîchers et de paysans qui entraient en ville. Gaston restait prudemment assez loin du marquis, mais il lui apparaissait de plus en plus que Villequier ne semblait nullement inquiet. À aucun moment il ne se retourna pour déceler une éventuelle filature.

M. de Tilly s'interrogeait de plus en plus sur ce déplacement. Il était inconcevable qu'un homme du rang de M. de Villequier quitte ainsi son poste et parte seul dans la campagne, sans officier ou laquais l'accompagnant, surtout au moment où le roi avait disparu. Sauf s'il avait quelque chose à cacher.

Ils longèrent cette grande dépression occupée par des vergers et des jardins qu'on appelait le *pré bataillier*, puis ce fut le chemin du plan d'Aillane qui longeait la route d'Avignon. Villequier entra alors dans la cour d'une auberge.

L'hostellerie était un grand bâtiment bordé par deux écuries sur chacun de ses flancs. Au milieu, s'étendait une vaste cour, sommairement pavée, avec un abreuvoir de bois. Le quatrième côté était fermé par un mur ruiné sans portail.

Gaston s'approcha encore un peu, puis s'arrêta sur le bord du chemin. Il distingua alors l'enseigne de bois accrochée devant le bâtiment, dans la cour : un aigle déployé peint en jaune. D'où il était, il embrassait la totalité de la cour dans laquelle se tenaient plusieurs voitures, dont un gros carrosse attelé à six chevaux. De nombreux valets s'occupaient des bêtes et transportaient de l'eau dans les abreuvoirs.

Villequier s'approcha du gros carrosse, parla à quelqu'un à l'intérieur que Gaston ne put identifier, puis descendit de cheval. Son interlocuteur sortit de la voiture et ils se dirigèrent ensemble vers l'auberge.

Gaston remarqua alors la dizaine d'hommes en armes dans la cour. Quatre étaient réunis près d'un feu. Trois autres jouaient aux dés, assis sur des tabourets. Deux nettoyaient leur mousquet et un dernier aiguisait un coutelas sur une meule. Ce n'étaient pas des gardes du corps, ils n'avaient pas d'uniformes, mais ils étaient équipés comme des soldats. Plusieurs portaient des buffletins sous leur manteau. Tous avaient la rapière au côté. Il devina que ces gens étaient chargés d'escorter le gros carrosse. Qui étaient ces *bravi* et l'homme qui était sorti de la voiture ?

Cette voiture était-elle réservée au roi ? Pour le transporter vers quelque prison ? Peut-être. Mais pourquoi étaient-ils ici, dans cette auberge, au vu et au su de tout le monde ?

Il lui fallait savoir. Seulement s'approcher, c'était courir le risque de se faire repérer.

Il décida de poursuivre son chemin et dépassa l'auberge en contrebas. Un peu plus loin, il s'arrêta à une écurie sur le chemin d'Avignon et avisa un gamin aux pieds nus malgré le froid. Il lui glissa un blanc.

– Brosse mon cheval, fais-le boire et donne-lui un peu d'avoine, garçon. J'ai à faire à l'auberge plus bas, celle où il y a un aigle jaune. Tiens-le prêt ensuite car je repars dans peu de temps.

– Ce n'est pas un aigle jaune, monsieur, se moqua le gamin en riant. C'est un Aigle d'Or.

Gaston lui glissa un autre blanc et revint à pied en arrière sans se presser. L'auberge de *l'Aigle d'Or* possédait certainement une porte de derrière, avait-il décidé.

En général, ces hôtelleries n'avaient pas de commodités. Ceux qui avaient à faire leurs besoins, hommes ou femmes, sortaient par une porte de derrière, à l'écart de laquelle se dressaient quelquefois des cabanes puantes. Quand il n'y en avait pas, tous se retrouvaient dans des buissons.

Il s'approcha.

Gagné ! Il y en avait une, donc certainement une porte d'entrée à l'arrière de l'auberge.

Justement, un homme sortit de la cabane en remontant ses chausses. Gaston le suivit en traversant un champ non labouré. Il vit l'homme passer par une porte et fit de même après avoir attendu quelques minutes.

La porte donnait directement dans la grande salle. C'était une pièce plutôt sombre comme dans toutes les auberges où l'on ne gaspillait pas les chandelles de suif dans la journée. Près de la porte, Gaston aperçut Villequier en conversation avec un homme. Il repéra aussi un coin particulièrement sombre et s'y dirigea lentement.

Il s'assit. Un gros poteau de bois soutenant la galerie de l'étage le masquait à la vue de ceux qu'il surveillait et le rendait presque invisible. L'hôtelier l'avait pourtant vu et s'approcha de lui avec méfiance.

– D'où venez-vous ?

– Mon cheval a perdu un fer, je l'ai laissé plus haut à une écurie. J'avais soif et on m'a assuré que votre vin était le meilleur. Le temps qu'ils posent un nouveau fer aux quatre sabots, je peux écluser un cruchon.

– Vous voulez manger ?

– Pourquoi pas ? Apportez-moi ce que vous avez de meilleur.

Il glissa quelques sols sur la table et l'aubergiste s'éloigna, satisfait. Gaston apercevait Villequier, dont le visage ravagé montrait à quel point il se sentait aux abois. Malheureusement, il distinguait mal son compagnon. C'était en tout cas un gentilhomme. Cheveux bouclés, pourpoint matelassé de voyage, épais manteau de laine, chapeau de feutre garni de rubans. Une lourde épée dalmate était accrochée à son baudrier de buffle. Une de ces lames de duelliste que l'on nommait des *schiavones* et dont la poignée constituée d'une coquille de cuivre entrelacé protégeait la main, alors que Villequier n'avait qu'une petite épée de cour pendue à son baudrier de soie. L'inconnu était aussi chaussé de hautes bottes de voyage à éperons de fer. C'était un gentilhomme, certainement, mais aussi un aventurier.

L'aubergiste revint avec un pichet.

Brusquement, les deux hommes se levèrent. À cet instant, le compagnon de Villequier tourna la tête vers Gaston, qui le reconnut. Il en resta stupéfait.

Villequier et le gentilhomme aventurier sortirent tous deux.

Gaston emplit son verre, le prit à la main et se leva à son tour. S'approchant d'une fenêtre aux carreaux dépolis, il observa la cour. Villequier parla encore un instant à son compagnon, puis remonta sur son cheval.

Il repartit seul.

Le gentilhomme aventurier resta un instant dehors à échanger quelques mots avec deux des *bravi*, puis il rentra. Il passa non loin de Gaston, qui s'assura ainsi qu'il était bien celui qu'il avait reconnu. Il prit l'escalier intérieur et gagna l'étage, sans doute pour se rendre dans sa chambre.

Gaston revint lentement à sa table. L'hôtelier apportait un plat de fèves.

– Finalement, je n'ai plus faim, déclara-t-il en considérant les féculents peu appétissants.

Sous les yeux stupides de l'aubergiste, il laissa quelques sols supplémentaires et ressortit par-derrière.

Rapidement il regagna l'écurie pour reprendre son cheval.

Il rejoignit Villequier au moment où le capitaine des gardes rentrait par la porte des Augustins.

7

Un peu avant dix heures, Louis – suivi bien sûr de Bauer – partit chez Mlle de Montpensier. Introduit dans l'hôtel de Pontevès, il n'eut pas à patienter longtemps. M. de Masi, un des écuyers de la cousine du roi, vint le chercher pour le conduire par le grand escalier au premier étage où elle logeait. Bauer resta en bas.

L'écuyer ne l'introduisit pas dans la chambre d'apparat qui avait été aménagée pour recevoir le roi, sa mère ou le cardinal, mais dans un petit cabinet où l'amazone de la Fronde avait pour habitude d'écrire la relation de ses journées. Le cabinet était vide. M. de Masi salua Louis et sortit, sans doute pour prévenir Mlle d'Orléans.

Fronsac s'approcha du poêle hollandais en faïence pour se réchauffer et tenter de rassembler dans son esprit tout ce qu'il savait sur la cousine du roi. Il pensait avoir à attendre un moment ; aussi fut-il surpris quand une autre porte s'ouvrit brusquement et qu'il vit entrer *Mademoiselle*.

Anne Marie d'Orléans, duchesse de Montpensier, était aussi grande que laide. Elle n'avait pas de menton et des dents point belles, *mais point horribles non plus !* affirmait-elle souvent avec esprit. Son nez était si gros et si long qu'un jour Anne d'Autriche lui avait fait remarquer qu'avec un nez pareil, elle ne pourrait jamais épouser le roi de France !

C'était pourtant le désir secret de la fille de Monsieur depuis qu'elle avait onze ans. Toute petite déjà, elle appelait son cousin *mon petit mari*. Malgré sa laideur, la duchesse de Montpensier aurait pourtant pu devenir reine si elle n'avait eu la malencontreuse idée de tirer au canon sur son cousin durant la Fronde, le 2 juillet 1651, alors que Condé livrait un ultime combat devant la porte Saint-Antoine. Ce jour-là, alors que son père, Monsieur, toujours aussi lâche, avait refusé de porter assistance au prince, Anne Marie d'Orléans était montée au sommet de la Bastille et avait fait pointer l'artillerie sur l'armée de Turenne qui était en train d'écraser Condé. Elle avait ainsi sauvé la vie du prince. Seulement, dans un dernier défi, elle avait ensuite fait tourner les canons vers le camp du roi et tiré sur celui-ci, manquant de peu de tuer Sa Majesté et son ministre Mazarin.

Ce n'était pas son premier fait d'armes. Un an plus tôt, épée au côté et cuirassée, elle avait conduit les troupes rebelles devant Orléans et, par ruse, elle avait réussi à prendre la ville au roi. On l'avait alors surnommée la nouvelle pucelle !

Bannie de la cour en 1652, lors du retour du roi à Paris, elle n'avait été pardonnée que trois ans auparavant. La reine avait alors déclaré à son fils, dans un mélange d'ironie et de menace : *Voici une demoiselle qui est bien fâchée d'avoir été méchante. Elle sera bien sage à l'avenir* !

Sage ? Peut-être. Pourtant, on avait rapporté à Louis qu'elle avait gardé son mauvais caractère et sa franchise brutale ; en ce sens, elle ressemblait fort à Gaston de Tilly. Mais, malgré sa brusquerie et une certaine intolérance, elle était aussi réputée pour sa grande bonté. Dominique ne lui avait-il pas rapporté le matin même qu'elle avait demandé, deux jours auparavant, la grâce de quelques-uns des officiers qui s'étaient rebellés contre le baron d'Oppède et que l'on envoyait aux galères ? Une grâce qui avait d'ailleurs été refusée.

J'ai le cœur bon, assurait-elle, *ainsi pour peu que l'on rentre avec moi dans son devoir, l'on me touche aisément*.

À trente-trois ans, toujours célibataire, elle restait aussi une des plus grosses fortunes du royaume.

Avec sa richesse et son audace, elle pouvait parfaitement avoir fait disparaître *son petit mari*, songea Louis en s'inclinant très bas devant elle.

La princesse de sang, en bas de robe grège cousu au corsage et retroussé sur les côtés, le considéra avec attention, puis un mince sourire se dessina sur ses lèvres.

– Relevez-vous, monsieur Fronsac, badina-t-elle. J'avoue être étonnée d'avoir une visite si tôt alors qu'il fait un froid enragé.

C'était un reproche et Louis le comprit parfaitement.

– Sachez, Mademoiselle, que je vous remercie mille fois de me recevoir aussi subitement.

– Ce mot est juste. Je vous subis en effet, monsieur, à la demande expresse de Mgr le cardinal, railla-t-elle. J'ai suffisamment été accusée de méchanceté envers lui pour être contrainte de lui obéir quelques fois.

Elle se tut un instant, jouissant de sa confusion, puis elle poursuivit un ton plus bas, presque complice :

– Mais en vérité, je vous aurais reçu, monsieur, même sans un ordre du Premier ministre.

Louis la considéra avec surprise. Elle poursuivit :

– Je connais, monsieur Fronsac, le rôle que vous avez joué contre moi durant la Fronde. Une Fronde que nous aurions peut-être gagnée sans vous.

– Vous m'accordez trop d'importance, Mademoiselle.

– Pas du tout. Nous vous avons tous sous-estimé. Mon cousin Condé était pourtant certain de votre fidélité envers lui.

– Je le suis resté, madame. Mais je suis avant tout fidèle à mon roi.

– Je le sais, monsieur. Et je vous estime assez pour cela. Mais sachez aussi que je n'ai ni regret ni chagrin pour avoir été vaincue. Je n'avais sans doute pas les alliés qu'il fallait. Mon cousin Condé n'était pas fait pour cette guerre de *pavés et de pots de chambre*, comme il se plaisait à le dire et il n'est pas homme de sédition. Le vainqueur de Rocroy ne pouvait s'abaisser à disputer des barricades, n'est-ce pas ? Nous ne pouvions donc qu'être vaincus.

» Maintenant, j'avoue ne pas deviner la raison de votre visite si matinale.

– Il s'agit, Mademoiselle, d'une affaire très délicate et pour laquelle Mgr Mazarin m'a déclaré que votre jugement serait de la plus haute importance pour lui, commença Louis. Je m'intéresse en vérité à la sécurité de Sa Majesté ainsi qu'à son entourage.

– Pensez-vous, monsieur, qu'il pourrait y avoir de mauvaises gens autour de Sa Majesté ? ironisa-t-elle.

– Je n'irai pas jusque-là, Mademoiselle, mais parfois certains renseignements, certaines paroles imprudentes parviennent jusqu'aux ennemis de la France.

Tout sourire disparut du visage de *Mademoiselle* et elle considéra son interlocuteur avec attention.

– Où voulez-vous en venir, monsieur ? s'inquiéta-t-elle.

– Voici : Sa Majesté a pris goût de fréquenter chaque soir les dames d'honneur de Mme de Soissons et certains propos, rapportés à Son Éminence, l'ont inquiétée.

– Quels genres de propos ? le coupa la fille de Monsieur.

– À dire vrai, rien d'alarmant à mes yeux et Son Éminence s'inquiète sans doute à tort. Mais vous savez que le mariage du roi est proche et qu'un rien peut provoquer un problème tant nos relations avec l'Espagne ont été difficiles dans le passé. Bref, Son Éminence aurait aimé savoir, de votre bouche, si vous n'aviez rien remarqué puisque vous étiez souvent chez Mme de Soissons cette semaine.

– En effet, j'y étais tous les soirs avec Sa Majesté, mais hier mon cousin n'est pas venu.

Elle paraissait finalement flattée que Mazarin la consulte ainsi.

– Que voulez-vous savoir, exactement, monsieur ?

– Tout ce qui aurait pu attirer votre attention, votre perspicacité, votre finesse d'analyse qui sont bien connues. Un propos malvenu. Un regard déplacé... Je ne sais trop...

Elle soupira.

– Je ne me rends chez Mme de Soissons que

pour satisfaire aux usages et par politesse envers mon cousin le comte de Soissons, Bourbon comme moi-même si ce n'est que par sa mère. Mais je m'y ennuie fort et j'y ai souvent la migraine. Les femmes y sont jolies à ce que l'on rapporte ; pour moi, je les trouve trop fardées et comme peintes de céruse et de rouge. Elles ont de l'esprit, à ce que disent les hommes ; pour ma part, je les juge trop libres et souvent impudentes.

– Quelles relations a Sa Majesté avec les filles d'honneur ?

– Sa Majesté est trop familière avec les dames d'honneur de Mme de Soissons. Celle-ci aussi, d'ailleurs. Le roi aime plaisanter et rire, mais il reste gauche et mal à l'aise. Vous savez peut-être que l'une de ses plaisanteries favorites est de glisser une souris blanche ou une grenouille dans le cou d'une dame qui lui plaît. Elle hurle alors et cela le fait rire aux éclats, fit-elle en désapprouvant visiblement ce comportement de gamin.

– Et dans les propos échangés ?

– Je n'ai rien remarqué. Le roi n'aborde jamais les affaires d'État. Je lui reproche seulement d'être trop affable avec ces jeunes femmes, car elles en profitent et deviennent vite effrontées. Ainsi, l'autre soir, l'une d'entre elles, un peu trop facétieuse ou délurée, lui a pincé les fesses. Il a rétorqué en riant et en la traitant publiquement de chienne [1] ! J'étais révoltée mais la dame a paru apprécier un tel compliment.

---

1. Authentique.

– Il y a donc des femmes, ou des jeunes filles, plus entreprenantes que d'autres ? sourit Louis.

– Bien sûr ! Par exemple, Mlle Françoise de Mortemart, la fille du premier gentilhomme de la chambre. Elle sera sans doute dame d'honneur de la reine quand le roi sera marié. Elle a juste vingt ans et on la dit fort belle, bien qu'elle ne soit pas de mon goût. J'ai souvent l'impression qu'elle cherche à séduire Louis, dit-elle avec un brin d'aigreur sinon de jalousie.

– Et Mme de Soissons ? Quelles relations le roi a-t-il avec elle ?

– Des relations fort ambiguës, répliqua Mademoiselle avec beaucoup de franchise. Vous savez sans doute que Sa Majesté s'était entichée de sa sœur Marie. Il semble désormais un peu trop galant avec la femme de mon cousin Soissons. Celui-ci devrait se méfier un peu plus s'il ne veut pas voir les cornes lui pousser !

– La dernière fois que vous avez rencontré le roi, chez Mme de Soissons, vous a-t-il paru préoccupé ou distrait ?

– En effet, monsieur. Et c'est d'ailleurs pour cela que j'ai remarqué ses relations un peu trop marquées avec Olympe. Sa Majesté lui parlait souvent à l'oreille et n'écoutait guère ce qu'on lui disait. Ils sont même partis tous deux un instant dans la chambre d'Olympe. C'était un comportement de comploteur qui m'a rappelé celui que nous avions nous-mêmes durant la Fronde, mais c'était peut-être simplement une conduite… d'amants.

La révélation de Mlle de Montpensier était fort gênante. Olympe Mancini – Mme de Soissons – était-elle devenue la maîtresse du roi ? Et une telle aventure – dont on disait que la reine la souhaitait, car elle aurait facilité le détachement de son fils envers Marie Mancini – pouvait-elle avoir un rapport avec sa disparition ?

– Hier soir, le roi n'est pas venu, m'avez-vous dit. Mme de Soissons a-t-elle paru étonnée ou déçue ?

– Justement non et cette attitude m'a surprise. Tous deux semblaient si proches, la veille, persifla-t-elle. Pour ma part, j'ai été fort satisfaite que Sa Majesté décide de ne pas venir car je m'ennuie beaucoup là-bas. Comme partout à la cour, il faut peu de chose pour faire parler longtemps tant l'on y est inutile ! Je préfère mille fois faire une chevauchée dans la campagne bien que le pays soit assez vilain.

» Comment trouvez-vous la Provence, monsieur ? demanda-t-elle à brûle-pourpoint comme pour changer de conversation.

C'est un pays très agréable, madame, répondit Louis, surpris par la question.

– Je ne suis pas de votre opinion. On ne voit dans la campagne que des oliviers, qui sont de très vilains arbres. On dit que la chaleur du pays produit de bons fruits, mais ce n'est pas la saison. Le sol est si inculte que l'on n'y trouve pas de bonne salade, bien que l'ail y soit admirable. Le vin ordinaire n'y vaut rien et l'eau n'y est pas aussi bonne qu'en Languedoc. Enfin, il n'y a ni veaux ni chapons !

Après cette longue diatribe contre la Provence, qu'elle reprendra dans ses mémoires, Mlle de Montpensier parut hésitante. Louis resta silencieux, car il se doutait que la jeune femme voulait lui dire autre chose mais qu'elle ne savait comment aborder ce nouveau sujet.

Elle passa plusieurs fois la langue sur sa lèvre supérieure puis, brusquement, s'expliqua :

– Je vous ai avoué, monsieur, que je vous connaissais de réputation. À dire vrai, vous êtes quelqu'un de très secret. On parle de vous à la cour, on murmure que vous avez été anobli par le frère de mon père pour un service extraordinaire que vous lui auriez rendu. Mon cousin Condé m'a toujours donné l'impression que vous étiez une des rares personnes envers qui il avait de l'estime et de la confiance. Vous êtes aussi fort estimé de Mgr Mazarin, ce qui est moins valorisant à mes yeux, sourit-elle. On dit encore que vous faites parfois des enquêtes et des recherches sur d'étranges affaires auxquelles vous apportez toujours la solution et que vous vous faites payer pour ça. Pourtant, vous n'êtes ni policier ni magistrat ?

– Non, Mademoiselle, sourit à son tour Louis. Il y a beaucoup d'exagération dans ces rumeurs. En vérité, j'ai été notaire et on me confie parfois des enquêtes discrètes que j'essaye de conduire au mieux.

– C'est ce que vous a demandé Mgr Mazarin ce matin ?

– En effet, Mademoiselle.

– Et combien vous paye-t-il pour venir m'interroger ? badina-t-elle.

– Nous n'avons pas parlé d'argent, Mademoiselle.

Elle resta silencieuse un instant, comme pour digérer ses réponses. Puis elle s'enquit :

– Pourrais-je faire appel à vous si j'avais... une difficulté ?

– Pourquoi pas ? Mais uniquement une fois que l'affaire que je conduis sera terminée.

– Je comprends, vous ne pouvez servir deux maîtres, ironisa-t-elle. (Elle eut une moue.) Tout cela est étrange, très mystérieux, mais m'incite à vous faire confiance. En vérité, je ne suis pas sûre d'avoir besoin de votre aide, j'ai peut-être seulement besoin de me confier à un honnête homme. D'avoir un avis, un conseil. Je n'ai personne autour de moi à qui faire confiance.

– Vous pouvez parler sans crainte, Mademoiselle. Si je peux vous aider, je le ferai avec plaisir et vous pouvez être assurée de ma discrétion.

– Pourquoi pas, après tout ? Mais sachez d'abord que ce n'est pas pour moi que je m'inquiète. C'est pour le roi.

– Pour le roi ? demanda Louis en se raidissant imperceptiblement.

– Connaissez-vous M. Armand de Gramont, le comte de Guiche ?

– Je ne crois pas, Mademoiselle. Je vais peu à la cour.

– C'est un jeune homme affligé de tous les vices de la création. Il est le favori de mon père, dont il a ruiné la santé en lui transmettant la pratique du vice italien. Il est aussi fort aimé de Madame, ma belle-mère. Un peu trop à mon gré. En vérité, on murmure qu'il couche avec les deux. À la cour, il n'hésite pas à bousculer mon père, parfois même à lui donner des coups de pied en public et sous mes yeux. C'est un pervers redoutable.

Louis se demandait où elle allait en venir. Elle paraissait hésiter à nouveau.

– L'année dernière, il avait vingt et un ans seulement, il fut mêlé à la débauche de Roissy, qui fit beaucoup de bruit. Tout n'est pas clair concernant cette bacchanale qui dura plusieurs jours. En avez-vous entendu parler ?

– Non, Mademoiselle.

– C'est normal, le roi a étouffé l'affaire. Cette réunion avait été organisée par Louis de Mortemart, le fils du premier gentilhomme de la chambre. Il y avait aussi le neveu de Mgr Mazarin, Philippe Mancini, Le Camus l'aumônier du roi, M. de Bussy, ainsi que M. Eustache de Cavoye, un lieutenant des Gardes très proche du roi [1]. Je sais qu'il y eut une messe noire, puis ces jeunes impies ont baptisé un porc avant de le manger. Ensuite, il y eut une fameuse orgie avec, dit-on, des sorcières et des sorciers.

---

1. Sur Eustache de Cavoye, voir *Le Dernier Secret de Richelieu*, même collection.

» Par malheur pour eux, le roi et sa mère le surent. Tous les participants furent exilés ou punis, sauf Eustache de Cavoye, qui étrangement échappa aux sanctions.

– Pourquoi me dites-vous tout cela ? demanda Louis.

– M. Armand de Gramont est un grand ami d'Olympe Mancini, tout comme M. Louis de Mortemart. On les voit souvent ensemble préparer je ne sais quelles intrigues pour discréditer tel ou tel à la cour.

» Hier, le roi n'est pas venu, mais j'ai vu M. de Mortemart, le fils du duc, qui venait justement d'arriver à Aix dans l'après-midi. Connaissez-vous Louis de Mortemart, monsieur ?

– Je n'ai pas cette chance, Mademoiselle.

– Vous n'avez rien perdu, sourit-elle tristement. Louis est le fils du premier gentilhomme de la Chambre, je vous l'ai dit. Il a été élevé avec le roi, dont il est le premier favori. C'est un homme d'une rare audace, fort aventureux, débauché et qui souhaite devenir un nouveau Cinq-Mars. Donc, hier soir, il s'est présenté chez Mme de Soissons alors qu'on attendait le roi. Il a offert un livre à Olympe, puis ils se sont absentés un moment, pour comploter ou pour autre chose.

» Comme je suis fort curieuse, je me suis rendue dans le boudoir d'Olympe, où elle avait abandonné le livre apporté par M. de Mortemart.

Elle se tut.

– Et alors ?

– C'était le *Malleus Maleficarum*, monsieur. Un ouvrage infâme publié en 1486 qui servait de guide à l'Inquisition pour reconnaître les sorcières[1]. Voilà pourquoi je m'inquiète pour Sa Majesté.

Louis blêmit.

Le roi pouvait-il avoir été entraîné dans une affaire de sorcellerie ? Certes, Louis ne croyait ni aux sorciers ni au Diable, mais il savait à quel point les croyances populaires étaient encore puissantes. Le roi pouvait-il être prisonnier d'une assemblée de sorciers ? Pouvait-il même y avoir participé à l'instigation de Louis de Mortemart ? Et dans les souterrains de la ville ? C'était l'idée qui lui avait traversé l'esprit après l'incident du chat noir, mais le baron d'Aimar l'avait convaincu de son absurdité. Pourtant, après la révélation de la fille de Monsieur, il ne pouvait plus exclure une aussi effroyable hypothèse.

---

1. « Le Marteau des sorcières » ou *Malleus Maleficarum* a été publié en1485. Rédigé par deux inquisiteurs dominicains à la requête du pape Innocent VIII, ce manuel est la bible du chasseur de sorcières. Il recense divers points ayant trait à l'existence du Diable et aux pouvoirs des sorcières avec une connotation particulièrement misogyne. Les auteurs expliquent que si la femme est davantage attirée que l'homme par la sorcellerie, c'est parce qu'elle est plus crédule, plus curieuse, plus méchante, plus prompte à se venger, elle est aussi plus bavarde, et dénonce facilement ses consœurs. La beauté de la femme est en outre un artifice destiné à détourner les hommes du droit chemin ! Menteuses par nature, les femmes sont comparées aux sirènes, qui attirent les hommes pour les perdre !

– Si je vous dis ceci, monsieur, c'est parce que j'ai combattu Sa Majesté les armes à la main, poursuivait Mlle de Montpensier, qui, elle, visiblement, croyait aux démons. Pas avec des méthodes diaboliques ou des messes noires célébrées sur le ventre de femmes nues. Sachez aussi que je ne suis pas une sotte : si vous venez me voir à cette heure et sur ordre de Mazarin, c'est qu'il s'est passé quelque chose de grave… Et depuis que j'ai trouvé ce livre, j'ai peur pour mon cousin.

– Rassurez-vous, madame, mentit Louis mal à l'aise. Il ne se passe rien de fâcheux, mais ce que vous venez de me confier me sera certainement fort utile pour la suite de mon enquête. Ne vous inquiétez pas, je garderai votre secret parmi tous ceux que je conserve déjà par-devers moi.

Il changea volontairement de sujet.

– J'ai trouvé étonnant, Mademoiselle, que vous logiez si loin du reste de la cour.

– Ce n'est pas un crime, j'espère, sourit-elle apparemment soulagée. En vérité, je me lasse assez vite de ces gens-là. Ici, je me sens libre et, quand il fait beau, je peux ainsi me promener hors la ville sans contrainte.

Louis opina et lui sourit à son tour, puis il lui demanda congé. Il avait hâte de découvrir ce qu'allait lui apprendre Mme de Soissons.

Ils entendirent sonner dix heures à Saint-Sauveur. Les deux prisonniers priaient à genoux dans leur glacial cachot. Le jeune roi avait juré que s'il sortait de ce tombeau, il épouserait celle que Mgr Mazarin lui avait choisie.

Dieu le punissait pour ses fautes et il lui demandait pardon.

Plus jamais il ne serait attiré par cette femme.

8

Louis, suivi de son fidèle Bauer, revint à l'hôtel de Châteaurenard un peu avant onze heures. Il y retrouva Gaston, qui l'attendait avec impatience dans le vestibule. Ils se dirigèrent ensemble dans un recoin, à l'écart des oreilles indiscrètes.

– Je suis là depuis un moment, fit Gaston, et j'entends beaucoup d'inquiétude : beaucoup s'étonnent que le roi ne soit pas encore levé !

– Où sont Dominique et Gaufredi ?

– Ils sont partis visiter plusieurs maisons et hôtels qui communiquent avec le souterrain, ils ont avec eux un officier et une dizaine de gardes et ils fouilleront les sous-sols après s'être fait ouvrir les portes donnant dans le passage sous la rue. C'est une idée de Dominique, mais elle me paraît désespérée. Par contre, moi, j'ai appris bien des choses en suivant Villequier.

– Montons chez M. Aimar, proposa Louis, il serait regrettable que l'on nous entende.

À l'étage, ils rencontrèrent M. Gastaud, qui les conduisit dans le cabinet du baron de Châteaurenard. Ils fermèrent soigneusement la porte derrière eux.

– Qu'as-tu donc découvert ? demanda impatiemment Louis.

– J'ai suivi Villequier jusqu'à une auberge à l'extérieur de la ville, *l'Aigle d'Or*. Il y avait là un gros carrosse qui attendait avec une escorte d'une dizaine de spadassins armés jusqu'aux dents. La bande était menée par un gentilhomme de la cour que je connais. Un intrigant et une crapule débauchée qui, malheureusement, est très proche du roi. Tu ne devineras jamais son nom !

– Louis de Mortemart, le fils du premier gentilhomme de la chambre, le duc de Mortemart, déclara Louis.

– Comment le sais-tu ? Mais c'est encore de la sorcellerie ! s'exclama Gaston, rageur.

– Tu ne crois pas si bien dire, sourit tristement son ami. Je vais te raconter ce que j'ai appris de Mlle de Montpensier.

À son tour, il lui fit un récit détaillé de son entretien.

– Une affaire de sorcellerie ? murmura Gaston. Je n'y avais pas songé, mais ça pourrait expliquer bien des choses.

– Je ne sais pas, dit Louis en secouant la tête négativement. Gaufredi m'a rapporté qu'ils avaient rencontré un chat noir dans le souterrain et ça m'a fait penser à ces assemblées où l'on célèbre le culte de Lucifer car, comme tu le sais, dans les villes, ces débauches ont souvent lieu dans les souterrains. Je m'étais mis dans l'idée que le roi avait entendu des bruits et, intrigué, aurait pu s'introduire dans le passage sous la rue. Il aurait alors surpris les adeptes et ceux-ci lui auraient fait un mauvais sort. Mais M. Aimar m'a assuré n'avoir jamais entendu parler de telles diableries.

– Cependant, tu ne peux nier ce que t'a déclaré Mlle de Montpensier : l'arrivée de Louis de Mortemart à Aix hier et le fait qu'il ait remis le *Malleus* à Mme de Soissons. En même temps, je découvre que Villequier rencontre Louis de Mortemart, qui est prêt à partir avec un gros carrosse escorté par une bande de spadassins. J'ai peur que ce ne soit plus grave encore : imagine qu'on ait proposé à Sa Majesté d'assister à une démonerie qui aurait eu lieu à deux pas de son passage secret. Le roi est jeune, la curiosité l'a peut-être emporté sur la prudence. Il a pu faire confiance à son capitaine des gardes, à son compagnon d'enfance Louis de Mortemart ou encore à Olympe Mancini. En outre, n'oublie pas que les nuits de la convocation du sabbat sont celles du vendredi au samedi !

– Mais pourquoi le roi se serait-il rendu à ce genre de mascarade ? Tu ne crois tout de même pas que le Diable apparaît dans ces sabbats ?

– Le Diable n'existe pas, Louis, je te l'accorde, mais les hommes y croient et cela suffit. Tu ne peux t'imaginer combien de gens à la cour sont tentés de recourir à Lucifer pour résoudre leurs difficultés ou simplement par ambition ou désir.

– Ce serait terrible pour Sa Majesté d'être ainsi compromise au début de son règne. Je n'arrive pas à y croire !

– Parce que tu n'as pas idée de ce que les démoniaques – qui ne sont, je te l'accorde, que des charlatans – proposent aux naïfs pour les séduire. J'ai assisté à un interrogatoire où l'un de ces sorciers reconnaissait avoir attiré la fine fleur de la noblesse en lui faisant croire qu'il était capable de dévoiler les intrigues qui se tramaient au Louvre ! J'ai moi-même interrogé des femmes à qui on avait promis de devenir comtesse, duchesse ou marquise si elles signaient un pacte infâme avec un homme en noir.

– Tu exagères !

– Pas du tout. Sais-tu que Louise de Budos aurait signé un tel pacte – avec qui, on l'ignore – qui lui aurait permis d'épouser Henry de Montmorency ? Après la naissance de sa fille Charlotte, qui a épousé le père du prince de Condé, ce même inconnu – un homme vêtu de noir selon les témoins – serait venu la chercher. Elle l'avait alors accompagné, en pleurs, et on devait la retrouver morte dans son antichambre quelques heures plus tard.

– Cet homme en noir serait le Diable, selon toi ? Tu ne crois tout de même pas à ces sornettes ? ricana Louis malgré tout impressionné par le ton de son ami.

– Non, soupira Gaston. Je n'y ai jamais cru !

Mais d'autres y croient et cela suffit aux adorateurs de Belzébuth pour finir sur le bûcher !

Louis médita un instant sur ce que lui disait Gaston. Il se souvint de la façon dont M. de Venel arrivait à convaincre les Aixois qu'il était le Diable. Son ami avait raison, la crédulité des gens pouvait être sans limite. Alors il s'interrogea à haute voix :

– Mais dans cette conjecture, que serait devenu le roi ? Pourquoi l'auraient-ils fait disparaitre ? Il aurait pu participer à une messe noire et rentrer tranquillement se coucher.

– Ça, j'en sais rien, répondit Gaston en haussant les épaules. Peut-être y a-t-il eu un accident ? Ce qui est certain c'est que Villequier en sait plus qu'il ne le dit et que Louis de Mortemart est lié à la disparition du roi. Cela ne fait plus aucun doute dans mon esprit.

– Il sera difficile de les interroger, médita Louis finalement convaincu. Le duc de Mortemart est très puissant, il ne laissera jamais accuser son fils. Quant au marquis de Villequier, il commande les gardes du corps.

– C'est la vie du roi qui est en jeu, répliqua Gaston en haussant les épaules. Allons voir ensemble Mme la comtesse de Soissons. Elle a vu Louis de Mortemart hier et il lui a remis le *Malleus*. En fonction de ce qu'elle nous dira, Mgr Mazarin et la reine prendront leur décision. De Baatz est là, c'est un homme fidèle et sûr. Ses mousquetaires peuvent arrêter facilement les Mortemart et Villequier. Ensuite, on les conduira au Palais Comtal et nous les interrogerons personnellement.

Ils n'eurent qu'à traverser la rue pour être reçus par Mme de Soissons. Celle-ci, prévenue par Mazarin, son oncle – en vérité par Toussaint Rose – les attendait, seule dans un salon, dans un état de nervosité extrême.

Olympe était l'une des nombreuses nièces de Mazarin, celles que l'on appelait en se gaussant « les Mazarinettes ».

Mazarin avait en effet deux sœurs en Italie. La première, Mme Martinozzi, avait engendré deux filles : Laure, devenue duchesse de Modène, et Anne-Marie, désormais duchesse de Conti. La seconde sœur, Mme Mancini, avait, elle, cinq filles à marier !

Laure Mancini, morte trois ans plus tôt, avait été l'épouse du gouverneur de Provence. Olympe était la deuxième et elle avait épousé le comte de Soissons, un Bourbon par sa mère. Il restait encore trois filles célibataires : Marie, Hortense et Marie-Anne (ou Marianne). Marie s'était mis en tête de devenir reine de France ; elle était pour l'heure, sur ordre de son oncle, enfermée à Brouage, non loin de La Rochelle avec ses deux sœurs célibataires et Mme de Venel, leur gouvernante.

Olympe Mancini – Mme de Soissons – avait reçu à dix heures le billet de son oncle lui ordonnant de recevoir MM. Fronsac et Tilly et de répondre franchement à toutes leurs questions. Il y allait de l'avenir de l'État, et de celui de leur famille, avait-il précisé.

Ces derniers mots avaient particulièrement inquiété Olympe. Elle savait que la position des

Mancini n'était assurée que parce que leur oncle était l'homme le plus puissant du royaume. Depuis que sa sœur Laure était morte, une Aixoise impudente, la *Belle du Canet*, s'était installée à sa place dans le lit du gouverneur.

Olympe n'aimait pas son mari. Ses jeunes sœurs n'étaient pas encore placées. Son oncle était malade, mourant peut-être, et elle se considérait comme le chef de la famille Mancini. Pour toutes ces raisons, elle avait tout misé sur le jeune roi, lui accordant facilement ce qu'il désirait pour s'en faire un allié.

Que lui voulaient donc ces deux hommes que son oncle le cardinal lui envoyait ? Avait-il deviné la vérité ? Elle devait être prudente.

Après que Gaston et Louis se furent présentés, Olympe, debout au centre de la pièce, en robe-manteau bordée de fourrure, ouverte sur le devant et affichant une *friponne* chamarrée, s'adressa à eux d'un ton calme et froid :

– Messieurs, j'ai reçu un billet de mon oncle m'informant de votre venue et me demandant de répondre à toutes vos questions. J'ai deviné que vous étiez entièrement à son service, que vous aviez sa confiance, que je ne devais rien vous cacher, mais que tout ce que je vous dirai resterait confidentiel. Cependant, j'avoue ne pas comprendre.

Louis sourit en s'inclinant devant la plantureuse femme brune, aux yeux sombres, au teint mat et aux lèvres charnues. Peu maquillée, elle portait une chemise de soie et dentelle dégageant outrageusement sa poitrine. Ses épais cheveux bouclés tombaient sur ses épaules. Il émanait d'elle beaucoup de charme et de sensualité, mais son beau visage restait étonnamment triste.

– Son Éminence est perpétuellement soucieuse au sujet de Sa Majesté, expliqua Louis en s'inclinant. Depuis une semaine qu'il est à Aix, le roi vient vous voir tous les soirs et cette régularité a un peu inquiété Mme la reine. C'est la seule raison de notre visite chez vous.

Olympe eut un sourire enjôleur, démenti toutefois par son regard.

– Cela l'inquiète ? J'avais plutôt cru comprendre qu'elle le souhaitait !

– Expliquez-vous, madame, s'enquit sèchement Gaston.

Elle le considéra avec une certaine ironie.

– Vous n'êtes pas sans savoir que ma petite sœur s'était mis dans la tête de séduire le roi. Et je crois bien qu'il était tombé dans ses filets. Sa Majesté ne voulait plus épouser l'Infante : il exigeait Marie !

Brusquement, elle parut agitée et fit quelques pas dans la pièce en s'éloignant d'eux.

– Mon mariage n'est que de convenance, messieurs, poursuivit-elle sans les regarder. Il était utile à mon oncle ; aussi, M. de Soissons ou un autre, peu m'importait puisque je devais être vendue.

Elle se tourna vers eux pour les considérer avec défi.

– Mon oncle souhaite que je sois franche. Voici donc la vérité : c'est notre sort, à nous, les nièces du cardinal d'être vendues. Nous sommes belles, généreuses. Elle gonfla sa poitrine pour la mettre en évidence, et nous sommes riches. Chacun à la cour souhaite posséder sa Mazarinette !

Elle éclata d'un rire éraillé.

– Je n'aime pas mon mari et cela ne le gêne pas. Mais je ressemble un peu à ma sœur, physiquement, j'entends. La reine m'a donc demandé de séduire son fils, songeant qu'ainsi il oublierait Marie.

– Et l'a-t-il oubliée ? demanda Gaston, radouci, car il s'intéressait toujours beaucoup aux histoires de cœur.

– Non, monsieur, fit-elle sérieusement en lui jetant un regard triste. Il n'est pas possible d'oublier Marie après l'avoir connue.

– Donc la reine tient à ce que son fils s'amuse, résuma Louis qui ne souhaitait pas s'engager dans une direction qu'il jugeait délicate. On nous a déjà rapporté que plusieurs des dames d'honneur de la reine qui fréquentaient votre maison sont assez… effrontées… avec Sa Majesté.

– En effet, sourit Olympe. Mais elles ont des ordres, elles aussi. Tout doit être fait pour que le roi oublie Marie. Dans la séduction, nous devons dépasser Circé !

– On nous a parlé de Françoise de Mortemart…, lança prudemment Louis.

– Françoise est jeune, mais elle rêve en effet comme chacune d'entre nous d'aller dans le lit du roi. Je suis certaine qu'elle y parviendra, et ceci quel qu'en soit le prix, répondit-elle froidement.

– Je comprends, mais le roi s'amuse-t-il vraiment chez vous ?

– Je le crois. Seulement, ce que sa mère ignore, c'est que chaque fois qu'il le peut, il reste seul avec moi et il m'interroge sur Marie.

– Lui écrit-il ?

Elle parut hésitante et se pressa nerveusement les mains l'une contre l'autre.

– Vous allez rapporter tout cela à mon oncle ?

– Sauf si vous me demandez de ne pas le faire, madame, proposa Louis.

– Eh bien, oui, il lui écrit. Je souhaite que mon oncle ne le sache pas, mais s'il l'apprend, tant pis ! Le roi est le roi et c'est lui bientôt qui fera la loi dans ce pays. J'espère qu'il n'oubliera pas ceux qui se sont placés à son service.

Cette phrase, si franche, surprit Louis. À moins qu'elle ne fût une extraordinaire comédienne, ce discours prouvait qu'Olympe ignorait la disparition du roi. Et surtout qu'elle avait choisi la fidélité à son souverain avant celle qu'elle devait à son oncle. Mais alors, quel rôle avait-elle dans cette histoire de sorcellerie ? Un peu désarçonné, il ne sut que dire et c'est Gaston qui posa les questions suivantes.

– C'est votre oncle qui a interdit à votre sœur Marie de venir à Aix ?

– En effet, elle le souhaitait pourtant de tout cœur. Elle aime beaucoup cette ville qu'elle connaît bien.

– Elle connaît la ville ? s'enquit Gaston avec surprise.

– Fort bien, en effet ! Marie et Hortense, mon autre sœur, sont arrivées en France en 1653 et ont séjourné neuf mois à Aix chez notre sœur, Mme de Mercœur. Mme de Venel en était dame d'honneur et elles ont plusieurs fois logé dans l'hôtel de Venel.

Ainsi, Marie Mancini connaissait l'hôtel de Venel ! Cet hôtel actuellement vide et abandonné, songea Louis toujours silencieux. Il eut vaguement l'impression que c'était important. Qu'il s'approchait de la solution.

– Sa Majesté n'est pas venue, hier ? demanda encore Gaston, qui posait ses questions un peu au hasard comme il le faisait quand il interrogeait les criminels, cherchant simplement à les amener à se contredire.

Un voile passa sur le visage d'Olympe.

– Non, monsieur.

– Savez-vous pourquoi ?

– Je l'ignore, rougit-elle. Il devait venir mais il a changé d'avis. Vous pourriez le lui demander, suggéra-t-elle avec une certaine insolence.

– Mais Louis de Mortemart est venu, lui, affirma Gaston.

– Vous savez beaucoup de choses, monsieur, ironisa-t-elle.

– Quel homme est M. de Mortemart, madame ?

– C'est un gentilhomme fort séduisant et surtout un fidèle au service de Sa Majesté.

– C'est-à-dire ?

– Il lui est tout dévoué. Il a été élevé avec lui et se ferait tuer pour lui.

– On m'a dit qu'il était aussi ami d'Armand de Gramont, le comte de Guiche.

– Peut-être, mais je l'ignore.

Son visage était impassible en disant ces mots.

– M. de Mortemart a-t-il vu Sa Majesté avant de venir vous voir ?

Elle se mordit les lèvres. Hésitant visiblement à mentir. Mais elle devait aussi penser que ses visiteurs connaissaient la vérité et cherchaient à savoir si elle-même mentait. Elle est adroite, se dit Louis en l'observant. Il avait décidé de ne plus participer à l'interrogatoire, laissant Gaston le mener à sa guise. Il se sentait bien trop troublé par ce qu'il croyait avoir deviné.

– Vous ne m'avez pas répondu, poursuivit sévèrement Gaston.

Elle inclina plusieurs fois la tête de haut en bas avant de préciser :

– M. de Mortemart a vu le roi, en effet, en fin d'après-midi. Vous devez être au courant, je suppose.

Villequier ne leur avait rien dit à ce sujet, remarqua Louis en plissant le front. Or, il savait où logeait Mortemart. Il l'avait donc forcément vu avec le roi et c'est à cette occasion qu'il avait appris qu'il était descendu à l'auberge de l'*Aigle d'Or*.

– M. de Mortemart loge à l'auberge de l'*Aigle d'Or*, n'est-ce pas ? demanda Gaston.

Elle opina à nouveau sans cacher à quel point elle était mal à l'aise.

– Il n'y avait plus de place en ville, bredouilla-t-elle.

– Mais pourquoi M. de Mortemart a-t-il besoin d'une voiture à six chevaux et d'une dizaine de *bravi* ? demanda alors Louis.

Elle baissa les yeux et ne répondit pas.

– Je le saurai, madame, de toute façon, la menaça-t-il.

Elle étouffa un râle.

– Il... transportait du courrier, monsieur. Pour le roi.

– Du courrier ?

– Il apportait des lettres de Marie au roi !

Ainsi, alors qu'il avait officiellement rompu, le roi restait en relation avec Marie Mancini par l'intermédiaire de Louis de Mortemart !

Louis médita un instant sur ce que cela signifiait, puis il jugea que cette explication n'était pas vraisemblable.

– Quel genre de femme est votre sœur ? demanda-t-il soudainement à la surprise de Gaston.

– Elle n'est pas comme moi, elle n'a peur de rien et elle est capable de tout. C'est pour cela que le roi l'aime tant. Mon oncle devrait se méfier d'elle. C'est une aventurière.

– M. de Mortemart vous a donné un livre, affirma Louis.

– En effet, monsieur. Un livre sur la sorcellerie, sur la manière de reconnaître les sorcières. Je devais le faire passer à sa sœur Françoise. Il le lui avait promis et elle lui avait donné quelque chose en échange. J'ignore quoi.

Ainsi, le *Malleus* était pour Françoise ! Louis en savait assez. Il s'inclina et, à la surprise de Gaston, il déclara :

– Nous vous remercions, madame, pour nous avoir accordé cet entretien. Rien de ce que vous nous avez révélé ne sera divulgué.

Elle eut un regard interrogateur, mais déjà Louis faisait signe à Gaston qu'ils devaient se retirer.

D'un hochement de tête, elle montra qu'elle acceptait leur départ.

Ils sortirent en silence.

9

Louis quitta l'hôtel de Soissons dans un état d'immense excitation mais aussi de grande indécision. Gaston le suivait loyalement en silence. Il avait deviné que son ami connaissait désormais la vérité, mais il ne pouvait s'empêcher de ressentir, comme à chaque fois, cette exaspération qu'il éprouvait quand il comprenait que Louis savait tout et que lui-même n'avait rien perçu !

Il faisait toujours froid mais le soleil commençait à briller. Bauer, qui était resté dans l'entrée de l'hôtel, les rejoignit de son pas lourd.

– Pourquoi cette hâte à partir ? demanda le procureur à son ami, une fois dehors. J'avais d'autres questions à poser à Mme de Soissons, ajouta-t-il d'un ton pincé.

Ce reproche était un moyen indirect pour Gaston d'obtenir des explications sans avoir à les demander. Louis s'arrêta pour lui déclarer, avec un geste de la main :

– Un carrosse à six chevaux est inutile pour transporter du courrier, et une escorte de spadassins n'est utile que pour défendre ce qui a de la valeur.

– Que veux-tu dire ?

– C'est Marie Mancini que Mortemart a escortée à Aix. Le roi est en ce moment avec Marie Mancini !

– C'est impossible ! Le roi ne peut s'être enfui avec elle. On n'est pas dans un conte de fées !

– Ils ne se sont pas enfuis, Gaston, martela Louis, le visage désemparé ; ils sont enfermés !

– Tu veux dire qu'on les a emprisonnés ? Mais qui ?

Louis secoua la tête.

– Je ne suis sûr de rien, mais le temps presse, et si nous retrouvons le roi, il faut surtout le faire sans scandale. Ce sera le plus difficile. Retrouvons-nous au pied de l'escalier de l'hôtel de Châteaurenard, dans quelques minutes. Séparons-nous. Va à l'archevêché, moi je m'informerai dans les trois hôtels de la rue de la Grande-Horloge. Il nous faut trouver rapidement M. de Baatz et je dois aussi rencontrer M. de Villequier.

– Mais en quoi cela nous aidera-t-il ?

– Si on retrouve le roi, lui murmura Louis, il faut que Baatz soit avec nous. Je vais maintenant t'expliquer ce que je crois savoir.

Il lui glissa quelques mots à l'oreille. Quand il eut terminé, Gaston, ahuri, s'éloigna. Alors, Louis demanda à Bauer de lui trouver immédiatement deux voitures.

Ce fut Louis qui rencontra le lieutenant des mousquetaires dans la cour de l'hôtel de Regusse. Baatz était en compagnie d'une de ses cornettes.

– Vous êtes un lève-tôt, Fronsac, l'interpella joyeusement d'Artagnan. Je venais me mettre au service du roi pour faire manœuvrer mes hommes, mais M. de Villequier vient de me dire que notre souverain était fatigué.

– M. de Baatz, pouvez-vous m'accompagner un instant ? lui glissa Louis.

Il parla un bref instant avec le mousquetaire, qui approuva du chef plusieurs fois. Puis Louis se dirigea vers M. de Villequier qui, bien qu'entouré de quelques-uns de ses officiers, l'avait parfaitement vu arriver.

Villequier avait un visage décomposé. Celui d'une personne qui n'a pas dormi, mais surtout celui d'un homme qui a tout perdu y compris son honneur.

– Monsieur le marquis, fit Louis, puis-je vous dire quelques mots ?

Villequier le considéra avec une agressivité à peine retenue masquant cependant mal la douleur et l'effroi qui le rongeaient. Il savait qu'il allait être tenu pour responsable si le roi ne revenait pas ou si on le retrouvait… mort.

– Je n'ai guère de temps, monsieur, répondit-il pourtant avec arrogance.

– En aurez-vous pour parler du roi ? demanda doucement Louis.

Villequier ouvrit la bouche pour rétorquer quelque réponse cinglante, puis n'y arrivant pas, il parut soudainement anéanti. Il inspira profondément, baissa les yeux et ne dissimula plus son désarroi.

Louis le prit par le bras pour l'entraîner à quelques pas de là. Il ne voulait pas que l'on remarque le comportement insolite du capitaine des gardes. Le marquis se laissa faire comme un enfant puni.

– Sa Majesté n'a jamais pris le souterrain, monsieur de Villequier. Que s'est-il passé ?

– Vous me traitez de menteur, monsieur ? murmura le capitaine des gardes.

– En effet. Sa Majesté a reçu hier la visite de Louis de Mortemart, le fils du premier gentilhomme de la chambre. M. de Mortemart venait lui annoncer qu'il était accompagné de celle que Sa Majesté attendait. Ensuite, après le souper, le roi a fait savoir publiquement qu'il désirait se rendre seul dans le souterrain. Sous ce prétexte, vous avez veillé à ce qu'il n'y ait personne dans les couloirs. Puis vous avez accompagné Sa Majesté par l'escalier de service, mais vous n'êtes pas descendus dans les caves. Vous êtes sortis par l'autre porte, celle qui conduit jusque dans l'hôtel de Regusse et dont vous aviez la clef. Là, vous avez ouvert cette poterne (il désigna la petite porte au fond de la cour) dont vous aviez veillé à faire lever la garde. Sa Majesté vous a demandé de la laisser, elle a promis de revenir d'ici une, deux ou trois heures, je ne sais pas exactement. Vous deviez l'attendre.

Le visage du marquis de Villequier se décomposait à mesure que Louis parlait.

– C'est exact ?

– Oui, monsieur. Mais Sa Majesté n'est jamais revenue. Et j'ignore où elle est allée.

Il retint un sanglot.

– Ce matin, vous vous êtes rendu à l'auberge de l'*Aigle d'Or* à la fois pour prévenir Louis de Mortemart, mais surtout pour lui demander s'il avait revu Marie Mancini et s'il savait où elle devait rencontrer le roi.

– Vous êtes donc sorcier ? bredouilla Villequier.

– Non, monsieur, mais j'aurais gagné du temps si vous ne m'aviez pas menti. Savez-vous autre chose ?

– Rien d'autre, monsieur. (Il étouffa un autre sanglot.) J'ignore où est le roi. Mais si on ne le retrouve pas, j'en assumerai la responsabilité.

– Rassurez-vous, monsieur, moi, je sais où il est, lui sourit Louis. Si tout se passe bien, il sera ici dans un moment avec M. de Baatz. Sa Majesté expliquera qu'elle était sortie tôt ce matin avec son capitaine et vous abonderez dans ce sens. Je m'occuperai de Mlle Mancini et je la remettrai à M. de Mortemart qui doit l'attendre, sans doute pour la ramener.

Villequier tenta de bredouiller quelques mots.

– Mais pour réussir tout cela, j'ai besoin de vous. Pouvez-vous venir avec moi ?

Villequier le suivit comme un chien fidèle.

Au pied de l'escalier de l'hôtel de Châteaurenard, Baatz et Gaston devisaient en compagnie de Bauer, de Gaufredi et de Dominique, qui venaient justement de rentrer de leurs explorations souterraines. Ils sortirent dans la cour.

– Bauer, as-tu trouvé les voitures ?

– Oui, monsieur. Ça n'a pas été facile mais j'ai réussi à convaincre M. Toussaint Rose de me laisser le carrosse qu'utilise Mgr le cardinal. Il m'a ensuite accompagné jusqu'ici pour donner l'ordre que l'on me laisse aussi la voiture de M. Aimar. Vous voyez, on est train de l'atteler. Quant au carrosse du cardinal, il est préparé dans l'hôtel de Forbin.

– C'est parfait. Et c'est encore mieux que Gaufredi et Dominique soient là. M. de Baatz, pouvez-vous mettre une vingtaine de vos mousquetaires à mes ordres ?

– Je ne sais pas…, hésita Baatz.

– C'est une demande de M. de Villequier. Je

ne veux pas utiliser les gardes du corps du roi. M. de Villequier, approuvez-vous ma demande ?

– Oui, monsieur.

– Dans ce cas, fit Baatz, je vais les chercher. Mes mousquetaires m'attendent dans la cour de l'archevêché.

– Très bien. Vous vous rendrez rue Rastoin. Dominique va vous accompagner pour vous guider. Vous ferez barrer la rue et fermer toutes les boutiques. Je veux la voie libre pour nos voitures. Allez-y sans attendre.

Baatz et Dominique partirent.

– Bauer et Gaufredi, allez prendre le carrosse du Cardinal. Moi, Gaston et M. de Villequier, nous utiliserons la voiture de M. Aimar. Retrouvons-nous devant l'hôtel de M. de Venel, rue Rastoin. C'est à deux pas.

10

Gaston conduisait le petit carrosse tiré par deux chevaux. Louis et Villequier étaient à l'intérieur. Louis expliquait au marquis où ils se rendaient et qui était M. de Venel.

Ils sortirent de la cour et montèrent la rue de la Grande-Horloge pour tourner à gauche, après l'hôtel de Forbin. Bauer et Dominique les suivraient de peu. Ils descendirent la rue du Puits-Chaud, puis attendirent quelques instants devant la rue Rastoin. Soudain, la compagnie de mousquetaires de Baatz arriva au pas de charge dans un fracas de ferraille et un martèlement de bottes. Les officiers donnèrent leurs ordres et, très rapidement, la voie fut libre.

La voiture s'engagea dans la rue pour s'arrêter devant l'hôtel de Venel.

Celui-ci était fermé, nous l'avons dit. Mais si le roi s'y était rendu et y avait retrouvé Marie Mancini, comme le pensait Louis, Marie avait dû arriver la première et avoir ouvert la porte avec une clef. Sans doute n'avait-elle pas refermé derrière elle puisqu'elle attendait son amant. Évidemment, si la porte était verrouillée, les mousquetaires l'enfonceraient, mais ce serait regrettable.

Louis sauta au sol et s'avança vers la porte qu'il poussa.

Celle-ci s'ouvrit.

Louis, Gaston et Villequier pénétrèrent dans l'entrée glaciale, d'où montait le grand escalier carré à claire-voie. Une cour, plus loin, les éclairait. L'endroit était désert. Aucun meuble, aucune tapisserie.

C'est alors qu'ils entendirent les sourds martèlements et Louis sut qu'il avait eu raison.

Il rappela alors à Villequier ce dont il était convenu avec lui dans la voiture :

– C'est vous qui allez délivrer le roi. Nous resterons dans l'ombre et vous lui direz que vous avez deviné par vous-même ce qui lui était arrivé.

Villequier voulait se précipiter dans l'escalier. Louis le retint.

– Je souhaite que nous attendions Dominique. Il connaît l'hôtel et les pièges qui s'y trouvent. Ce serait insensé de nous retrouver, à notre tour, prisonniers.

– Me diras-tu enfin comment tu as deviné ? demanda alors Gaston.

– C'était facile, mais je te rappelle que je ne devine jamais rien : je raisonne et je déduis. Quand j'ai compris que Marie Mancini était venue, conduite par Louis de Mortemart, il me fallait juste savoir où le roi devait la rencontrer. Elle était sous la garde de Mme de Venel – elle nous dira certainement comment elle a pu s'échapper, mais c'est une autre affaire – elle a dû lui prendre la clef de la porte d'entrée de sa maison. Elle connaissait l'hôtel puisqu'elle était restée quelques mois à Aix. Elle avait auparavant écrit au roi pour lui donner rendez-vous. Seulement personne ne devait savoir où ils se rendaient. Même vous, monsieur de Villequier, à qui pourtant rien n'échappait.

Villequier opina.

– Malheureusement, Marie ignorait que M. de Venel avait truqué son hôtel. Ils se sont retrouvés sans doute dans une de ces chambres piégées qu'il utilisait pour ses farces. Après y être entrés, les serrures secrètes les ont enfermés. Sans une aide extérieure, il était impossible de sortir. Et comme l'hôtel est vide, on ne pouvait les entendre.

– Sans vous, ils seraient morts de faim et de soif, fit Villequier.

À cet instant, Dominique entra.

– Nous sommes là, monsieur le marquis, fit-il. M. de Baatz attend dehors.

– Bien, viens avec nous. Nous devons trouver où le roi est enfermé.

Ils n'eurent aucune difficulté car on les avait entendus. Au deuxième étage, on frappait de l'intérieur à la porte de la première chambre. Villequier l'ouvrit sans peine et se trouva face à un jeune homme au visage régulier et aux cheveux châtains bouclés. Une ombre de moustache soulignait ses lèvres charnues qui lui donnaient un air dédaigneux. En hauts-de-chausses à canons, un manteau de cavalier couvrait son pourpoint et masquait en partie son épée de cour. Il était coiffé d'un chapeau de feutre à plumes d'autruche blanches.

Il aurait été beau et majestueux s'il n'avait affiché une expression apeurée.

– Monsieur de Villequier ! fit-il en haletant. Dieu merci, vous nous avez trouvés ! Je savais que je pouvais compter sur vous !

Alors que le souverain parlait ainsi, Louis, resté en arrière, embrassait la sombre pièce d'un regard circulaire. Elle était à peine éclairée par une simple bougie de suif vacillante. Il aperçut la silhouette d'une femme qui priait à genoux, prostrée dans un coin.

– M. de Baatz vous attend avec une voiture, Sire, fit Villequier en s'inclinant très bas. Je vais vous accompagner. Pour ceux qui s'étonneront de vous voir arriver en voiture, M. d'Artagnan déclarera vous avoir accompagné tôt ce matin pour trouver un nouveau terrain d'entraînement des mousquetaires.

– Vous avez pensé à tout, Villequier, comme d'habitude, sourit le roi un peu rasséréné. Mais, je ne suis pas seul…

– Ces messieurs qui m'accompagnent vont reconduire Mlle Mancini, Majesté, intervint Villequier qui souhaitait partir le plus vite possible.

Le jeune roi approuva d'un mouvement de tête en sortant sur le palier. Choqué par la réclusion qu'il avait subie, il ne chercha même pas à savoir comment Villequier connaissait la présence de Marie Mancini. Il se retourna pourtant vers elle et lui lança un vague baiser de la main. Mais elle était désormais sortie de sa vie.

Marie était restée dans l'ombre et n'avait pas tenté de dire adieu à son roi. Elle savait que leur amour n'avait pas résisté à l'effroyable épreuve qu'ils venaient de subir. Louis XIV passa devant Louis et Gaston en les ignorant, il ne chercha même pas à graver dans sa mémoire le visage de ses sauveteurs.

Villequier l'accompagna dans la rue pour le faire monter dans le carrosse où l'attendait le lieutenant de ses mousquetaires. Ensuite, il fit signe à Bauer de fouetter les chevaux.

Louis et Gaston étaient entrés dans la chambre et se tenaient maintenant devant Marie Mancini, qui s'était levée après le départ du roi.

Elle était livide, fatiguée, mais la surprise avait déjà fait place chez elle à la curiosité.

Dominique était resté sur le palier. Il tenait la porte pour éviter qu'elle ne se referme !

– Qui aurait cru qu'un jour nous aurions délivré un roi, plaisanta Gaston en s'inclinant.

– *Tout arrive en France* ! répondit Louis en souriant, comme me l'a dit mon ami La Rochefoucauld.

La repartie tira à Marie un faible sourire. Le premier depuis sa délivrance. Mais ce sourire la transforma.

Ses yeux s'habituant à l'obscurité, Louis découvrit à quel point Marie Mancini était resplendissante. Elle avait un visage fin, une peau mate et des cheveux sombres, épais et frisés en bouffon de chaque côté du visage avec une raie médiane.

Sa *modeste* – sa robe de dessus – était chamarrée et fermée par des rubans de soie autorisant toutefois d'entrevoir la *friponne*, le bas de jupe tentateur. Son décolleté lacé et échancré laissait bâiller une bordure de chemise garnie de dentelles. Un épais manteau rouge couvrait ses épaules.

Mais son éclat allait au-delà de ces apparences. Toute sa personnalité se dévoila soudain dans un regard reconnaissant. C'était celui d'une femme ambitieuse, passionnée et indomptable.

Elle les examina l'un après l'autre, serrant son manteau autour d'elle, puis leur demanda d'une voix assurée :

– Qui êtes-vous messieurs, et comment nous avez-vous trouvés dans cette tombe ?

– Je me nomme Louis Fronsac, madame, et mon ami s'appelle Gaston de Tilly. Lorsque Son Éminence a un grave problème, elle a pour habitude de faire appel à nous, plaisanta-t-il. On nous a tirés du lit à quatre heures ce matin pour retrouver le roi qui avait disparu.

» Toute la matinée, j'ai interrogé des proches de Sa Majesté et, par déduction, j'ai deviné que vous étiez prisonniers dans une des chambres truquées de M. de Venel. Je suis cependant confus de ne pas avoir été plus rapide.

– Je pensais mourir ici, déclara-t-elle en hochant la tête. Mourir avec mon roi aurait été une belle mort. Pourrais-je avoir un peu d'eau ?

Ils sortirent et Dominique passa le premier, se précipitant aux cuisines pour y chercher quelque chose à boire.

Louis et Gaston aidèrent Marie à descendre tant elle se sentait lasse. Ils se dirigèrent eux aussi vers la cuisine. Un flacon de vin était déjà ouvert et Dominique en servit un verre à la jeune femme. Puis il proposa de se rendre au puits, dans la cour, pour puiser de l'eau fraîche.

Elle en but plusieurs verres lorsqu'il revint.

– Nous allons vous ramener à l'auberge de l'*Aigle d'Or*, où l'on vous attend avec inquiétude, madame.

– Vous savez donc tout ? s'enquit-elle avec cette fois un véritable sourire.

Louis sourit à son tour et mit un doigt devant sa bouche.

Alors, mise en confiance, Marie Mancini raconta :

11

– Depuis notre séparation, il y a deux mois, Louis parvenait à m'écrire malgré la vigilance de Mme de Venel qui tentait d'intercepter nos lettres. Il était difficile de ruser avec elle car certaines faisaient plus de dix pages ! Moi-même, je lui répondais en écrivant à ma sœur Olympe, dont Louis devait feindre d'être amoureux pour tromper la surveillance de mon oncle et de sa mère.

Elle sourit.

– Mme de Venel et mon oncle ignorent tout des stratagèmes que peut conduire une femme amoureuse dévouée à son amant.

» Dans une de ses dernières lettres, Louis m'annonçait que mon oncle était sur le point de m'autoriser à quitter notre prison de Brouage. Je pourrais enfin rentrer à Paris. Il m'expliquait aussi qu'un proche de mon oncle, Mgr Ondedei, évêque de Fréjus et un de ses anciens agents secrets durant la Fronde, allait venir pour nous escorter.

» Louis me proposait aussi un plan fou que j'ai immédiatement accepté : un de ses gentilshommes et favori, M. Louis de Mortemart, accompagnerait Mgr Ondedei. Cet homme, cette créature de mon oncle, le roi l'avait gagné à sa cause. M. Colbert de Terron [1], intendant du gouvernement de La Rochelle, m'était tout autant dévoué. Je logeais chez lui à Brouage et c'est lui qui me remettait discrètement les lettres de Louis.

» Un philtre fourni par Françoise, la sœur de M. de Mortemart [2], et qu'elle se procurait auprès d'une dame Monvoisin, à Paris, rendrait Mme de Venel malade et, avec l'accord de Mgr Ondedei qui nous accompagnerait, moi et mes deux sœurs partirions sans elle pour Paris. Aussitôt après notre départ, Louis de Mortemart avec une escorte de huit gardes fidèles me conduirait en Provence sans une seule halte, dans un carrosse dans lequel je pourrais dormir. Une chambre m'attendrait à l'auberge de l'*Aigle d'Or*. Ma sœur Olympe était bien sûr dans la confidence et elle faisait croire à la reine qu'elle avait les faveurs de son fils.

» Pendant ce temps, Mgr Ondedei, obéissant aux ordres du roi, irait le plus lentement possible durant le voyage pour Paris avec mes sœurs. Il me faudrait trois jours pour arriver à Aix. Je passerais

1. Mazarin avait appris la trahison du cousin de Colbert depuis déjà trois mois, mais celui-ci avait avoué avoir agi sur ordre du roi.

2. Françoise de Mortemart utilisait déjà, bien que jeune, les services de Mme La Voisin.

une nuit avec le roi, puis quatre jours seraient suffisants pour rentrer dans la capitale.

» Huit jours plus tard nous devions donc tous nous retrouver à Fontainebleau. Là-bas, mes sœurs auraient caché mon absence sous prétexte d'une indisposition. Lorsque Mme de Venel nous rejoindrait, elle ignorerait tout de la vérité.

» C'était un plan simple mais sans doute trop exigeant. Il a failli se dérouler comme prévu ; pourtant, tout a finalement échoué à cause de ces maudites serrures, conclut-elle. Mon oncle va apprendre la vérité et me renverra en Italie.

– Non, madame, dit Louis. Mgr Mazarin ne saura jamais la vérité. Villequier et le roi se tairont. Gaston et moi ne vous trahirons pas. Nous allons vous conduire à l'auberge de l'*Aigle d'Or*. M. de Mortemart et son carrosse vous y attendent. Vous serez à Fontainebleau dans quatre jours comme prévu.

Il ajouta gravement :

– Vous pouvez être assurée que personne ne connaîtra la vérité sur *l'enlèvement* de Sa Majesté.

Il n'y avait que deux places dans la voiture de M. Aimar. Quelques mousquetaires étaient encore là autour du véhicule. Gaston et Dominique montèrent sur le siège du cocher. Marie sortit de son manteau la clef et la montra à Louis en souriant. Ils fermèrent la porte et montèrent en voiture.

– Rappelez-moi votre nom, monsieur mon

sauveur, demanda Marie à Louis tandis que la voiture se mettait en branle.

– Fronsac, Louis Fronsac, madame. Marquis de Vivonne et chevalier de Saint-Michel.

Elle eut un sourire charmant pour demander :

– Racontez-moi encore comment vous nous avez trouvés. Personne ne savait où nous étions. J'avais subtilisé les clefs de la maison de Mme de Venel que je savais vide et moi seule savais que j'y emmènerais le roi. Comment avez-vous deviné ?

Louis s'éclaircit la gorge.

– C'est difficile à expliquer, madame. Disons que j'ai une certaine habitude de ce genre d'affaire. À la cour, à Paris, on fait souvent appel à moi quand les autres solutions ont échoué ou quand la police est en échec. J'ai un curieux esprit que je ne comprends pas moi-même. Mon ami Pascal l'appelle l'esprit de géométrie. Je rassemble des faits, je raisonne, et la solution m'apparaît évidente. En vérité, il s'agit d'un don que je ne m'explique pas.

» Je connaissais l'amour du roi envers vous, j'avais appris que vous alliez rentrer à Paris. Je n'ignorais pas que Mme de Venel était votre gouvernante, que sa maison était vide, et surtout que certaines des pièces étaient des pièges, car j'ai rencontré M. de Venel à Aix il y a treize ans et il était déjà un farceur redoutable. Je savais qu'il avait aménagé des chambres dans lesquelles on pouvait entrer mais ne jamais sortir. C'était l'une des plaisanteries préférées de M. de Venel.

– Je l'ignorais, regretta-t-elle.

– Lorsque Mgr Mazarin a fait appel à moi, ce matin à quatre heures, tout le monde pensait que le roi avait été enlevé par ses ennemis, tué peut-être.

» J'ai laissé vagabonder mon esprit et cette solution, plus simple, plus évidente, m'est apparue. Ce que j'ignore, par contre, c'est comment vous vous êtes retrouvés dans l'hôtel de Venel.

– Je m'y étais rendue en chaise, expliqua-t-elle. J'attendais le roi. Il est tout simplement venu à pied dans la nuit, il avait fait éloigner les valets en expliquant que personne ne devait être présent quand il prendrait ce qu'il appelait son passage secret. Il est sorti seul de l'hôtel de Châteaurenard.

» Qu'allez-vous raconter à mon oncle ? s'inquiéta-t-elle, après un bref silence.

Il fit un geste vague comme si ça n'avait aucune importance.

– Sa Majesté expliquera qu'elle s'est égarée dans les souterrains et que nous l'avons retrouvée. Il est le roi, il n'aura pas à en dire plus. C'est ce que M. de Villequier lui conseillera.

La voiture conduite par Gaston arrivait déjà à l'auberge.

– Je vois mon carrosse qui m'attend en effet, monsieur, fit-elle en regardant à travers la vitre. Je dois me presser si je veux être à Paris en trois jours. Je vais rester enfermée durant tout le voyage, mais j'ai maintenant l'habitude, sourit-elle.

Puis elle redevint sérieuse.

– Je voulais que vous sachiez, monsieur…

(Elle chercha ses mots.)… que vous ne croyiez pas…

– N'en dites pas plus, madame.

– Si, j'en dirai plus. Jusqu'à présent, il ne s'était rien passé entre le roi et moi, mais j'avais décidé de me donner enfin à lui en venant à Aix. Quand nous sommes entrés dans la chambre, la porte s'est refermée avec un bruit sinistre. Le claquement de la serrure a attiré l'attention de Sa Majesté et Louis s'est immédiatement aperçu qu'il n'y avait plus aucun moyen de l'ouvrir. Il a pris peur, il a tenté de briser la porte, puis a découvert que les fenêtres étaient fausses. Quand nous avons pris conscience que cette pièce allait être notre tombeau, il est tombé à genoux et s'est mis à pleurer et à prier. Il m'a expliqué que Dieu le punissait pour avoir désobéi au Cardinal. Qu'il fallait demander pardon. Il m'accusait, en fait, de l'avoir éloigné de ses devoirs de roi ! De l'avoir séduit !

» J'ai compris que je l'avais perdu, mais j'ai aussi compris qu'il n'était pas le preux en qui j'avais cru, l'homme d'audace et d'action que je croyais aimer. Je m'étais trompée ! C'était un être égoïste, crédule et craintif ! Nous sommes restés éloignés tout ce temps. Je crois que je ne le verrai plus et je suis certaine que je ne l'aime plus.

Elle ouvrit brusquement la porte. Gaston l'attendait pour l'aider à descendre.

– Je ne vous oublierai jamais, monsieur Fronsac. Jamais, jura-t-elle.

12

Le roi se présenta au conseil à midi. Mazarin resta impassible et les secrétaires d'État, ignorant les terribles événements de la nuit, ne furent nullement surpris.

Le Premier ministre fit rapidement le point sur la campagne militaire préparée contre Marseille. Le roi donna ordre à ses troupes de se mettre en mouvement et approuva les travaux d'érection de deux citadelles qui désormais surveilleraient le port rebelle.

À la sortie du conseil, Mazarin interrogea Sa Majesté. Louis XIV lui expliqua brièvement qu'il s'était égaré dans le souterrain et que M. de Villequier lui avait porté secours. Il donna même quelques détails qui parurent satisfaire le ministre. Le roi ajouta qu'il avait hâte de se marier et qu'il cesserait désormais d'aller voir le soir Mme de Soissons.

Le lendemain, Mgr Mazarin fit porter dix mille livres de gratification chez Dominique Barthélemy.

Durant cette dernière semaine de janvier, l'armée de six mille hommes abattit la porte royale de la cité phocéenne et les soldats déferlèrent dans la ville. Ses habitants furent désarmés et ses canons détruits. Niozelles, en fuite, fut déclaré criminel et la population fut avisée que toute aide envers lui serait passible de la peine de mort.

Le baron d'Oppède fit ensuite réunir une chambre criminelle. Les proches de Niozelles y furent condamnés à mort ou aux galères. Lui-même fut déchu de la noblesse.

Le lundi 27 janvier 1660, le prince de Condé arriva à Aix, pour obtenir sa grâce du roi. Il se présenta d'abord à l'hôtel d'Oppède, où il eut une courte discussion, froide mais courtoise, avec le cardinal. Ensuite, Mazarin le conduisit à l'archevêché, où Sa Majesté et sa mère l'attendaient.

Là, une réconciliation véritable, franche et complète fut conclue en quelques minutes d'entretien. Agenouillé, Condé présenta ses respects à son cousin de vingt et un ans et la mère du roi déclara sèchement au prince :

– Je vous ai bien voulu du mal et vous me ferez la justice d'avouer que j'avais raison.

Le prince resta quelques jours à la cour mais refusa l'invitation d'assister au mariage de son royal cousin. Le roi ne lui en voulut apparemment pas et fut fort familier avec lui, l'entretenant de tout ce qu'il avait accompli tant en France qu'en Flandre, comme si ces actions s'étaient toutes faites pour son service.

Il y eut un bal et une comédie où le prince préféra la conversation de Mlle de Montpensier. Tous deux parlèrent de la guerre qu'ils avaient menée contre le roi et raillèrent fort *toutes les sottises qu'ils avaient faites*.

Quoique j'eusse fort la migraine, je ne m'y ennuyai pas, déclara plus tard Mlle de Montpensier.

Le roi entra le mieux du monde dans ces plaisanteries et aucun des trois n'eut de regret pour les centaines de milliers de pauvres gens qui avaient perdu la vie à l'occasion de ces sottises !

Fin janvier, la *Gazette* de M. Renaudot titra à l'arrivée des trois nièces de Mazarin dans la capitale :

Jeudi dans la maison du roi,
Arrivèrent en bel arroi,
Les trois pucelles triomphantes,
Qui valent vraiment des Infantes.

Le 2 février, toujours à Aix, Louis XIV toucha une demoiselle, qui fut à l'instant miraculeusement guérie du mal dont elle était atteinte depuis deux ans. Il assista ensuite à un *Te Deum* dans la cathédrale chanté pour la paix. Toute la maison royale s'installa sur un vaste amphithéâtre élevé au centre du chœur de l'église. Sa Majesté avait, à sa droite, le duc d'Anjou son frère, les princes de Condé, de Conti ainsi que le duc de Longueville. À la gauche du roi fut placée la reine sa mère et, derrière elle, Mademoiselle et la comtesse de Soissons. La ville n'avait jamais vu une pareille magnificence.

Le soir, un feu de joie fut brûlé sur la place des Prêcheurs. Chaque particulier dut allumer un feu devant sa maison et toutes les fenêtres furent illuminées.

Pendant qu'à Saint-Sauveur on chantait le *Te Deum*, les trompettes du roi publiaient la paix en différents quartiers de la ville, et le dimanche suivant, le 8 février, une procession générale eut lieu.

Le jeudi 12 février, à l'audience du parlement, la paix avec l'Espagne fut publiée et enregistrée.

Quelques mois plus tard, Marie Mancini épousa le prince Colonna. Auparavant, celui-ci lui fit subir un examen par des sages-femmes afin de s'assurer qu'elle était vierge !

Elle avait revu le roi juste avant son mariage. La rencontre avait été glaciale.

En 1672, Marie Mancini, lassée des violences du prince Colonna à son égard et accompagnée de sa sœur Hortense, s'enfuira d'Italie. Elle débarquera à Marseille et s'installera durant quelques semaines à Aix. Certains rapporteront à la cour que Louis Fronsac était avec elle.

M. de Villequier devint gouverneur de Paris deux ans plus tard, puis duc et pair en 1665.

Françoise de Mortemart épousa M. de Montespan et devint (enfin !) la maîtresse du roi. Elle continua à se procurer des philtres auprès de dame Monvoisin jusqu'au jour où le lieutenant général de police, Nicolas de La Reynie, arrêta un homme soupçonné d'avoir empoisonné le comte de Soissons. En remontant la filière des personnes compromises, La Reynie interrogea Catherine Monvoisin qu'on appelait aussi La Voisin.

Ce fut le début de *l'affaire des poisons*.

La Reynie découvrit alors avec effroi que quantité de Grands à la cour utilisaient les services de La Voisin. Parfois pour des empoisonnements, d'autres fois pour la célébration de messes noires où des nouveau-nés étaient égorgés.

Le 22 janvier 1680, un décret de prise de corps fut lancé par Nicolas de La Reynie contre Olympe Mancini, accusée d'avoir empoisonné son époux le comte de Soissons, sept ans plus tôt. Informé, Louis XIV fit prévenir son ancienne maîtresse afin qu'elle ait le temps de s'enfuir de France.

On trouva cependant chez elle un exemplaire du *Malleus Maleficarum*.

En découvrant tant de ses proches compromis et pour éviter que trop de rumeurs ne circulent, Louis XIV décida l'ouverture d'une chambre ardente à l'Arsenal, qui siégerait en toute discrétion.

Quantité de témoignages de *sacrilèges, de profanations et d'abominations* accusèrent alors Françoise de Mortemart, mère des enfants adultérins du roi, d'avoir accepté des messes noires et des sacrifices d'enfants, mais aussi d'être responsable de la mort de Mlle de Fontanges, une autre maîtresse du roi.

C'est le marquis de Louvois qui prévint le roi que Françoise de Mortemart connaissait La Voisin et utilisait ses philtres depuis sa plus tendre jeunesse. En septembre 1680, sur les conseils de Colbert, proche de Françoise de Mortemart, Louis XIV ordonna à La Reynie d'arrêter l'instruction criminelle.

Le lieutenant de police protesta tellement que la chambre ardente reprit ses travaux en 1681, mais avec interdiction d'aborder les *faits réservés*, c'est-à-dire ce qui concernait Françoise de Mortemart.

La chambre fut définitivement fermée en juillet 1682.

Un mois après la mort de Nicolas de La Reynie, en juillet 1709, toutes les pièces de la Chambre Ardente furent brûlées par Louis XIV lui-même.

Ce petit récit, qui rappelle l'existence des fameuses chambres truquées de M. de Venel, chambres qui ont bel et bien existé, vise à résoudre un petit mystère historique : Louis XIV aimait profondément Marie Mancini et voulait l'épouser, il la quitta en larmes avant de partir pour la frontière espagnole, puis pour la Provence.

Pourtant, lorsque le roi revint à Paris, son amour pour Marie s'était évaporé. Quant à Marie, elle parut aussi ne plus apprécier la présence du roi. Pour quelles raisons ? Les historiens l'ignorent toujours.

Mais vous, chères lectrices et chers lecteurs, vous connaissez désormais la vérité.

Bibliographie

ARVE S., *Miettes de l'histoire de Provence*, Dragon, 1902.

BOUYALA D'ARNAUD A., *Évocation du vieil Aix-en-Provence*, Éditions de Minuit, 1964,

BOUCHE H., *Description de Provence.*

DULONG C., *Marie Mancini*, Perrin, 1993.

GOUBERT P., *Mazarin*, Fayard.

GUTH P., *Mazarin*, Flammarion, 1972.

HAITZE P.J., *Histoire de la ville d'Aix*, tome 2.

LEBIGRE A., *L'affaire des poisons*, Complexe, 1989.

MONGREDIEN G., *Une aventurière au grand siècle*, Amiot.

MONTPENSIER (Mlle de), *Mémoires*.

PAPON, *Histoire générale de Provence*, tome IV.

PETITFILS J. C., *Louis XIV*, Perrin, 1995.

PITTON J.S., *Histoire de la ville d'Aix.*

PUJO B., *Le Grand Condé*, Albin Michel, 1995.

ROUX-ALPHERAN, *Les rues d'Aix*, réédition aux Presses du Languedoc, 1985.

Remerciements

Une fois de plus, je dois remercier ici Chantal Brevier, Béatrice Augé, Philippe Ferrand et Jean-Philippe Présent pour leurs conseils irremplaçables et pour avoir accepté si volontiers d'effectuer ce travail ingrat de relecture de mes manuscrits.

Je dois aussi exprimer ma profonde reconnaissance à M. Vadon, soutien de la première heure.

L'aide considérable que m'apporte M. Ferrand, conservateur à la bibliothèque Méjanes (mais en réalité tout le personnel de cette si riche bibliothèque) me permet d'éviter de trop graves erreurs historiques. S'il en reste, je suis le seul responsable.

Enfin, je dois remercier ceux qui m'apportent des renseignements toujours précieux sur les lieux et l'histoire de la Provence. Au premier rang, pour ce livre, M. Gantier, du musée du Vieil Aix, mais aussi tous ceux qui me font découvrir des lieux méconnus de l'ancienne capitale de la Provence.

Enfin, mon épouse, ma mère et ma fille cadette, toujours premières lectrices, restent les plus sévères juges des premières versions de mes ouvrages.

Vous pouvez joindre l'auteur :
aillon@laposte.net
www.grand-chatelet.net

Composition réalisée par FACOMPO (Lisieux)

Imprimé en Espagne par LIBERDUPLEX
Barcelone
Dépôt légal Éditeur : 86384-05/2007
Édition 01